闲潭梦落花

XIANTAN MENGLUOHUA

苏晏——著

北京航空航天大学出版社

图书在版编目（CIP）数据

闲潭梦落花 / 苏晏著 .-- 北京：北京航空航天大学出版社，2016.7

ISBN 978-7-5124-2198-1

Ⅰ . ①闲…　Ⅱ . ①苏…　Ⅲ . ①长篇小说—中国—当代　Ⅳ . ① I247.5

中国版本图书馆 CIP 数据核字（2016）第 172952 号

闲潭梦落花

苏晏　著

策划编辑：吕晶晶

责任编辑：李　爽　吕晶晶

*

北京航空航天大学出版社出版发行

北京市海淀区学院路 37 号（邮编 100191）　http://www.buaapress.com.cn

发行部电话：(010)82317024　传真：(010)82328026

读者信箱：ibook@buaacm.com.cn　邮购电话：(010)82316936

北京时代华都印刷有限公司印装　各地书店经销

*

开本：880 × 1230　1/32　印张：7.5　字数：222 千字

2016 年 10 月第 1 版　2016 年 10 月第 1 次印刷

ISBN 978-7-5124-2198-1　定价：26.80 元

若本书有倒页、脱页、缺页等印装质量问题，请与本社发行部联系调换。联系电话：（010）82317024

前　言

一直以来都很想为蔡文姬写点什么，她才高而命途坎坷，一生历尽磨难，由她所作的《胡笳十八拍》流传千古，成为中国十大古琴曲之一；而文姬归汉的故事也广为流传，被誉为千古佳话。然而，史书上关于她的记载却并不多，甚至在西晋史学家陈寿所著的《三国志》中连提都没有提到。

很多人认为，蔡文姬这个人物是被杜撰出来的，北宋大文豪苏轼曾在《提蔡琰传》中写道："今日读《列女传》蔡琰二诗，其词明白感慨，颇类世所传木兰诗，东京无此格也。建安七子，犹涵养圭角，不尽发见，况伯喈女乎？又琰之流离必在父死之后董卓既诛伯喈乃遇祸。今此诗乃云为董卓所驱虏入胡，尤知其非真也。盖拟作者疏略，而范晔荒浅，连载之本传，可以一笑也。"

而根据《晋书·后妃传》所记载："景献帝的羊皇后，后父衜，后母陈留蔡氏，汉左中郎将邕之女也。"另一篇《晋书·羊祜传》又写道："祜父衜。祜，蔡邕外孙，景献皇后同产弟。"由此可见，蔡文姬的身上的确存在着很多的疑点。

历史已经远去千年，面对各类的记载，如今的我们已很难区分得出哪段真，哪段假，哪段是笔者编纂，又有哪段故事是借鉴自他人，只能从历史遗留下的蛛丝马迹中寻找线索，来解答心中的疑惑。

读书不能尽信书，抱着怀疑的态度固然是对历史的尊重，然而很多时候历史也无法予以解答，毕竟年代已太过久远。蔡文姬存在过也罢，不存在也罢，那曲《胡笳十八拍》却切切实实地影响了很多人。

为何我们不能换一个角度去思考这个问题，就当她存在过，当那一切都是真实？

汉末烽火，乱世硝烟，在那人命轻贱的时代，又何曾缺过和蔡文姬有着近似遭遇的人？

蔡文姬传世的文章并不多，却每一篇都在诉说着她的苦难与悲愤，似乎除却这些她便再无其他，这也是当时我一再困惑要不要写的原因。很幸运，就在我踌躇不定的时候，有一群好朋友给了很多的参考意见和资料，并给予鼓励，于是才有了这部《闲潭梦落花》的出世。在此，我向他们表示十分的感谢。他们分别是：黄晶、赵羽、夏欢、梁琦茵、周燕丽、潘妮。同时，也十分感谢帮助和提出宝贵意见的编辑和审稿老师。因为有了你们大家，这部《闲潭梦落花》才会如此精彩！

目 录

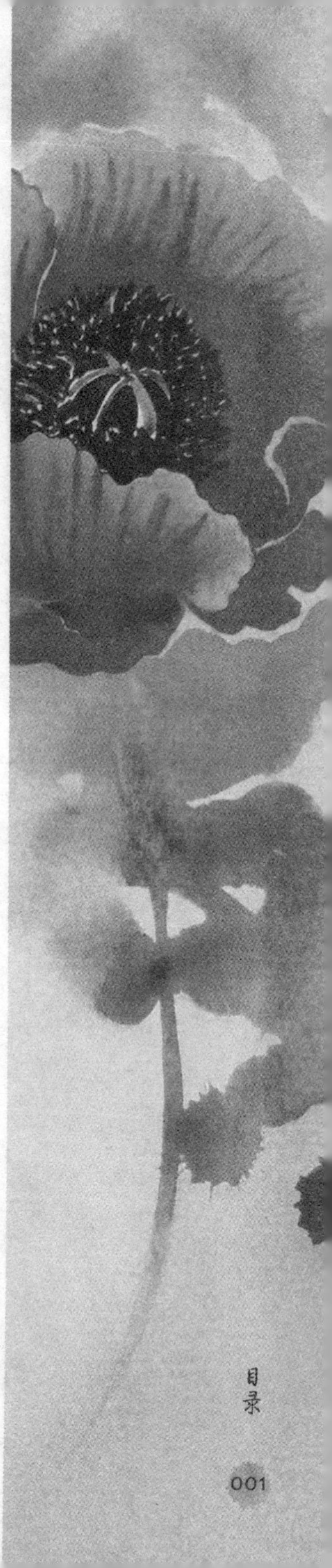

序言 往昔如梦

六朝旧事随流水，但寒烟衰草凝绿。

东汉末年的历史烽烟四起，群雄争霸，乱世里上演了一场又一场风云动荡的大戏，铿锵得令人震耳欲聋，令后来观看的人眼花缭乱，只是被记住的只有英雄们写下的笔笔功勋。哪怕有几许红颜绰约，也不过是一段水袖挥洒的点缀，显得那么微不足道。然而，细细回顾那段历史，我们不难发现，正是有了她们的眉目如画，巧笑嫣然，那段充满杀戮和残酷历史才浸染了浅浅的柔情，变得生动起来。

如《乱世佳人》最好的译名是《飘》一样，她们的生命里总有着身不由己之痛，如飞烟尘埃，总是随风而去，如若浮萍漂浮无根。传说中容光皎洁无伦，甚至令明月也羞惭而掩避的貂蝉，作为史上第一位大名鼎鼎的美人计主角，辗转在两个男人之间，伴随的是爱情还是诡计，恐怕连她自己也分不清；女中豪杰孙尚香，身边常有执刀的婢女百余人，为兄长安定天下的大计而出嫁，叫那未来的蜀国君王战战兢兢，不敢亲近一分一毫，后来因亲生儿子被夺走而回到江东，就此再无记载；芳名满天下的大乔小乔，分别嫁了那东吴的霸主，那羽扇纶巾、谈笑间灰飞湮灭的周郎，却仅仅在史书上留了一句话。

她们终究离去，却又离去得不清不楚，隔了重重的雾障而不见真实的生活。

史书一直很少记载女人的事迹，即使有也只是匆匆带过，还有很多人连名字都没有。野史对她们的猜测极为有趣，无论是对哪一个女子，都离不开嫁为人妇、出家为尼、惨死刀下、流离漂泊几个版本，程序化的套路背后是漫不经心，显出几分大男子主义的轻视来。

文姬归汉，是史书上极其绚烂的一笔。

她其实并不如那几位红颜一般飞扬出彩，就算是和虚拟出来的洛神甄氏相比，也比不上对方更为夺人心魄、神异瑰奇的绝代风华。

她的一生其实是平凡而不堪的，豪门贵女，出嫁丧夫，在乱世里被掳掠到异族去，一待就是十二年，还生了两个儿子。若不是父亲的好友想起她，拿重金赎回，大约也只能埋骨在苦寒的异邦，至于后来蓬头赤脚去为犯法的丈夫而求情的伤痛，只能算是她那命运中微不足道的一点小波折。

到底要有多么强大的坚韧，才能熬过那么多艰苦的日子？有人说，蔡文姬能活下只是她贪生怕死苟且偷生。也有人说她有着一身的铮铮傲骨，不向命运低头。

无论如何，就现实而言，她只是个可怜的女人。

所有的绚烂，都只不过是为归汉而欢呼，为那个枭雄增添光彩，即使是她写出著名的诗作，编写史书，也只是感恩而已。

但是，品读她的诗词，这份可怜就不知不觉地渐渐消弭了，反而让人敬佩之情油然而生。

胡笳本自出胡中，绿琴翻出音律同。十八拍兮曲虽终，响有余兮思无穷。是知丝竹微妙兮均造化之功，哀乐各随人心兮有变则通。胡与汉兮异域殊风，天与地隔兮子西母东，苦我怨气兮浩于长空，六合虽广兮受之应不容！

流离成鄙贱，常恐复捐废。人生几何时，怀忧终年岁。

嗟薄祜兮遭世患。宗族殄兮门户单。身执略兮入西关。历险阻兮之羌蛮。

字字句句，虽然说的都是自己的不幸，却从文字里看不出一丝闺阁女儿家的哀怨娇柔，反而是大气磅礴，刚健清逸。哀悯世间苦难，抒发胸怀意气，完全看不出是一个女人所作。她叹息自己身世，饱蘸母子分离之痛，全然是一派魏晋的风流与风骨。

蔡文姬的一生都脱不开“才高命苦”四个字，但在乱世之中，如她一般的女子何其多，却极少有人和她一样隐忍和坚毅。不同于志士的宁死不屈，不同于战场上的殊死拼杀，她默默忍耐着命运的不公，以羸弱的身躯走下去，就这样走到了最完美的终结。

归汉后，她又将自己的半生经历写成了诗文，却也将那些往事尘封在了记忆的深处，不再开启。

这种来去自如的洒脱，令人喟叹：她不愧是东汉蔡邕的女儿，不愧是写出了胡笳十八拍，名垂千古的蔡文姬！

然而，在她寂寥悲苦的生命中，也曾有过桃花纷繁的美好时节。

儿女情长如梦，美好而脆弱地消失在战火连绵的朝代，正如那南朝、吴、东晋、宋、梁、陈……的繁华绮丽，都融入了秦淮河的凝碧流水里，一去不返。

最后，那些荣华盛世只不过是落得个花间沉醉，感伤秋怀。

元朝的时候有一支写男女情爱的曲子，最早唱出了六朝金粉四个字来，最后一句用以形容魏晋乃至文姬的一生，却颇为相宜。

我，我，我，自叹吁，

罢，罢，罢，姻缘簿仍将姓字书。

是，是，是，断云将楚岫遮拦，

敢，敢，敢，桃花把天台截住，

来，来，来，生分开比目鱼，

呀，呀，呀，两三朝鬼病揶揄，

是，是，是，教吹箫月明无伴侣。

他，他，他，把六朝金粉收拾去，

单，单，单，留下写恨几行书。

——元·无名氏《醉花阴·秋怀》

【第一部分】

一曲胡笳悲九州

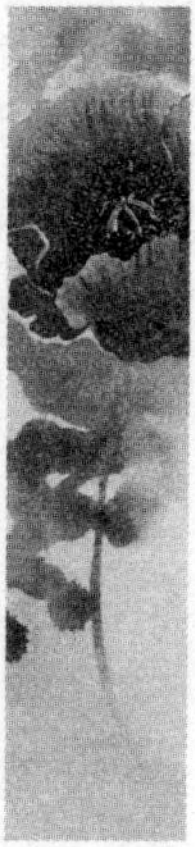

【一】明月不解思乡愁

“独在异乡为异客，每逢佳节倍思亲。”读王维一首《九月九日忆山东兄弟》意味深长，便将那离愁别绪放大到叫人黯然神伤的境地。

喜好团圆，仿佛已经融在了中华民族的血脉中，浓醇如酒，越是陈久越是香远。

每到除夕之夜，即便相隔千山万水也要和家人团聚。否则，这个年就过得不圆满。元宵花灯闹，端午龙舟悠悠抛下绑着五彩丝线的粽子，中秋一轮明月照遍九州海内，重阳时节的菊花蟹酒，待到大雪纷飞，便又是一年过去了，自古以来皆如是，渐成风俗。我们感受着这些节日气氛如同空气，习以为常，一旦失去才会觉得惶恐不安。

席慕蓉说：乡愁是一种偏执的爱惜。

虽然不是说团圆，却也是一个意思。

那首名叫《挑灯》的歌，一句念白这样写道：故事里，那些阵亡在沙场上的士兵，他们的魂魄化身为狼，每逢月圆，便会对着自己家乡的灯辉，抱以寥寥长啸。

以前对这几句描述的场景只是单纯的喜欢，如见到夜雨之下横江的船只，苍凉云山之外一望无际的旷野，有种莫名的痛楚，在心里绽放摇曳的花朵，却不明为什么。直至今日我才渐渐发现，那正是其中浓浓的乡愁，蕴藏在字里行间，引出一段天涯海角人皆有之的浅淡情愫。

早先几年在外求学，无论是正月十五还是八月中秋都在学校过。几个要好的同学结伴去馆子里吃一顿好的，好像也挺满足。可是一旦回到了宿舍，集体趴在楼道的阳台上看月亮时，心情就会莫名惆怅。然而最可恨的是隔壁的宿舍有人正放着应景的音乐——张信哲的《白月光》。

“白月光，心里某个地方。那么亮，却那么冰凉。每个人，都有一段悲伤。想隐藏，却欲盖弥彰……”

幽雅的旋律缓缓和着苍白的月光，顿时有种催泪般的效果，忽而刚接过电话的那个同学哭了起来，大家都没有问，有的也跟着哭了……

过了几年，在家乡找了份工作，回到家中，终于不再漂泊。父母没有变，我也还是那样生活，却总和他们有摩擦，吵吵闹闹过后，马上又重归于好，谁都不放在心上。烦琐的小事遍布在华美的袍子上，散乱一片，落英缤纷也不过如此，这就是生活。

总会思乡，总会思乡，杜鹃啼，不如归去。

知道蔡文姬源自于《三国演义》这本书，前阵子电视里播放新拍的《三国演义》竟然没有文姬归汉这一段，很失望，如此浓墨重彩的一笔怎能随便丢了？虽然不忿，却也没有更多别的情绪，而爱上她却是通过一首《胡笳十八拍》。

少年不识愁滋味，爱上层楼。
爱上层楼，为赋新词强说愁。
而今识尽愁滋味，欲说还休。
欲说还休，却道天凉好个秋。

——辛弃疾《丑奴儿·少年不识愁滋味》

钟爱蔡文姬的诗词是从少年时开始的，而真正体会到其中的悲苦凄凉却在不久前。

戍鼓断行人，秋边一雁声。

露从今夜白，月是故乡明。

——杜甫《月夜忆舍弟》

杜甫的一首《月夜忆舍弟》并不如他的其他诗作出名，然而末尾一句却不胫而走，传遍了大街小巷、千家万户，直至今天，也是极为经典的思乡之语。

戍楼上更鼓打响了，在深沉寂静的夜晚传很远很远，听闻到鼓声的行人，不由得想起自己家乡，痛断肝肠。边城荒芜，秋风堪凉，只听见孤雁哀鸣声声清冽。今夜的霜露格外洁白，月华满天，皎洁无双，但还是觉得比不上在故乡所见到的月夜，那么亮。

这首诗作于乾元二年秋。唐朝天宝十四年十一月初九，身兼范阳、平卢、河东三节度使的安禄山趁唐朝内部空虚腐败，联合同罗、奚、契丹、室韦、突厥等民族组成大约15万士兵，号称20万，以“忧国之危”奉密诏讨伐杨国忠为借口在范阳起兵，发动了历史上著名的“安史之乱”。当年九月，史思明从范阳引兵南下，攻陷汴州，西进洛阳。当时杜甫的几个弟弟恰好就在这几个地方，由于战事阻隔，音信不通，他怀着满腔浓烈的忧虑和思念，写出了这样的诗句。

战争永远是残酷的。战事一起，国家动荡，万民陷入水深火热之中。杜甫颠沛流离，饱尝艰辛，既担心失散的亲人们，又忧心国家动荡，愁绪万分，望着惨白的霜露、天空的圆月发出了哀叹。

而在千年前，炽烈的战火更是燃遍了中原大地，每一夜的明月，都因为游子的殷殷思乡而暗淡下来。

我生之初尚无为，我生之后汉祚衰。
天不仁兮降乱离，地不仁兮使我逢此时。
干戈日寻兮道路危，民卒流亡兮共哀悲。

烟尘蔽野兮胡虏盛，志意乖兮节义亏。
对殊俗兮非我宜，遭恶辱兮当告谁？
笳一会兮琴一拍，心愤怨兮无人知。

戎羯逼我兮为室家，将我行兮向天涯。
云山万重兮归路遐，疾风千里兮扬尘沙。
人多暴猛兮如虺蛇，控弦被甲兮为骄奢。
两拍张弦兮弦欲绝，志摧心折兮自悲嗟。

越汉国兮入胡城，亡家失身兮不如无生。
毡裘为裳兮骨肉震惊，羯羶为味兮枉遏我情。
鞞鼓喧兮从夜达明，胡风浩浩兮暗塞营。
伤今感昔兮三拍成，衔悲畜恨兮何时平。

无日无夜兮不思我乡土，禀气含生兮莫过我最苦。
天灾国乱兮人无主，唯我薄命兮没戎虏。
殊俗心异兮身难处，嗜欲不同兮谁可与语！
寻思涉历兮多艰阻，四拍成兮益凄楚。

雁南征兮欲寄边心，雁北归兮为得汉音。
雁飞高兮邈难寻，空断肠兮思愔愔。

攒眉向月兮抚雅琴，五拍泠泠兮意弥深。

冰霜凛凛兮身苦寒，饥对肉酪兮不能餐。
夜闻陇水兮声呜咽，朝见长城兮路杳漫。
追思往日兮行李难，六拍悲来兮欲罢弹。

日暮风悲兮边声四起，不知愁心兮说向谁是！
原野萧条兮烽戍万里，俗贱老弱兮少壮为美。
逐有水草兮安家葺垒，牛羊满野兮聚如蜂蚁。
草尽水竭兮羊马皆徒，七拍流恨兮恶居于此。

为天有眼兮何不见我独漂流，为神有灵兮何事处我天南海北头。
我不负天兮天何配我殊匹，我不负神兮神何殛我越荒州。
制兹八拍兮拟排忧，何知曲成兮心转愁。

天无涯兮地无边，我心愁兮亦复然。
人生倏忽兮如白驹之过隙，然不得欢乐兮当我之盛年。
怨兮欲问天，天苍苍兮上无缘。
举头仰望兮空云烟，九拍怀情兮谁与传？

城头烽火不曾灭，疆场征战何时歇？
杀气朝朝冲塞门，胡风夜夜吹边月。
故乡隔兮音尘绝，哭无声兮气将咽。
一生辛苦兮缘别离，十拍悲深兮泪成血。

我非贪生而恶死，不能捐身兮心有以。

生仍冀得兮归桑梓，死当埋骨兮长已矣。
日居月诸兮在戎垒，胡人宠我兮有二子。
鞠之育之兮不羞耻，愍之念之兮生长边鄙。
十有一拍兮因兹起，哀响缠绵兮彻心髓。

东风应律兮暖气多，知是汉家天子兮布阳和。
羌胡蹈舞兮共讴歌，两国交欢兮罢兵戈。
忽遇汉使兮称近诏，遗千金兮赎妾身。
喜得生还兮逢圣君，嗟别稚子兮会无因。
十有二拍兮哀乐均，去住两情兮难具陈。

不谓残生兮却得旋归，抚抱胡儿兮泣下沾衣。
汉使迎我兮四牡骓骓，胡儿号兮谁得知。
与我生死兮逢此时，愁为子兮日无光辉，焉得羽翼兮将汝归。
一步一远兮足难移。魂消影绝兮恩爱遗。
十有三拍兮弦急调悲，肝肠搅刺兮人莫我知。

身归国兮儿莫之随，心悬悬兮长如饥。
四时万物兮有盛衰，唯我愁苦兮不暂移。
山高地阔兮见汝无期，更深夜阑兮梦汝来斯。
梦中执手兮一喜一悲，觉后痛吾心兮无休歇时。
十有四拍兮涕泪交垂，河水东流兮心是思。

十五拍兮节调促，气填胸兮谁识曲？
处穹庐兮偶殊俗。愿得归来兮天从欲，再还汉国兮欢心足。
心有怀兮愁转深，日月无私兮曾不照临。

子母分离兮意难任，同天隔越兮如商参，生死不相知兮何处寻！

十六拍兮思茫茫，我与儿兮各一方。
日东月西兮徒相望，不得相随兮空断肠。
对萱草兮忧不忘，弹鸣琴兮情何伤！
今别子兮归故乡，旧怨平兮新怨长！
泣血仰头兮诉苍苍，胡为生兮独罹此殃！

十七拍兮心鼻酸，关山阻修兮行路难。
去时怀土兮心无绪，来时别儿兮思漫漫。
塞上黄蒿兮枝枯叶干，沙场白骨兮刀痕箭瘢。
风霜凛凛兮春夏寒，人马饥尫兮筋力单。
岂知重得兮入长安，叹息欲绝兮泪阑干。

胡笳本自出胡中，缘琴翻出音律同。
十八拍兮曲虽终，响有余兮思无穷。
是知丝竹微妙兮均造化之功，哀乐各随人心兮有变则通。
胡与汉兮异域殊风，天与地隔兮子西母东。
苦我怨气兮浩于长空，六合虽广兮受之应不容！

——蔡文姬《胡笳十八拍》

这首《胡笳十八拍》共五十九句，一千两百九十七个字，一字一句含泪泣血，悲千古之长恨，歌万世之断肠！这古朴的曲风传承于遥远时光中的楚地，宛如汨罗江边且行且吟的屈原发出的一曲痛泣乱世中人不堪命运的悲歌。然而，又是谁的似水双眸，隔着关外风雪忧伤回望？又是谁的如玉容颜，在边疆苦寒中渐渐朦胧？记忆里的烟雨延绵中，那些无忧无虑，青涩似梅子的锦绣韶华，突兀地被冲天烽火燃烧殆尽，不幸沉淀成琥珀，在寂静中泛着隐郁的光泽。

是谁将它们捧在手心，琢磨成瑰丽而令人感伤的珠宝?

千年之前，阴山脚下。

秋风苍劲，呼啸着横扫过万里草原，四野一片茫茫。枯黄的落叶好似飞舞的蝴蝶，不断盘旋落下又升起。

穹庐之畔，那孤独的女子独自吹奏着胡笳，满腹心事无人可说，只将一腔仇怨诉于明月。

风萧瑟，吹散了她的发髻，如瀑的发丝随风飞扬，漆黑的蝴蝶展开羽翼，却飞不出天地寥廓的牢笼!

暗夜清寒，双手被冻得通红，她不在意。

孩儿哭泣，声声呼喊着母亲，她依然不在意。

她想要的只是回家，回到她的故里。这份思念随着时间扎根生长，刺入心间，每一份颤动，都成了伤，淌出滴滴嫣红的血。

这一弹唱就是十二年，她用了十二年的时间来诉说离别的苦，思乡的苦。

> 我生之初尚无为，我生之后汉祚衰。
> 天不仁兮降乱离，地不仁兮使我逢此时。
> 干戈日寻兮道路危，民卒流亡兮共哀悲。
> 烟尘蔽野兮胡虏盛，志意乖兮节义亏。
> 对殊俗兮非我宜，遭恶辱兮当告谁?
> 笳一会兮琴一拍，心愤怨兮无人知。
>
> ——蔡文姬《胡笳十八拍》节选

蔡文姬出生后不久，曾经强盛一时的大汉王朝渐渐显露出衰败的迹象。

东汉末年，汉灵帝驾崩，少帝继位，何太后临朝主政，外戚与宦官相互争权夺势，拉开了乱世纷争的序幕。

“泽国江山入战图，生民何计乐樵苏。凭君莫话封侯事，一将功成万骨枯。”虽然这首诗说的是安史之乱，我却觉得在任何一个朝代它都是很好的写照。

乱世是英雄们灯火辉煌的舞台，成就了无数可歌可泣的传说。

乱世也是一座巨大的坟墓，冰冷，死寂，埋葬了多少血泪骸骨。在干戈烽火的时代，好的出身也未必能够一生平安喜乐，小儿女情怀是那般脆弱无助，越是美好，越是易折。

蔡文姬早年有过幸福的生活，更多的时候，却饱尝悲苦。

公元192年，蔡文姬的父亲蔡邕因董卓获罪，命陨狱中。几乎同年，蔡文姬新婚仅一年的丈夫卫仲道患病去世，她不堪忍受夫家的冷言冷语，不顾亲人阻止回到家中。

还记得新婚宴尔时的呢喃，红软相依偎郎伴，心里一丝生涩的柔情缠绕成结交的发，或许，也曾经在悄无人声的夜晚私语过：生生世世，不改相思。然而，一切都随风而逝，沧海桑田，世事变迁，突如其来的灾难将过去的美好狠狠碾碎，亲情一朝逝去，梦幻泡影如露如幻，而今生死两隔，有谁能够留住昔日的欢笑和眼泪？

唯有她还记得。

长长久久地铭记在魂魄里，再也抹却不了，而白骨已然成灰，灰烬皆已经湮灭在尘泥中的那个人，却早早地把这段相思抛去。

生生世世，生生死死，如若在下个轮回相遇，是否还记得彼此的誓言？

这世上有一种人，活着的时候可以肆无忌惮地做自己想做的事情，死后却把无尽的灾难留给别人，董卓恰好就是这样一种人。他的死可谓咎由自取，没有人会同情，但是蔡邕的死却不能不说是一大遗憾。先是失去深爱的夫君，又失去双亲的庇护，蔡文姬此时心境的凄凉、无助，几乎在史书的字迹间跃然而出。

屋漏偏逢连夜雨，船迟又遇打头风。

一句简简单单的老话，直白地道出了多少真实的人间惨剧！

天地不仁，令世间多战乱。遇上战乱和灾难的人，也只能叹一声天地不仁。流亡他乡，满目疮痍中只见到匈奴军队横行霸道，肆意凌辱，这样的悲愤却只能埋在心头，无人可知。

这样不幸的遭遇换作谁都会让人同情，然而，噩运并没有就此停下脚步，反而又一次对蔡文姬伸出了魔爪。

戎羯逼我兮为室家，将我行兮向天涯。
云山万重兮归路遐，疾风千里兮扬尘沙。
人多暴猛兮如虺蛇，控弦被甲兮为骄奢。
两拍张弦兮弦欲绝，志摧心折兮自悲嗟。

越汉国兮入胡城，亡家失身兮不如无生。
毡裘为裳兮骨肉震惊，羯膻为味兮枉遏我情。
鼙鼓喧兮从夜达明，胡风浩浩兮暗塞营。
伤今感昔兮三拍成，衔悲畜恨兮何时平。

无日无夜兮不思我乡土，禀气含生兮莫过我最苦。
天灾国乱兮人无主，唯我薄命兮没戎虏。
殊俗心异兮身难处，嗜欲不同兮谁可与语！
寻思涉历兮多艰阻，四拍成兮益凄楚。

——蔡文姬《胡笳十八拍》节选

公元195年，董卓余党李郭之乱，杨奉等人竟引南匈奴军进入中原平乱，战火一直蔓延到蔡文姬的家乡陈留圉县，蔡文姬被乱军所虏，这一去就是十二年。

十二年啊，留在纸面上，只有短短一瞬，但真正要度过那么多那么长的光阴，是何等的煎熬，是零零碎碎、时光刻骨的煎熬。

假如你孤苦伶仃地羁留在异域他乡，夜晚漆黑，大地广阔，胡地的风雪总是早早到来，却没有谁来问一句添衣否，你当会是何种心境？你怀抱着双膝，裹在满是肉膻味的毡裘里，身上不再是轻盈柔和的绸缎，倦意袭来，帐篷外却传来鼙鼓的喧闹和大声叫嚷，他们是和自己同胞不一样的人，更加残忍，更加暴虐，游荡在马背上，以射杀为乐，浓浓的血腥味仿佛从脚下升起，你皱了皱鼻子，有种深刻而孤独的寒意。

轻松点说吧，现代人喜欢看穿越文，喜欢写穿越文。文中的主角回到过去似乎都能混得风生水起，没有一丝的不适应，我觉得很是荒谬，且不说其他，语言不通就是第一个问题。

异域风情，在思想无法产生共鸣的时候，也不是那么好消受的。

如果说蔡文姬在匈奴有些像穿越的初始，那么，她远远不如书中主角们那么幸运，也不可能像他们那般安之若素。

况且，这样一个充满才情、擅音律、通晓典籍，在书香门第中长大的女子，是在乱世中被掳掠而去的。

当时，她正在逃难的队伍中，却遇上了趁火打劫的匈奴骑兵。年轻美貌成为悲惨命运的开端，她被强行掳走，饱受了凌辱和鞭笞，一步一步走向渺茫的未来。

这年，蔡文姬十九岁。

丧失了家园，离别自己的祖国，来到一块陌生而野蛮的土地上，以俘虏的身份被迫委身下嫁，那是一名女子以及一位书香门第后人最大的悲哀。

雁南征兮欲寄边心，雁北归兮为得汉音。

雁飞高兮邈难寻，空断肠兮思愔愔。

攒眉向月兮抚雅琴，五拍泠泠兮意弥深。

冰霜凛凛兮身苦寒，饥对肉酪兮不能餐。

夜闻陇水兮声呜咽，朝见长城兮路杳漫。

追思往日兮行李难，六拍悲来兮欲罢弹。

——蔡文姬《胡笳十八拍》节选

有人说，蔡文姬的诗讲的是一个小女人颠沛流离、饱受苦难之后的无奈与痛苦。我认为不然！

这种说法，看轻了蔡文姬，也看轻了那个时代。

西汉初期，汉武帝重用大儒董仲舒，罢黜百家独尊儒术，使得儒学成为正统。魏晋时期，黄老玄学盛行一时。对命运的反思、清逸的哲理之学，也蓬然而生。蔡文姬出身于书香门第，自小读的便是承袭了千年的孔孟之道和民族大义的经典，耳闻目睹的又是时人那种放浪天地间的洒脱风骨。这注定了她的思想中对民族气节有一种独特的执着。

并不是后世所传的，已然僵化而失去人性的愚忠气节，而是一种坚持、一种追求，是对文明和人性尊严的执着！

流亡异地，远离故土。

语言不同，习惯不同，思想也不同，面对着不属于自己的一切，她的内心只剩下孤独，仿佛万古长夜里只有自己一个人徘徊的身影，无论是浅吟低唱，还是长歌当哭，都不会有人听见，隐约的回音蔓延在整个天地中，越发显出身边的一派寂然。

那种孤独，足以令人发疯。

大雁南飞的时候，我想请它将我的声音带回家乡，大雁北归时再将家乡的声音转达给我。可是大雁啊，你那么高高地飞走了，我找不到你，只好独自断肠，低声哭泣。

抬头望向那空旷的苍天，只有狂风呼呼地吹着。

胡地清寒，就连那大雁也看不到踪影，远远躲了开去，空余恨。

她始终是柔弱的女子，花落枝头，逐水飘零，每晚蹙眉对月抚琴寄情。能做的，只是这样。清冷的琴音，仿佛泠泠泉水从指间流过，越来越幽深，藏了无数纷乱的意味。

寒风凛凛，身子在酷寒中痛苦不堪，腹中饥饿，奶酪和大块大块的肉都是为草原上的猎手准备的，在眼前散发出浓厚的气味，粗粝得弄伤了细嫩的唇舌，对家乡的怀念，令她无心享用异族的美食。

夜里听见陇水，也像是因为流离而呜咽，每天都见到的长城依然屹立，一眼看不到尽头，心思纷乱，远路迢迢，渺茫不知归期。

大雁，月，冰霜，陇水，长城，故土何处？不断回想起往日的生活，那些本来应该美好的记忆却像是盛开了玫瑰的荆棘，牢牢将自己禁锢住。这趟漫长的行旅仿佛是逐步走进无法脱离的牢房。故乡的遥远与现实的残酷形成鲜明的对比，无限放大了心中的悲凉。她几乎弹唱不下去了，伤痕累累的手指落下来，托出一声凄厉欲绝的清音。

这首《胡笳十八拍》流传甚广，一曲唱词，意境深远，情感充沛，远远不是只言片语所能表达的。无论是中原地区还是胡地，曾经一度令闻者伤心听者流泪，即便是现代人听起来也是异常悲凉。

日暮风悲兮边声四起，不知愁心兮说向谁是。
原野萧条兮烽戍万里，俗贱老弱兮少壮为美。
逐有水草兮安家葺垒，牛羊满地兮聚如蜂蚁。
草尽水竭兮羊马皆徙，七拍流恨兮恶居於此。

——蔡文姬《胡笳十八拍》节选

再一次提到胡地的风，却是在暮色苍茫的时刻，夕阳西下，无限惆怅，不知道是呜咽如泣的寒风添了一抹伤悲，还是因为傍晚的关系，风声也低沉起来。“边声”是以胡地风韵酝酿出的独特声音，李陵《答苏武书》中的“侧耳远听，胡家互动，牧马悲鸣，吟啸成群，边声四起”是极好的注脚。范仲淹《渔家傲(塞下秋来风景异)》里写道:“四面边声连角起。千嶂里，长烟落日孤城闭。”军营的号角悠然穿透长空，马匹嘶鸣，凄凉而又悲壮。

寄托了汉家儿女一片悲愁的琴声，在此地，能够弹给谁听呢?

大地荒野萧条，万里皆是战乱四起的烽火狼烟，在长期的战争中，匈奴蛮夷奉行弱肉强食的准则，蔑视老弱妇孺之类，只尊崇年少力壮的强者。因为放牧总会令一块丰美的土地变得贫瘠，他们必须逐水草而牧，日日夜夜寻找新的家园，修葺屋宇，安居乐业。

遥遥望去，满地的牛羊聚拢来，像是大片大片的蜜蜂和蚂蚁，这个游牧民族也像养蜂人一样随时搬迁，流浪不休，没有一刻安宁。

第七拍，再一次体现了蔡文姬诗意而敏锐的才华。她看向身边这些敌国之人的目光，已经深入到他们的过去和现在，漫长的历史证明了她的“恶居”说法。

中原有繁花着锦般的文明，而她更是这一文明浇灌出来的善之花，如今被折了根，断了枝叶，挣扎着盛开在无人知晓的悬崖间，风霜覆盖下，依然娇艳动人，然而攀附着碎石的根系早已奄奄一息，生不逢时的悲楚最终化为一声声激越的对天呼唤、质问和斥责。

为天有眼兮何不见我独漂流，为神有灵兮何事处我天南海北头。
我不负天兮天何配我殊匹，我不负神兮神何殛我越荒州。
制兹八拍兮拟排忧，何知曲成兮转悲愁。

天无涯兮地无边，我心愁兮亦复然。
人生倏忽兮如白驹之过隙，然不得欢乐兮当我之盛年。
怨兮欲问天，天苍苍兮上无缘。
举头仰望兮空云烟，九拍怀情兮谁为传。

——蔡文姬《胡笳十八拍》节选

苍天啊，都说你能够睁开眼睛巡查万物，为何独独看不见我这般失去家国的游子还在外飘零；神明啊，你执掌天地的灵性处置众生，为何偏要发配我到这天涯海角的尽头？

我蔡文姬一生以来从未做过有负天地良心的事，为何一而再再而三地遇上大灾大祸；我也从未亵渎神明，为何神要惩治我，令我跋涉在荒凉的蛮洲！

琴音如飞瀑直流，银瓶迸裂，冲散了追月的云霄，惊飞了归家的鸦雀，愤然直指天地神灵，这是何等的气魄，仿佛数千年前的屈原作《天问》，能够令鬼神同泣！

纤纤玉指最终还是疲惫了，无奈地落下，如沾满了水墨的笔锋最后一划。

天，无始无终；地，无边无际。

人的一生，短暂如白驹过隙，这一句源于《庄子·知北游》，谈玄论道，冥冥不可解。然而就在她最为青春繁盛的年华，不得一刻欢笑，这就是上苍注定的命运吗？想要怪怨上天，天空却那么高旷，无法飞身而去，举头仰望那云烟空然漂流，是那样的轻薄缥缈，无法承载那一腔悲愤，满腹辛酸。

她的唇边泛起一丝苦涩的笑意，哭天抢地，不过是人在绝望时候的一种宣泄，又能够传递给谁？改变些什么呢？

城头烽火不曾灭，疆场征战何时歇？
杀气朝朝冲塞门，胡风夜夜吹边月。
故乡隔兮音尘绝，哭无声兮气将咽。
一生辛苦兮缘别离，十拍悲深兮泪成血。

我非贪生而恶死，不能捐身兮心有以。

生仍冀得兮归桑梓，死当埋骨兮长已矣。

日居月诸兮在戎垒，胡人宠我兮有二子。

鞠之育之兮不羞耻，愍之念之兮生长边鄙。

十有一拍兮因兹起，哀响缠绵兮彻心髓。

——蔡文姬《胡笳十八拍》节选

《胡笳十八拍》这一段写的是战火，说的却是百姓苦。

故国遗墟在，登临想旧游。一朝人事变，千载水空流。梦渚鸿声晚，荆门树色秋。片云凝不散，遥挂望乡愁。

很少有人知晓诗史上戎昱这个人，生在中唐之盛，却总将目光投往多灾多难的现实，发出声声叹息，上面这首诗就是他写的，满载惆怅，物是人非。

或许还是太清淡了些，经历过乱世风云尘埃落定后，再回头看曾经的一切，酸甜苦辣，所有的滋味一起涌上心头。这是一种何其复杂的感觉，没有刻下沧桑烙痕的人大约难解其中滋味。这首诗固然和蔡文姬的诗词没有很大的关系，却叫我不由地想：当尘归尘、土归土，蔡文姬如愿以偿回归到故里时，她又会是以怎样一种心境看这一段难以磨灭的记忆呢？

自有战事以来，城墙上的熊熊烽火，沙场上的硝烟弥漫，从来就没有熄灭过。

沙场上将士厮杀，乱世纷争，何时是尽头？

在这里，冲天的杀气直指边塞的大门，胡地风声萧瑟，在高悬边关的一轮明月下夜夜呼啸而过。

随后，她笔锋一转，化为无尽的悲壮，寥寥数字将气氛渲染到极致，真情实感，叫人断肠。

音信早已断绝，再也看不到故土，连哭泣也哽咽成无声无息的悄然，一生辛苦缘别离，生死契阔，家园难返，西出阳关无故人，最是哀戚，最易染就一壶红泪成冰心。

全诗共分十八拍，第二拍到第十一拍主要讲述蔡文姬的思乡之情，绵绵密密地铺展着，道尽了离乡的苦，当中第五拍的感情最为真挚感人，叫人动容。而第十一拍慨然揭示了她忍辱偷生的缘由。

生仍冀得兮归桑梓，死当埋骨兮长已矣。

活着并非是贪生怕死，而是希望回到故里，就是死了也当将长埋故乡。

多么淳朴而真挚的坦言。对故乡没有深深的眷念，就不会说出这样的话语，仿佛是在对自己说，绝不放弃那一线渺茫的希望，无论如何也要活下去，每个字都是毫无矫饰的真心。

军营中，光阴流逝，南匈奴的王宠爱着这名来自中原繁华之地的灵秀女子，生下了两个儿子的蔡文姬对此仅仅是一片淡然，她悉心地抚养他们，怜惜自己的孩子生长在被称为蛮夷的偏远边境。然而她在诗文中写一句不羞耻，却恰恰透露了心中无以排遣的痛苦和耻辱。

她是大汉王朝官宦之家的闺秀，诗情洋溢芳华正秾的才女，聪慧婀娜，高洁如月，却流落异乡，委身胡人，还生有二子。是恨，是怨，是无奈，蔡文姬默默接受了这般让人难以回避的尴尬命运，只是拨动琴弦叹息一声，哀响缠绵，尽彻心髓。

那无尽的哀恸奏成十一拍，令无数生于乱世死于乱世的中原士子掩涕长叹。

东风应律兮暖气多，知是汉家天子兮布阳和。

羌胡蹈舞兮共讴歌，两国交欢兮罢兵戈。

忽逢汉使兮称近诏，遣千金兮赎妾身。

喜得生还兮逢圣君，嗟别二子兮会无因。

十有二拍兮哀乐均，去住两情兮谁具陈。

——蔡文姬《胡笳十八拍》节选

人生的际遇恰似一场戏剧，总是充满矛盾，要面临选择。

蔡文姬的命运又是戏剧中的戏剧，一生充满坎坷。

十二载胡地春秋，心念已经成灰，轻轻浅浅，飞扬在流水般单调的日子里，只余夜晚的琴音，提醒着她那一份永不能忘怀的哀痛。不曾料想老天偏又捉弄于人，东风一阵吹来汉家喜音，兵戈止兮汉使赎归。

十二乐律黄钟、大吕、太簇、夹钟、姑洗、仲吕、蕤宾、林钟、夷则、南吕、无射、应钟，对应着每年的十二月份。东风正应黄钟大吕，惊破了胡地的平静，天气渐暖，而故国君王协议和谈，带来一派祥和，又正如这一年的春日，带给人们希望。

胡地的人们唱起欢快的歌曲，跳起了传统的庆祝舞蹈，两国往来融洽，鲜血淋漓的兵器都收了起来，战乱终于平息。

满怀感念的蔡文姬，也等到了拨云见日的一天。汉家使者奉汉献帝的旨意，以千金作为赎金，提出文姬归汉的条件。

日盼夜盼，盼来了希冀许久的结果，然而……

慈母手中线，游子身上衣。临行密密缝，意恐迟迟归。谁言寸草心，报得三春晖。

一首《游子吟》写尽天下母亲多少爱。母爱最是平凡，却也最容易牵动人心。蔡文姬的命途纵然坎坷，可她却和无数母亲一样，深爱着自己的孩子，哪怕孩子身上流淌有胡人的血液。

夜已深，风寂寥。孩儿躺卧身侧，声声呼喊着母亲莫离去。灯火昏暗，却将忧愁照亮。

她捧着孩子们的衣服，泪水沿着如玉的面容滴落，染成一片寂寥。

她待在胡地，无时无刻不想回归中原，如今真的能够回去了，又有了一丝犹豫和情怯。

一方是深深眷念的故土，一方是自己的骨肉。舍弃谁？选择谁？老天再度将难题丢给了这个苦命的女人，却没有给她写下答案的权利。

蔡文姬必须回去。

何以？

若是将目光投向那汉家使者的来处，那三国鼎立、乱象纷呈的中原，我们可以看到，建安十三年，在将来会被后世称作枭雄的曹操踏出了野心勃勃的一步。

他废除当时汉朝用以分薄大臣权力的官职，自命为丞相，一人之下万人之上，此后又亲自率兵南征荆州，得胜凯旋，气焰冲天，眼看着就要一统天下。

现在，他又派遣使者，以一对价值高昂的玄玉璧到胡地赎回了蔡文姬。

世人皆赞赏曹操的高义，身居高位不忘昔日知交，轻利而重义，为史书上一段佳话，从今往后，哪怕是最痛恨他的敌人，也不得不为此举予以赞赏。

千金买马骨，不过如此。

她是代表着名门世家被收拢人心的一面旗帜，体现出上位者宽宏仁爱的一种象征，自战争转向和平的一枚符号，流芳百世的传奇中一道轻飘飘的剪影，无数演义和戏文里被赋予不同性情的一个空荡荡的角色，是一曲悲欢交织的胡笳，是一身不负家学渊源的才名，是文姬归汉里的文姬。

但是，在建安十三年，她只是一个活生生的、饱受命运拨弄的女人，会为夙愿得偿而欢欣喜悦，也会为无辜而遭抛弃的孩子悲泣不已。

然而回归中原，回到自己血脉和思想的根源，毕竟是她长久以来的愿望啊。

我时常在想，此时此刻换作我是蔡文姬会如何选择，但似乎这是我想得太多，只有意志不坚定的人才会不知道自己要的是什么。即便知道此去山水迢迢，和孩儿相隔一方，遥遥相望，蔡文姬还是义无反顾。

作为母亲，这样的选择太过心狠。可是作为对故土的爱已溶入血液中的人来说，这又算什么？

不谓残生兮却得旋归，抚抱胡儿兮泣下沾衣。
汉使迎我兮四牡騑騑，胡儿号兮谁得知。
与我生死兮逢此时，愁为子兮日无光辉，焉得羽翼兮将汝归。
一步一远兮足难移，魂消影绝兮恩爱遗。
十有三拍兮弦急调悲，肝肠搅刺兮人莫我知。

身归国兮儿莫知随，心悬悬兮长如饥。
四时万物兮有盛衰，唯有愁苦兮不暂移。
山高地阔兮见汝无期，更深夜阑兮梦汝来斯。
梦中执手兮一喜一悲，觉得痛吾心兮无休歇时。
十有四拍兮涕泪交垂，河水东流兮心是思。

十五拍兮节调促，气填胸兮谁识曲？
处穹庐兮偶殊俗，愿归来兮天从欲，再还汉国兮欢心足。
心有忆兮愁转深，日月无私兮曾不照临。
子母分离兮意难任，同天隔越兮如商参，生死不相知兮何处寻。

十六拍兮思茫茫，我与儿兮各一方。
日东月西兮徒相望，不得相随兮空断肠。
对萱草兮忧不忘，弹鸣琴兮情何伤！
今别子兮归故乡，旧怨平兮新怨长！
泣血仰头兮诉苍苍，生我兮独罹此殃！

——蔡文姬《胡笳十八拍》节选

反反复复，声声咏叹，都是在哀叹骨肉分离之情，这在前面几拍中，是难以想象的。

仿佛听见了这位归途上的女子手抚古琴，一步一回首地轻轻吟唱，我的心跟着痛起来，求之而不得，那是怎样一种无奈？

没有那样的经历，没有人能够指责蔡文姬这样做是错的，只能从诗文中体会到她的决绝。她又何尝不心痛？离开自己的孩子无疑是在她千疮百孔的心中又划了一道无法愈合的伤。

谁料过了十二年，已经是残生了才得以归去，轻轻抚着这两个胡人血统的孩子，泪水沾湿了衣裳，汉家使者以盛大的马队来迎接我，可孩子们的哭号又有谁知道，有谁理会？“四牡騑騑，周道倭迟。岂不怀归？王事靡盬，我心伤悲……驾彼四骆，载骤骎骎。岂不怀归？是用作歌，将母来谂”，这一句典故出自《诗经·雅·小雅·鹿鸣之什》，那是为国事奔走的小吏所发出的思乡悲唱，然而，其中有隐约的怨，也有王令之下身不由己的悲。蔡文姬在归汉的时候，究竟是怎么想的，对于故国，对于那个在战火中多灾多难，尔后又由挑起战火的人来统治的故国，究竟有没有一丝难言的意味，至今已经成了千古之谜。

苏武牧羊，文姬归汉，在青史上照耀了千年，他们的心思也沉默了千年。

她奏出凄凉的曲调，寄托自己的心声：别离之时，就是生死都不能相见之日，天日也因此而惨淡失去光辉，若是我生出羽翼，便可以呼东风，登青云，带着你们一同归去，可是现在只能一步一步地随着马车前行，每行一步，就离得远了一分，叫步伐怎么走得下去？

终于，看不见遥遥的草原踪影，今生今世，母子生养之恩断绝。

她只是在想，琴弦拨得再急，又怎么比得上肝肠寸断、心头刺痛的那份激烈？

回家了。

总算是回家了。

这一天，等得太久太久，青丝不见衰败，然心已经苍老不堪，永不停息的渴求还在折磨着她，去见一见孩子们吧，也许永远也看不到他们了，花落而枝头又盛，四季变迁而亘古不改。这份思念，已经和相思一样缠绵入骨，是爱是劫，已经无所命名，终究不会更改。

一路上山高地阔，相见变成了奢望，唯独在梦中，才能够重新携孩子们的小手，仿佛又回到那短暂的温馨中，低语问他们是冷了还是饿了，或许他们想要一只娘亲手绣的香囊。

等到醒来，泪已经沾湿了脸颊。

河水滔滔不竭地东流到海，一心一意，无论多久也不会停止，正如她的想念，也不会有一刻停息。

她再次回想起自己的一生。

被掳掠到胡地，风俗和中原不同，天气苦寒，不识礼仪，自己被欺辱也唯有夜间琴音相伴。一心想要归国，等了整整十二年，才终于如愿，能够回到汉家是何等欢喜，但随之而来的是深深的哀愁，她似乎永远没有一刻能够放心地开怀，这份哀痛难以约束，母子别离，从此以后就如天边参商两颗星子，一生一世不可以相见。

她原以为自己放得下，结果还是舍不得，只好且行且歌，哀叹一句天意人意。

蔡文姬知道，以后即使回到中原，她也会像月亮渴盼着永远也见不到面的太阳一样，痛到断肠，甚至看见萱草也会想要忘忧，可是怎么忘得掉呢?

琴声为何事而悲，只为抛弃孩子，独自归汉，思念故园的旧恨已经平复了，却又添上新愁，只能再一次地仰头控诉上天，为何唯独她一人遭到这样的祸殃。泪化为血，血化作红玉，镶嵌在词曲间，有心人方能见到那书页翻过的幽幽光华。

得到了期盼已久的，却又失去了人生至贵的，得与失，爱与恨，谁人能说清其中道理？

一曲胡笳悲九州，满腹愁肠向谁诉？

十七拍兮心鼻酸，关山阻修兮行路难。

去时怀土兮枯枯叶干，沙场白骨兮刀痕箭瘢。

风霜凛凛兮心无绪，来时别儿兮思漫漫。

塞上黄蒿兮枝枯叶干，沙场白骨兮刀痕箭瘢。

风霜凛凛兮春夏寒，人马饥尫兮筋力单。

岂知重得兮入长安，欢息欲绝兮泪阑干。

胡笳本自出胡中，绿琴翻出音律同。

十八拍兮曲虽终，响有馀兮思未穷。

是知丝竹微妙兮均造化之功，哀乐各随人心兮有变则通。

胡与汉兮异域殊风，天与地隔兮子西母东。

苦我怨气兮浩於长空，六合虽广兮受之应不容！

归途难。

难在山水重重，行路艰辛。

一路走来，满目都是枝叶凋零的枯木，荒野上白骨累累，断掉的刀箭到处散落着，无人收拾。边疆的风霜还是那么凛然，连春夏也变得寒冷如冬。

粮食匮乏，人和马匹都因为饥饿而疲惫，自己形单影只，怀念着失去的孩子。

她没有想到，一旦远远地看到长安，所有人都迸发出热烈的欢呼，包括她这个归汉的女子，一样是眼泪盈眶，全身心都沉浸在无与伦比的欣喜中！

长安！

这座城市从西周开始就一直是王朝都城，中原的核心，到唐的时候，达到了繁盛的极致，八方来朝。有胡衣骑射的矫健风俗，也有霓裳羽衣舞的缥缈旖旎。书院繁盛，庙观熙攘，街道上摆卖着来自四面八方的货物，酒馆里西域舞娘摆动坠着银铃的腰肢，那是李白的“长相思，在长安”，是王翰的“夜听胡笳折杨柳，教人意气忆长安”，也是白居易的“长安多王侯，英俊竞攀援”……

现在，她终于明白自己为什么那么思念家乡。

找到了血脉中呼唤自己的根，也就找到了能够让灵魂栖息的乐园。

现在来说说胡笳。

君不闻胡笳声最悲？紫髯绿眼胡人吹。
吹之一曲犹未了，愁杀楼兰征戍儿。
凉秋八月萧关道，北风吹断天山草。
昆仑山南月欲斜，胡人向月吹胡笳。
胡笳怨兮将送君，秦山遥望陇山云。
边城夜夜多愁梦，向月胡笳谁喜闻？

——岑参《胡笳歌送颜真卿使赴河陇》

你可曾听说过，这世间最悲凉的乐曲就是胡笳声。在遥远的异域，形貌和中原人完全不同，生有绛紫胡须和碧绿眼瞳的胡人们吹奏起这奇特的乐器，一曲袅袅不绝，仿佛是夜间的狂风在草原上呼啸而过，在天地间发出悠扬而空旷的回响，那些外出征战的边关将士在远离家乡的天寒地冻之际，听到这样的旋律，几乎是愁闷欲死，了无生趣。

你远行的时日是在秋高气爽的八月。史书上赫赫有名的“丝绸之路”由长安而起，到了咸阳陡然分作南北两道，南边那条路，被称作凤翔陇关道，而北边就是邠州萧关道了。一踏上萧关道，前方尽头便是塞外，那里的北风凛冽，天山上的枯草尽皆被折断，只有一片荒芜。远处白雪皑皑的昆仑山在南边天空斜着一轮凄清的银月，月将坠下，胡人就是朝着那月亮吹响了胡笳。

是否有想到草原上的狼群？那凶猛的兽群亦是在夜间朝月嚎叫，让人毛骨悚然。

诗人并没有明白地说出来，只说了边疆城池的游子在夜间多有思乡之梦，谁会喜欢听到那仿佛是对月而泣的胡笳声呢？他在终南山遥遥望着陕西方向，目之所及只有流云，言辞间的空白藏着对友人远去关外的担忧和惆怅。

在中原人看来，胡笳常奏悲苦之声。

而事实也是如此，孤寂、苍凉，唯独属于自然的回响，往往会让人突然升起自我渺小而虚无的寂寥之情。传说一名胡地的牧人卷起芦苇叶吹奏，从而形成胡笳这种乐器。从这句简单的描述，几乎可以想见，在无边无际的草原之上，天空之下追逐着丰美水草而放牧的人们，他们是如何日复一日聆听着原野上的天籁之音，又试图模仿这样大自然的多重交响，而用乐器来发出属于自己的心声。

这样以无尽共鸣、回响交汇而成的声音，在蒙语中称作“潮尔”。

有学者考据，认为潮尔在古代的本意是管状乐器，其中一种冒顿潮尔——冒顿的含义是木头，即木质管状乐器——便是在文学作品中不断出现的胡笳。除此之外，哈萨克吹管乐器斯布孜额、图瓦部落的楚吾尔乐器、塔吉克人的鹰笛……都被不同的学者们认为是胡笳的遗存。

同时，胡笳究竟是从少数民族传入中原，还是中原流入那些异域番邦之地，到现在学者们都还没有定论。

唯一能够证实胡笳存在的，也许就只有那些态度严谨而记载翔实的文献资料中只言片语的描述了。

根据当今学者的考证，“茄”字在汉时被写作“葭”字，《说文》解释为：“茨，苇之未秀者”。可见胡笳和芦苇脱不了关系，传说应是空穴来风，未必无因。

至今现存最早的类书《北堂书钞·乐部》对胡笳描述为："出于戎俗，托于河泽，扬青芦隐皓齿，潜气内运浮响外盈，吹东角动南徵，为出塞之声，人有怀土之切，怀凯风之思，向春风而吹，合箫管之音，鸿雁之将作雏，群胡垂泣，贼皆流涕，鸣葭启路，边笳是崇。"

胡笳出自于戎狄的习俗，最初是折河畔芦苇而吹奏的粗陋乐器，有着独特的吹奏方式，需将管头含在唇内抵住上齿，以喉部的低音来吟奏，音律因此而发，是出塞之人常常演奏的曲调，他们怀着对故土和母亲的思念，朝春风吹起胡笳，那声音与箫声类似，就像是群雁携带幼禽而行，长鸣过边疆，就算是被视作贼寇的胡人们也往往因此感怀垂泪。

《吴子》的《应变编》有写"凡战之法，昼以旌旗幡磨为节，夜以金鼓笳笛为节"。古时作战，夜晚会以鼓声和笳笛来作为约束兵将们的号令，因此那句"鸣葭启路，边笳是崇"也就不足为奇了。

有趣的是，胡笳之悲长令胡人垂泪这一点，又在下面两则小故事体现了出来。

一个是《晋书·刘琨传》，刘琨在晋阳被西域军队重重围困，此后"琨乃乘月登楼清啸，贼闻之，皆凄然长叹。中夜奏胡笳，贼又流涕歔欷，有怀土之切。向晓复吹之，贼并弃围而走。"一个是《晋书·刘畴本传》："（刘畴）曾避乱坞壁。贾胡百数欲害之，畴无惧色，援笳而吹之，为《出塞》《入塞》之声，以动其游客之思。于是群胡皆垂泣而去之。"

魏晋朝代，乱象四起，争权夺利者勾结胡人大军攻破城池，由此衍生出一则又一则故事。在这里，两个故事的主角都是被乱军围困于都城之中，都是以吹奏胡笳来扰乱胡人大军的士气，真假难定，但不失为流传于中原期间的轶闻趣事。

然而说到底，胡笳所奏出的，依然是胡地的苍凉之曲。

蔡文姬本就精通音律，以古琴奏，也能够弹出那蕴藏着塞外苍茫和悲愁的曲子。她现在停下了抚琴，轻轻叹了口气，晶莹的眸光流转，仿佛欲言又止，空中似乎还回荡着方才荡气回肠的胡笳十八拍。

天地音律相通，却又有相异之处，看起来微小的差别其实相去千里，这真是造化的奇妙所在。

正如每个人心中所喜悦的，所哀痛的，各有不同。

正如胡地和中原的语言不一，习俗迥异。

唯独她失去亲子的怨恨始终盘旋在长空之上，浩然不可终止，六合八荒，也难以承容。

听罢这一曲，我不由发出感叹。人世间悲欢离合总无情，大概只有九天之上的圆月才看得清楚。

蔡文姬经历的是苦难，换来的是后世千年的传诵。

她一生坎坷悲惨，饱受疾苦，直到中年才享有安宁。归汉后，曹操将她嫁给了屯田都尉董祀，她晚年致力于编书和整理先父的遗物，直至终老。

归隐家园，恬淡于山野间，有书卷墨香陪伴，这也许是上天对她的一种补偿。

【二】朱颜最是留不住

最是人间留不住，朱颜辞镜花辞树。

王国维是清末的国学大师，著作等身，涉猎广阔，笔下却有几多诗词绻缱婉约，道尽了人间风情，儿女柔肠。一词《蝶恋花》，恰恰契合了蔡文姬一生的飘零，遍阅了天涯的离别恨苦。意外归来之时，如狂风催折的落花，沾染了尘沙，回头看物是人非，谁还记得那一缕相思之情，只有对着一盏孤灯低述，时间多少沧桑，红颜易老，从此镜中再也不见芳容。

当落花成泥，万物皆空，谁还记得千年前那首歌谣。

一生就唱了这么一支歌，洗净铅华等你来相和……

蔡文姬回到故土，远离了战火和纷争，只是整个生命已经烙下了斑斑伤痕，像湘妃竹上的泪痕，凄美而惨烈。她在平静的山野生活中，对窗边铜镜静坐，手抚三丈青丝间依稀的雪色苍白，回首半生浮华，心思成谜，只是，总应该会有一种繁华落尽的感叹吧。

伊大宗之令女，禀神惠之自然；

在华年之二八，披邓林之曜鲜。

明六列之尚致，服女史之语言；
参过庭之明训，才朗悟而通云。
当三春之嘉月，时将归于所天；
曳丹罗之轻裳，戴金翠之华钿。
羡荣跟之所茂，哀寒霜之已繁；
岂偕老之可期，庶尽欢于余年。

——丁廙《蔡伯喈女赋》

同时代的一位才子丁廙，年少的时候文采出众，姿容过人，与曹植交好。在铜雀台上，他提笔为名士蔡邕之女写了这么一首诗，夸羡之意，溢于言表，命名为《蔡伯喈女赋》。

那时节，蔡家还是魏晋时期的望族，轩昂壮丽的宅院高高矗立在陈留郡这个繁华的古城中。族中千百良田连成一片，泛着碧绿或金黄的麦浪。

在与蔡邕共同度过二十多年琴瑟和鸣的美好时光后，知书达理的结发妻子赵五娘，因为没有孩子而劝丈夫纳妾，毕竟那时候最看重的便是香火传承，有了儿女，方能令偌大个家业不至于烟消云散。可蔡邕拒绝了，“惟性情之至，欢好莫伟乎夫妇，受精灵之造化，固神明之所使”。一纸落成的《协和婚赋》，写满了他不重世俗的洒脱和深情。

尔后，蔡文姬的降生，伴随着骄人的尊贵和被父母视作掌上明珠的娇宠。

她一生三嫁，第一段婚姻最为美满。关于这段记载，无论是史书还是她个人的诗词中都几乎是空白，其原因我们不得而知。可也不妨做个设想，也许经历了诸多沧桑，那段往事早已沉淀于心，成了心底最深处的最柔软的秘密。每到夜深人静，才会独自借着漫天的月光，抚平伤痛，回味那段甜美得难以留下的过往。

恰是三春嘉月，东风吹绿了沿途的山水，吉日正行，良辰美景，宜婚嫁。

恰是二八芳华，如桃花灼灼盛放，这一天，她披上了嫁衣，鲜艳如火，眉目嫣然，稚嫩的脸颊染上浅浅的丹霞，轻盈的裙裳拖曳在地，朱砂色如相思，翩然欲飞，秀发挽起高高堆砌的绿云，华美的金钗翠钿环绕，在日光下曜美夺目。

秋水为神，白玉为骨，江南水乡又赋予一段天然灵秀，具女子之美德，尊父母的教诲，然而才华朗悟，竟如谢道韫一般，有林下风气，飘逸入云。

她所嫁的人，名卫仲道。

卫仲道，据说是西汉名将卫青的后裔，曾在洛阳太学就读，受学于蔡邕，因才华出众颇受赏识。

河东卫氏同样是东汉的名门望族，东汉明帝在位时，卫暠由于儒学的声名被朝廷征召，赴任途中卒于当今山西夏县，朝廷便在此处赐葬，家人在此定居，世代以儒学传承。后世第四世孙卫凯受曹操重用。魏晋时，卫氏一族正值鼎盛，门中来往尽是豪门名士，留下“看杀卫玠”典故的著名美人卫玠也是卫氏家族的一员，传承绵长，令当时的众世家望尘莫及。史书上没有对卫仲道作出详细的记载，然而这番家世，足以令人悠然神往。

绸缪束薪，三星在天。
今夕何夕，见此良人？
子兮子兮，如此良人何？
绸缪束刍，三星在隅。
今夕何夕，见此邂逅？
子兮子兮，如此邂逅何？
绸缪束楚，三星在户。
今夕何夕，见此粲者？
子兮子兮，如此粲者何？

——《唐风·绸缪》

《诗经》中的《唐风·绸缪》，写新婚之夜，“淡淡语，却有无限情境”。解不出道不明，极淡婉，又极缠绵，刻入了骨子里，三分是柔情，七分是蜜意。

夜幕深重，星河灿烂，红烛照映芙蓉帐，她听见有人在耳边低笑着问道：“今天是什么日子，竟然能够遇见这般容光粲粲的佳人，这一段邂逅是从何而来……”

年少的新娘或许羞红了双颊，微微咬着唇，半是嗔怪半是应答地和道：“既然如此，君子想要怎么对待此情此景呢？”

韶华锦年，才情惊人，又同是书香世家，金风玉露一相逢，便胜却人间无数。

人间风波难测，白头偕老或许不可期许，然而今生今世，从此与君相执手，尽欢余年，老死不相弃。

她的这段婚姻仅维持了一年，一年后卫仲道咳血而亡。

看这一段盛世的风华匆匆如指尖沙，抓不住的流光逝去成烟霞，他去得匆忙，什么也没给她留下。

十七岁，正是桃李年华。

当年的大汉王朝，犹是一个开放、自然、爽朗的时代，种种风俗都和后世有所不同。一生崇尚无为自静之理的薄太后，原本是魏王豹的妃子，魏王谋反失败后，又被刘邦偶然看中，成了汉文帝的母亲，安然度过一生。

汉武帝刘彻的同胞长姊平阳公主经历两段婚姻，最后方和卫青同生共死；汉宣帝次女敬武公主先是与富平侯张临生育一子，之后又再嫁了两次；汉宣帝的外祖母王媪先嫁王更得，又嫁王乃始；许负的女儿嫁了五次，最后一次才嫁给宰相陈平做妻子，成就了这个男人一生的传奇。

这些女子，或出身显赫，或家世平凡，或流芳百世，或籍籍无名，或飞扬，或沉静，然而她们大多数经历过痛苦的磨难，不曾倒下，而是更加鲜活地描绘自己的生活。

支撑着这种强健生命的，是信念。

任由风雨飘摇，灵魂仍旧在虚空中起舞，纤纤玉指拈起生命不可承受的离别之痛，绣成衣襟上璀璨的花，发髻上的珠钗晃动着转瞬即逝的年华，临水照花，倒映出破碎之后再度凝结的婀娜身姿，复又碎去，复又完整，终究在这里驻足远望。

生与死的界限，爱与恨的折磨，在这种淡然的姿态面前，微小得像是鞋底沾染的尘沙。

蔡文姬，无疑是其中出类拔萃的一员。

她的坚韧和隐忍，在胡地的十二年已经体现得淋漓尽致，而此时，她的决绝则成为伤痛后的凛冽光彩。

或许是因为卫仲道婚后一年便英年早逝，卫家悄然流传着“克夫”的谣言，到处都是怀着恶意的窥探目光，令新寡的蔡文姬不堪忍受，毅然离去！

回到家中，孤苦无助，独自咀嚼再次失去至爱之人的痛苦，蔡文姬轻抚父亲生前珍爱的古琴“焦尾”的琴弦，轻吟那段合奏的曲调，《凤求凰》的声音已飘远。

她的名字是琰，为含光蕴彩的美玉，她的另一个字是昭姬，意味着吉祥光明，女子姣好。

风依然，寒鸦几度瘦。

水空流，人间不尽秋。

翻阅蔡文姬的诗文，所存不多，然而光华熠熠的笔迹，不曾有那些旖旎婉转之辞，仅仅诉说着无尽的悲伤激昂。她的故事，则隐藏在史书中那处挂满了蛛丝的角落，青苔蔓延，阳光缓缓掠过，潮湿得有些暧昧，令人思绪翩然。

春风又绿江南岸，杏花楼头佳人却不在。

当时恰好是汉末兵戈起的年代，从此，天下三分，魏吴蜀鼎立，彼此征战攻伐，一分归了流水，一分归了烽火，还有一分归了无定河边的白骨，暗香盈盈，犹是春闺梦里人。就在这样的风云变幻中，蔡文姬流落异乡委身于胡人，开始了对家乡无尽的思念。

她的诗中说：

戎羯逼我兮为室家，将我行兮向天涯。

云山万重兮归路遐，疾风千里兮扬尘沙。

人多暴猛兮如虺蛇，控弦被甲兮为骄奢。

她在说：戎羯逼我做他的家室啊，将我带到遥远的天边。从此云深深山万重不见归路，大风刮过千里扬起扑天袭地的尘沙。那里的人暴戾凶猛，就像是虺蛇一样叫人害怕，他们以背着弓箭穿着战甲为荣耀，骄横跋扈，不可一世。

我们可以从《后汉书·献帝纪》清楚地了解到，初平二年四月董卓到达长安。抵达长安后，他派出李傕、郭汜阻击朱俊。来年四月董卓被诛。五月，李傕、郭汜反攻京师，六月陷长安。后汉兴平二年（公元195年），李、郭反目互相攻击，汉献帝出长安。同年，匈奴南单于呼厨泉立。十一月，杨奉承引白波帅胡才、李乐、韩暹及匈奴左贤王去卑，率师奉迎侍卫汉献帝由长安回洛阳，与李傕交战。

《后汉书》记 ：“文姬为胡骑所获，没于南匈奴左贤王，在胡中十二年，生二子。”

《三国演义》里也只有这么淡淡的一笔：“原来操素与蔡邕相善。先时其女蔡琰，乃卫仲道之妻；后被北方掳去，于北地生二子，作《胡笳十八拍》，流入中原。操深怜之，使人持千金入北方赎之。”

对于这样一段历史，史上争议纷纷。千金以赎，有人说，这就证实了蔡文姬也许只是流落在左贤王的部落中，充当女奴，而她在诗中仅仅思念亲生的两个孩子，对他们的父亲只言不提，流露出难以抑制的耻辱和辛酸。

她留下的《悲愤诗》中的一段惨然叙述：

或便加棰杖，毒痛参并下。

旦则号泣行，夜则悲吟坐。

欲死不能得，欲生无一可。

彼苍者何辜，乃遭此厄祸。

只是，我宁可相信，在历史重重的面纱之下，那位仿佛美玉蒙尘般流落异族的女子，邂逅的是这样一段缠绵动人的故事。

她生长在江南水乡，烟雨迷蒙，莺飞草长，是如水一般娇柔的女子。胡地气候恶劣，民风彪悍，哪里是她所能适应的？风沙吹得她娇嫩的肌肤失去了光泽，粗粝的食物令人难以下咽，日日的辗转反侧不能安眠又叫她分外憔悴，一时间，仿若老了很多岁。

望着水中倒影，她轻抚着留不住的容颜，垂泪感伤，哼唱起那首忧伤的曲子。

这里也有一人，他仰慕中原文化，惜才而重才。他月下漫步，走至湖边，恰在此时耳边便传来了一阵幽怨曲调，那不同于胡地歌谣的缠绵意境很快将他吸引。

第一次的邂逅，他们是在那个湖边。月光，湖畔，一片茫茫的戈壁。她独自吟唱着自己的不幸，他静静聆听着她的不幸。

第一夜，他们素不相识。

第二夜，他对她心生怜惜。

第三夜，她发现了他的存在。

第四夜……

第五夜……

这个男人，就是史书上记载的南匈奴左贤王。

《史记》卷一〇〇《匈奴列传》中有这样一段记载：“然至冒顿而匈奴最彊大，尽服从北夷，而南与中国为敌国，其世传国官号乃可得而记云。置左右贤王，左右谷蠡王，左右大将，左右大都尉，左右大当户，左右骨都侯。匈奴谓贤曰‘屠耆’，故常以太子为左屠耆王。自如左右贤王以下至当户，大者万骑，小者数千，凡二十四长，立号曰‘万骑’”。

《后汉书·南匈奴传》也写道：“其大臣贵者左贤王，次左谷蠡王，次右贤王，次右谷蠡王，謂之四角”。

夏王朝的一支后裔在殷商时期逃亡去了北方，披发左衽，以放牧为生，这就是一干史书中记载的匈奴之起源。学术界则有不同的说法，认为古人将商朝的鬼方、混夷、獯鬻，周朝的猃狁，春秋时的戎、狄，战国的胡等众多不属于中原的异族统称为匈奴。

这个古老民族的来历早已湮灭在历史中不可考，他们最早出现在秦汉时期，在北方边境居住并彼此联合，组建成实力强大的联盟。为了劫掠丰足的边境城池乃至繁华富饶的中原之地，匈奴大军屡次和中原王朝的军队交战，一度冲入中原烧杀掳夺，一度被打败得流亡四散。

公元前 53 年，匈奴分裂为南北两部，南匈奴依附于汉朝，而北匈奴则向西方迁徙，最终消亡于战火纷飞中。

匈奴人称他们的第一任首领挛鞮为“撑犁孤涂单于”，撑犁意为天、孤涂为子，单于则是广大之貌。在那之后的每一任匈奴首领都出自于挛鞮氏，被他们的子民称作单于，这些单于们往往依照血脉亲疏将同姓子弟分封为王，或者是封为高官，就这样一直沿袭下去，直至整个民族灭亡。

左贤王，便是匈奴人当中最接近权力中心的职位，地位仅次于单于，通常由单于的后代也就是继承人来担任。

当时这位南匈奴的左贤王，在《三国演义》里并没有明确的记载；《晋书·刘元海载记》却有这么一段：“中平中，单于羌渠使子於扶罗将兵助汉，讨平黄巾。会羌渠为国人所杀，于扶罗以其众留汉，自立为单于。属董卓之乱，寇掠太原、河东，屯於河内。于扶罗死，弟呼厨泉立，以于扶罗子豹为左贤王，即元海之父也。魏武分其众为五部，以豹为左部帅，其余部帅皆以刘氏为之。”在今人的考据中，这一段成为了认定左贤王即刘豹的论据。

结合之前的《后汉书·献帝纪》来看，我们发现，被记为左贤王的有去卑和刘豹两人。

会发生这样的情况，未必不是字句错漏的缘由，同时，左贤王究竟是谁的疑问，也给这段历史增添了一层迷雾。

不过，较之出生颇晚的刘豹，在兴平年间被单于派遣来协助汉献帝逃出长安的去卑显然更有可能是这段历史公案的主角。

无论是谁，在这个故事中都只是一道寄托了后世期望的英雄的剪影。

台湾小说家席娟笔下《抢来的新娘》里，女主角君绮罗是一位娇俏绝伦、聪明世故的女商人。她在第五次女扮男装踏上经商之路的途中被契丹王族虏劫，从而发生了一段旖旎浪漫的爱情故事。我翻开书，想到的，却是历史上有着相似境遇的那位才女。

现实不是故事，蔡文姬的经历远比书中的女主角来得坎坷。她是否有着相似的幸运，如那位女主角，最后得到了那位契丹王族的爱情成为他的妻子，也得到了匈奴左贤王的垂青，成了他的王妃？

新婚之夜，她垂下了眼眸，两行清泪静静落下。

如果说十六岁年华恰如那盛开在枝头颤巍巍的桃花，那么，经历了边疆艰辛，年近双十的她，此刻已经是傲然于风霜的一树孤梅，饱受折辱，枝影横斜，绽放出星星点点殷如血玉的寒花。

容貌不过是转瞬即逝的皮相声色，唯独她的卓然才情，似明月照耀在整个阴山胡地。

蔡女昔造胡笳声，一弹一十有八拍；
胡人落泪沾边草，汉使断肠对归客。

被中原斥为蛮夷的匈奴人，擅长吹奏哀怨悲壮的胡笳、胡笛，常常在庆典上跳起欢快的舞蹈。他们用金叶和银片铸造牛马的形体，以各种丝线绣成精细艳丽的毡毯。他们驯服马匹，制造出马镫和马鞍，打造锋利的弓矢，驾驶着相随而鸣的车辆，甚至不忘种植粮草。这是一个可怕的强盛民族，尊崇杀戮、战争和强权，在铁与血的基石上，开创出属于自己的、充斥着对天地最朴素的崇拜，以及拥有神秘巫术的文明。

或许……

作为这个民族未来的王，他的目光一直追随着南边的绚烂华章。

而现在，一个承载了如许辉煌的女子落在本族中，仿佛是天神的恩赐般，尘垢掩不住她的气质高华，憔悴的容颜也埋没不了她那一袭凛然的风骨，夜晚从指间流泻出的琴音，清旷而悲壮，淋漓尽致地控诉着命运的不公、天地的不平，这番慷慨激昂之声，令他想要给予这个女子一处遮风避雨的地方。

她不应该是奴隶，更不应该受人欺辱。

蔡文姬的第二段婚姻在历史上一直显得那么扑朔迷离，是耶非耶，化为胡笳一缕清响，水墨一道诗文，在千百年来无数戏曲营造的幻梦中徘徊，满载国人善意的祝愿。

她在匈奴一待就是十二年，耗尽了一个女人一生中最为美丽的时光。

如果说第一段婚姻只是她生命中的匆匆一页，翻过去之后，文字都成了灰烬，在战火中翩然成黑色的蝴蝶，那么这十二年便应是她人生最凄艳的篇章，落入边关的尘沙中，只听见大雁翅膀所扇过的风声，寂静而且空旷。

建安十三年，身为丞相的曹操命人前往匈奴将蔡文姬赎回。

她在诗中写道：

东风应律兮暖气多，汉家天子兮布阳和。
羌胡踏舞兮共讴歌，两国交欢兮罢兵戈。
忽逢汉使兮称近诏，遣千金兮赎妾身。
喜得生还兮逢圣君，嗟别稚子兮会无因。
十有二拍兮哀乐均，去住两情兮谁具陈。

——《胡笳十八拍》节选

这是胡笳十八拍中难得的喜悦音调，轻快地流泻出来，如轻舟已过万重山，两岸杨柳，清露笼烟。

后世之人对文姬归汉这一传奇，往往寄托了极为美好的愿望。

身为一代枭雄，曹操的文采和武功同样风流出众，“铠甲生虮虱，万姓以死亡，白骨露于野，千里无鸡鸣，生民百遗一，念之断人肠”，慷慨悲凉而又栩栩如生地刻画出当时的战乱烽火，也展现出曹操气吞日月的雄心壮志，“秋风萧瑟，洪波涌起，日月之行，若出其中；星汉灿烂，若出其里”。

当年，他在洛阳还是一个小小官员的时候，带着人微言轻、怀才不遇的孤寂和遗憾，曾经和誉满大汉的名士蔡邕来往密切，彼此亦师亦友。

他仰慕蔡邕的清直名望和过人才华：焦尾琴的弦上弹奏着高山流水，飞白落墨于水汽淋漓的竖幅，灵动如飞天之舞，而立于殿上，却仍然刚正不阿，指斥董卓狂妄无德的气节，成就了其绚烂短暂的一生。或许，正是在这位于历史上留下重重一笔的文人的指点下，曹操的诗文和远大志向才会如此精细地雕琢出来，熠熠生辉。

因此，在听说这位忘年交的女儿还流落在外的时候，在正值大业将成之际，他喟然长叹，派遣使者携带贵重的黄金玉璧，前往被常人视为蛮夷的南匈奴。

文姬归汉，成为三国这一段纷乱时期中，格外动人却又充满了迷雾的一笔浅浅丹青。

这一层迷雾，又落到了曹操的身上。

千百年来，人们关于这位历史名人的争论就没有停息过，或褒或贬，除了东汉末年名士许邵的那句“治世之能臣，乱世之奸雄”以外，还有一些是关于他那传闻中的风流韵事。

罗贯中的《三国演义》如是写道：

那一天，曹操醉后问左右的侍从，城里可有妓女。侄子曹安民明了他的用意，悄悄回答，居住在馆舍附近一位妇人，容貌十分美丽，是城中大将张绣已故叔叔的遗孀。他命令曹安民率领五十名甲兵前去，不久就将人带回军中。曹操见这位名为邹氏的女子果然美丽，一番挑逗，两人当天晚上就“共宿于帐中”。邹氏担心住在城里，张绣会产生疑惑，曹操便转到城外休憩，令典韦在中军帐房外守卫，不许人随意进入。此后，曹操每天就和邹氏在一起取乐，连归期也抛在脑后。

醉问娼妓，则有人心领神会，献上城里美人的线索，全然不顾是不是良家女子。

令人率兵前去，将人带回，道“接纳满城性命，都是为了夫人而已，不然你等早就灭族了”，真正是气焰滔天，盛气凌人。

邹氏惧怕被人知晓，他则带军移在城外，值守封闭，颇有“从此君王不早朝”的荒唐风气。

这般行为，足以称作好色无忌。

曹操率部南征时，宛城的张绣卸去盔甲投降，并对其盛情款待，不料寡嫂被人勾结成奸。消息一经透露，这位大将自然是怒火中烧，带领人马前去挑战，曹操此战大败，失去了大儿子和一员大将。

此般后果，无疑是主将昏庸荒唐，才导致自家惨败。

《三国演义》里，曹操是毫无疑问的奸角，戏台上免不了要涂了白脸，做些糊涂事情出来，不过这一段，倒是有来由的。

> 魏甄后惠而有色，先为袁熙妻，甚获宠。曹公之屠邺也，令疾召甄，左右曰：“五官中郎已将去。”公曰：“今年破贼，正为奴。”

魏晋时人笔记《世说新语》记录了许多当时的名人轶事，可谓是八卦小报的先行军。曹操随口一句，屠戮满城，只为此女，从此成就千古洛神之名，翩若惊鸿，婉若游龙。这既是文史上一段佳话，又是他自己的一桩桃色公案。

而先嫁于袁熙的甄氏，在曹操的青睐和他那两个儿子的争夺中，也只能在虚幻不实中凌波踏过梦里的江流，化作一朵转瞬即逝的昙花，令世人略微知晓她的哀苦。

也因此，著名的赤壁之战令后人提笔：东风不与周郎便，铜雀春深锁二乔。戏谑曹操为争夺大乔小乔两位美人开战的传言。

临死前曹操也不忘分香卖履，广散姬妾，他的风流和文采武功一起流传后世。

他的事迹，成为一代奸雄醉卧美人膝，醒掌天下权的最佳注脚。

曹操以千金为蔡文姬赎身。长安城中，这位从胡地远道归来，青丝朱颜皆染上尘埃的女子就在他的面前盈盈拜倒，携一身的胡地飞霜。她那自幼毓秀的风姿已化作由岁月刻画出来的清冽沧桑，那是一种无关美丽的风骨，柔韧、强健、执着地绽放。

后世的戏文里，多了一篇枭雄和才女的缠绵。

历史上，也多了一份纷纷乱乱的猜疑。

即使到现在，我也常常听到有人在问，曹操花重金赎回蔡文姬到底是为了什么？是不是他和蔡文姬有什么不可告人的男女关系？而上述的几处也很直观地反映出了曹操私生活不检点的现实问题。若是真有那么一段，想必也是合情合理的。

然而史书上的说法却是相反。

根据记载，蔡文姬归汉后，曹操怜悯她孤苦一人，无依无靠，便做主将她嫁给了自己手下的屯田都尉董祀。

董祀这个人又是一个记载不多的人物，年少俊朗，有文采。

这样的男子，想来应该是骄傲的。

董祀自傲于容貌出众，才华过人，年纪轻轻就有官职在身，前途无限远大，甚至，心里还怀着颜如玉的美好梦想，然而自己的妻子，却是一名从蛮夷之地归来，流落在外十二年，又年过三旬的孤女。

纵然她出身显贵，然而家族已经衰亡，美丽的容颜有了几分凋零，唯独洋溢的才华，如明珠般耀眼。

更何况，历史上那些手拂五弦、口吐珠玉的才女们，常常令世上男子自惭，一旦才华有所不及，就会有远离之心。

蔡文姬高才，当时何人堪匹？

两人的相处已经无从猜测，那么，还是回归到白纸黑字的一篇史事上来吧。

《后汉书·董祀妻传》记载着这么一段：

（董）祀为屯田都尉，犯法当死，文姬诣曹操请之。时公卿名士及远方使驿坐者满堂。操谓宾客曰："蔡伯喈女在外，今为诸君见之。"及文姬进，蓬首徒行，叩头请罪，音辞清辩，旨甚酸哀，众皆为改容。

操曰："诚实相矜，然文状已去，奈何？"文姬曰："明公厩马万匹，虎士成林，何惜疾足一骑，而不济垂死之命乎！"操感其言，乃追原祀罪。

那是他们婚后的事情了。身为屯田都尉的董祀犯了法，理应处死。听闻这一噩耗，蔡文姬到来，求见曹操。

当时，曹操正在大宴宾客，这个时代显贵的公卿官员、著名的士人，乃至远道而来的使者都在大堂上，位列珠玑，觥筹交错，可谓是谈笑有鸿儒，往来无白丁，这般宏大的气象是常人难得一见的。他接到侍从的禀报，对宾客说："蔡伯喈的女儿就在外面，今日，就请诸君见过。"

父亲的名望，给予她一线希冀。

回想起当年的赫赫鼎盛，乃至今日的凄清冷落，这位旷世的才女孤零零地站在厅堂之外，或许，也会有不尽的百感交集。

她走进大堂，光着脚，蓬着头，以负罪的姿态，出现在所有人面前。

她跪了下去，磕头请罪。

依然是清朗的述说，言辞明晰，条理井然，将丈夫所犯的错误一一剖析了个彻底，辩解也是极为贴合情理，一时间，令满座讶然，惊艳当场。其中包含的辛酸哀楚，又令人无不动容。这些人，原本只是想见一见那名满天下的大学者的后代，听到现在，已经被她的真挚所打动了。

曹操同样是如此。

在征战中极为刚愎自用的一个人，竟然叹息道："我也很同情你的遭遇，可惜文状已经被带下去，救之不及，有什么办法呢？"

蔡文姬说："明公厩马万匹，虎士成林，何惜疾足一骑，而不济垂死之命乎！"

表面上，她是在提出策马前去的建议，然而，却也是看出了曹操些微的推脱之意，才哀婉地恳求"何惜疾足一骑"。

您麾下有如此多的精兵良马，何必因为爱惜一匹好马的脚力，而不去挽救一条即将面临绝境的性命呢?

言下之意，则是在暗指对方有爱惜财物而轻视人命的嫌疑。

曹操若是不想背上重钱财而轻子民的罪名，让自己好不容易积累起来的名望跌到谷底，就只能派人快马加鞭赶去赦罪，饶过董祀。

否则，记载中何必添加一句"操感其言"，若是感动，之前的请罪就足以赦免董祀，而无须蔡文姬看似有些越权地提议了。

她的聪慧，由此可见。

经历过生离死别、战火硝烟、流亡异乡的痛苦，蔡文姬已经看透了太多世情，明白了太多道理。她的诗文极少，是流传中散失呢，还是从胡地归来以后，就悄然掩藏起自己的所有感怀，不再浅吟低唱，不再触景生情，只是一味相夫教子，竭尽全力去维护这个来之不易的家，这份安宁?

也许，她是太累了，平生悲怨都在那胡笳奏出的清响里，在故国温软的风之下，消散殆尽。

但愿平安喜乐，不复诗文沧桑。

经此一事，二人归隐山野。

无论是冷落不屑也好，相敬如宾也好，此后风风雨雨十多年，他们都一路相伴着走了下去。

她谢绝了曹操将她留居邺城与中原的好意，随丈夫董祀前往长安。

《三国演义》第七十一回有这么一段描述：

兵出潼关，操在马上望见一簇林木，极其茂盛，问近侍曰：“此何处也。”答曰：“此名蓝田。今邕女蔡琰，与其夫董祀居处。”

曹操行军到潼关，一听部下报告说此地是蓝田，便想到蔡文姬隐居在此，令军马先行，自己前去登门拜访。可见她此后在山野间布衣躬耕，和董祀二人不再过问世事，一生的绚烂归于平静，归于日出日落，周而复始。

她后来和董祀生有一子一女，女儿嫁给司马懿的长子司马师为妻。

一生芳华，终致圆满。

人生最美好的事物，不在于容颜的美丽、命运的宠爱，这些浮华总会随着大江东流去，载沉载浮。一代才女蔡文姬飘零半生，却以三首感人至深的诗文铭刻在后人的记忆里，气魄不羁而雄浑，思情苍凉而哀绝，在魏晋三国那个群星璀璨的时代，挥洒出刹那间的辉煌，也成就了属于她的永恒。

自古美人如名将，不许人间见白头。

只是，翻飞的书页间，她携带胡地的风霜苦寒，以自己的一生告诉我们，哪怕朱颜逝去，也无须悲叹挽留。

【三】晚来风起撼花铃

晚来风起撼花铃，人在碧山亭。
愁里不堪听，那更杂、泉声雨声。
无凭踪迹，无聊心绪，谁说与多情？
梦也不分明，又何必、催教梦醒。

——纳兰容若《太常引·晚来风起撼花铃》

一首词，字墨分明，染就多少惆怅。

它，出自纳兰容若的手笔。

这位大清王朝最广为人知的词人，姓纳兰，原名成德，字容若，后改名性德。父亲是武英殿大学士明珠。纳兰容若善骑射，擅长诗词写作，极有才华。

他的词一贯凄美，将那千古吟诵的“情”字反复歌咏，描绘得缠绵悱恻，刻骨铭心。有人将他和李后主做比较，同样是哀怨婉转，却少了一分皇室的贵气和自怨自艾，多了几分执着于情的哀感顽艳，即使风格上相近，说到底，两人在心绪上是截然不同的 。

出生于满族的贵族之家，他的姓氏纳兰隶属于正黄旗，为清朝初期满族最为显赫的八大姓氏之一，其父纳兰明珠曾担任内务府总管、弘文院学士、刑部尚书、兵部尚书、武英殿大学士、太子太傅等系列官职，乃是康熙朝名噪一时、权倾朝野的重臣，这一切，早已注定了纳兰容若将会享有富贵荣华、繁花著锦的一生。然而，也许是造化弄人，他“虽履盛处丰，抑然不自多。于世无所芬华，若戚戚于富贵而以贫贱为可安者。身在高门广厦，常有山泽鱼鸟之思”。

在仕途上一帆风顺，才情横溢，却因为爱妻早亡，挚友离散，纳兰容若在三十一岁那年抱病一醉，就此病逝，只留下一册厚厚的诗集，里面全然是种种感怀，并无半分时事。

他没有显赫的功绩，也没有造成太大的影响，他在整个清朝和整个中国文学史上，都是轻轻浅浅的一抹闲笔，若有若无。

就如“情”这一字，得之无用，失去了，也只能轻轻叹息，遗忘在记忆里。

一曲《太常引》吟罢，七分寂寞，两分愁绪，一分相思。

天色已经晚了，微风吹动，风铃相击，清脆的响声飘荡在大地之间。亦梦亦幻，亭子里站着的人已是满怀心愁，听到了，又触动了一点凄苦，闲听雨声落在泉水里，声声滴滴，如琴音倾述，想要道出，又道不出，无从捉摸起的这份心绪，其实是无聊吧，再多感慨又能够向谁说去。梦里也是一派蒙昽，不能得个清楚，即便如此，又何必催促着醒来呢？

这份寂寞相思，若有还无，不深沉，只是深深铭刻于心，连是真是幻也不清楚，就如一杯愈饮愈寡淡的酒，然而醉意越来越浓，千年前如是，千年后亦如是。

蔡文姬不是纳兰容若，她以诗词激越著称，只是她自己的寂寞，也曾经清淡过，没有激烈，没有悲愤，而是一份只有自己才读得懂的晦涩情怀，旁人看去风华无限，然而底下悄悄隐藏了无尽的惆怅踟蹰，甜美也好，苦涩也好，都是欲语还休。

十六岁，她披上了嫁衣，从此将今生今世交到另一个男子的手里。

他们的婚姻，在历史上没有留下太多的记载，《后汉书》里只写了一句“蔡文姬初嫁卫仲道”，后来丁廙作一篇《蔡伯喈女赋》，也是极力描摹了出嫁盛况后，便一笔带过，转而写她流落外邦的凄苦。

这一份天作良缘，仿佛不存在一般，就此藏在了历史的尘埃中。

然而，之所以说是天作的良缘，盖因蔡、卫两家都是当时鼎鼎有名的世族。

据记载，卫氏一族原为西周周文王第九子康叔之后。康叔的封地是卫国，因此以国名做姓氏，后来子孙分散到各地去。根据《晋书》记载，汉明帝时期，卫氏的族人卫暠迁徙至河东郡安邑县，这就是卫仲道的家族。在当地，卫氏一开始没有太大的名望，绵延不断而终于造就了诗书门第之势。

东汉末年，卫暠的四世孙卫凯由于精通儒学，被曹操重用，卫氏一门逐渐兴盛。

卫凯的长子卫瓘年纪轻轻便踏入仕途，魏灭蜀后，任监军，设计收杀邓艾、钟会这两个素有才名的小人，平定了他们争权夺利而引起的祸端，此后一路攀升，直到幼小的惠帝继位，与汝南王共同辅佐朝政，一人之下，万人之上。自此，卫氏一族真正成为名门望族。

历史上，卫氏一族以儒学名教为家训，所出英杰，不计其数。

卫瓘十岁丧父，“至孝过人”；其孙卫璪是怀帝的内侍，为了侍奉君主，死于国难，而卫璪的弟弟卫玠带着母亲和家人迁徙往南，由于路途遥远，积劳成疾而卒，曾留下“在三之义，人之所重，今日忠臣致身之道，可不免乎”的名言。

乱世之中，仍然维持世家的风气；兼容并蓄各家思想，也始终贯彻了家族秩序的礼法孝道，卫氏一族的门风可见一斑。

而在文化这一方面，魏晋时卫氏一族又以书法著称，所谓“卫、杜之笔，流传多矣”。

卫瓘所写的“草稿”之体，乃是对早期章草的简写，促成了今草的出现，更促使东晋王羲之新体书法的成熟。

卫瓘之子卫恒博古通今，著成一篇《四体书势》，成为西晋时期的重要书学著作，在中国书法史上早早地留下了痕迹。

“如插花舞女，低昂美容，又如美女登台，仙娥弄影，红莲映水，碧沼浮霞”，这是唐代之人对卫氏一族中卫夫人铄所写字书的评价。后来，她更是将卫氏一族的成就与希望毫无保留地教于侄子，终成一代大家王羲之，令后世高山仰止。

有“书圣”之称的东晋书法名家王羲之，其书法集众家之长，独具一格，笔势委婉含蓄，遒美健秀。后人赞他的书法：“飘若游云，矫若惊龙”“龙跳天门，虎卧凰阁”“天质自然，丰神盖代”，然而他在得知这位姨母的死讯后，却是“哀痛摧剥，情不自胜”！

令人惋惜的是，卫氏一族的书法作品流传不多，寥寥数张，令后世可望而不可得。

至于被晋武帝称赞的卫公女有“五可”，“种贤而多子，美而长、白”，以及留下典故“看杀卫玠”的美男子卫玠，这些故事所透露出来的卫氏族人一贯的风神俊美，倒在其次了。

在这样以端直敦厚闻名的书香诗礼门第之中出生，可以想见，卫仲道此人应当是怎样的出众。

名满天下的蔡家才女，就在初春的和煦风致间出嫁，来到他的身边。

她还正是情窦初开的时候。那个年代的女子们，十三岁便是娉娉袅袅的豆蔻风华，十五六岁便盘发及笄，羞涩地遥想着举案齐眉的美好岁月。少年结发，自然是恩爱有加，温柔旖旎都落在说不尽的小儿女情态间，令人生羡。

才子佳人，最难得门户相当，又难得年龄相仿，还难得一般地才貌出众，性情柔雅。蔡文姬“博学有才辩，又妙于音律”，而卫仲道饱受书香熏陶，又在洛阳太学师从蔡邕，因优良的品德和卓越的才华而得到赏识。他们相处的时候，怎么会少了彼此诗文对答，琴瑟和鸣，又怎么会不显得珠联璧合，是天造地设的一对？

一点情动，应当就此酿成。

那时候的两人，也应当是幸福的，沉浸在最为美好和纯真的恋情中，朝夕相对，耳鬓厮磨，不沾染外界任何俗事，以诗理相伴，悠然空灵而情长。

只是人间旦夕祸福，终不可测，婚后仅仅一年，卫仲道便咳血而亡。

这一年她年方十七岁，本该是一场风花雪月的浪漫，却因一场大病变得尴尬。早早结束的生命留下无尽的哀思，活着的人徒然感伤，却还要面对随之而来的各种各样的磨难。

受到夫家的冷眼和刁难，蔡文姬不得不愤而回家，可是，受到战火的波及，她的家在那座被破坏得千疮百孔的洛阳城里，已经凋零破败。早先，父亲在长安遇害，如今她又失去了丈夫，如何能够在乱世里生存下来？她只能回到娘家陈留尉氏蔡家庄。

回顾此前辗转于种种波折，在夜深人静的时候，还是少女的蔡文姬会不会无数次地想念过去的美好时光，以及那唯独属于两个人的幸福？

六世达赖的《十诫诗》写得好：

第一最好不相见，如此便可不相恋。
第二最好不相知，如此便可不相思。
第三最好不相伴，如此便可不相欠。
第四最好不相惜，如此便可不相忆。
第五最好不相爱，如此便可不相弃。
第六最好不相对，如此便可不相会。
第七最好不相误，如此便可不相负。
第八最好不相许，如此便可不相续。
第九最好不相依，如此便可不相偎。
第十最好不相遇，如此便可不相聚。
但曾相见便相知，相见何如不见时。
安得与君相诀绝，免教生死作相思。

活佛看彻了世情，却也牵扯不开世间情爱，只能留下无可奈何的诗句，以告诫后来人。

少年夫妻不能相守到老，订下的山盟海誓转眼成空，相见相恋，却要生死两隔，天地茫茫各一方。人生如此，莫不如不见不识不知相思味的好。

上天让我早早地遇见你，却又早早地将你带走。

一份朦胧情怀，还未圆满，就已经结束。这样的相遇，是缘，也是劫。

十年生死两茫茫，不思量，自难忘。千里孤坟，无处话凄凉。纵使相逢应不识，尘满面，鬓如霜。

夜来幽梦忽还乡，小轩窗，正梳妆。相顾无言，惟有泪千行。料得年年肠断处，明月夜，短松冈。

豁达如苏轼也有割舍不下的情怀，他哀悼自己已故的妻子，一首《江城子》让多少人感伤涕零。千里孤坟无处话凄凉，即使可以对人述说，那又如何？想要倾述的人已经不在了，影自伤。

山一程，水一程，身向榆关那畔行，夜深千帐灯。

风一更，雪一更，聒碎乡心梦不成，故园无此声。

——纳兰容若《长相思》

蔡文姬跌宕起伏的传奇一生中，有出嫁时的盛大喜庆，也有丈夫病故后回乡，乃至被掳掠去蛮夷之地的凄凉，这中间被掩去的一段再也无法追寻，只能听见风铃声在晚风中叮叮当当地传来，发自于天然的纯真感情，在说不清道不明的迷茫心境中，渐渐散去，梦也不分明，又何必催叫梦醒。一首《长相思》轻声吟诵，祭奠那逝去的故事，逝去的烟华……

【四】此去连朔漠，山水万里隔

请为我唱一首出塞曲，
用那遗忘了的古老言语。
请用美丽的颤音轻轻呼唤，
我心中的大好河山。
那只有长城外才有的清香，
谁说出塞歌的调子太悲凉。
如果你不爱听那是因为，
歌中没有你的渴望。
而我们总是要一唱再唱——
想着草原千里闪着金光，
想着风沙呼啸过大地，
想着黄河岸啊阴山旁，
英雄骑马壮。
骑马荣归故乡。

这是台湾著名作家席慕蓉作词、李平山作曲的一首《出塞曲》。很多著名歌手唱过这首歌，我独爱蔡琴唱的那一版，大气、古朴、浑厚，将塞外大漠的气势一展无疑。

大漠风光无限，万里黄沙飞扬，引人无限遐想。

有人说，大漠是一匹野狼，桀骜不驯，傲立在边陲之地。

但这一方独立于繁华热闹外的广袤天地，更像一位饱经风霜的老人，狂风中，嘶哑的嗓音低低唱起曾经嘹亮雄浑的歌曲，反反复复，絮絮叨叨，对世人倾述着一段又一段凄凉悲壮的故事。

还记得《东邪西毒》这部电影中的一个画面，风沙席卷着大地，昏黄一片，风沙之中站着的人，落拓的身姿，孤寂的眼神，构造出了一幅苍凉的图画。

电影历经一个半小时，从头到尾都在讲述两个字：寂寞。

不懂寂寞的人看不懂电影，看懂电影的人却又更寂寞。

描述边疆景致的诗句古来有之，每个人怀着不同的心态去看那一片风景，无论是今人的歌曲和影视，还是王维诗中的“大漠孤烟直，长河落日圆”，岑参眼中的“莽莽黄天，一川碎石”，一切都那么苍凉。

燕山的雪花大得像席子一样，过了玉门关，就再也见不到春风吹拂，昔日的亲朋好友也不复存在，荒凉、孤寂，天地间，只有你一个人，眼瞳中倒映出无边无际的景象，仿佛那就是永恒。

等到苍凉寂寞够了，边疆这个地方，却又展现出生机勃勃的一面。

丝绸之路自从开辟出来后就盛极一时，那些贩卖货物的商人，异国前来朝圣的学子，不辞辛劳传教的僧侣们，都在这条路上跋涉过，留下或深或浅的足迹。

汉武帝时期，细君公主嫁到乌孙，成就了和亲公主第一人的名头，此后双方来往不断，短暂的和平与战火并举；尔后更有昭君出塞，汉代同时期的诗歌赞颂道“长城既立，四夷宾服，交和结好，昭君受福”。

古往今来，有不少人认为和亲是一件屈辱的事情，何以汉人反而认为是“受福”？

“匈奴，其先祖夏后氏之苗裔也，曰淳维。唐虞以上有山戎、猃狁、荤粥，居于北蛮，随畜牧而转移”，匈奴的文化同样源远流长。他们擅长骑射，铸剑的工艺高超到连汉武帝都要派遣张骞出使前去窃取。这是一个强盛的王朝，与大汉对峙多年，昭君嫁去成为单于的阏氏，便如《汉书（卷九）·元帝纪》所注，如汉朝的皇后一般，带去了两国的和平，也让彼此的文化和商贸互通有无，她无疑是幸运的。

历史由人书写，所记下的故事缺失了不曾发出声音来被书写者听见的另一半。

这个民族不喜文字，不善著书，然而他们的文明依然灿烂，闪耀在奔流的历史里，几乎每个人都是骁勇的战士，他们的生活中，既有精美雕琢的工艺，也有血腥残酷的战斗。

就如蔡文姬所吟咏的这一段悲惨过往：

汉季失权柄，董卓乱天常。志欲图篡弑，先害诸贤良。
逼迫迁旧邦，拥主以自强。海内兴义师，欲共讨不祥。
卓众来东下，金甲耀日光。平土人脆弱，来兵皆胡羌。
猎野围城邑，所向悉破亡。斩截无孑遗，尸骸相撑拒。
马边悬男头，马后载妇女。长驱西入关，迥路险且阻。

——蔡文姬《悲愤诗》节选

诗的开头就叙说了汉末董卓挟持天子，残害忠良，迁都自立，被其余诸侯大军围攻的史事。然而话锋一转，便开始陈诉战争中的屠杀和动乱。

短短六十字，还原了当时一幅幅惨烈的画面。这些惨烈的血腥，在过去和将来都不断地重演着，最终在元代的张养浩的笔下化作暗色的墨汁，淋漓挥洒，被涂抹成一句朴素而凝练的真理，“兴，百姓苦；亡，百姓苦”，为千古所慨叹。

平民百姓的生命是多么脆弱啊。在气势汹汹而来的胡羌大军的冲击下，城郭一个接一个被屠戮，斩杀中没有留下一条性命，尸骸堆积，百里不见人烟。大军的马匹边上悬挂着作为战利品的人头，后面载着掳掠来可做财产的女子们，一番烧杀掠夺之后，长驱向西，返回那条漫长而险恶的来路。

这种战斗残暴而果断，摧毁一切，覆灭一切，对坐落在平原中，那些精致而温软的城镇而言，是一场不可抵御的灭顶之灾。

烽火冲天，文明坠毁，如青花瓷骤然落地，发出美好破裂的清脆响声。

尤记得靖康之难，尽管正史并未做出详细的描述，而《靖康稗史笺证》一书却对此次国难做了十分详尽的说明。金国军队杀入大宋之后，奸淫掳掠，烧杀抢夺，将一派大好的锦绣河山化作人间炼狱。

这次事变直接导致了北宋王朝的覆灭，这才有了岳飞《满江红》中的那句：靖康耻，犹未雪，臣子恨，何时灭！

东汉那段历史和北宋不同，其结果却是一样，百姓受难，杀戮遍地。

她的人生，也因此而开始波澜壮阔。

从主观的角度看蔡文姬所受的苦难，那是苍天的不公；但从客观的角度来看，那只能是时代的悲哀。

还顾邈冥冥，肝脾为烂腐。所略有万计，不得令屯聚。

或有骨肉俱，欲言不敢语。失意几微间，辄言弊降虏。

要当以亭刃，我曹不活汝。岂敢惜性命，不堪其詈骂。

或便加棰杖，毒痛参并下。旦则号泣行，夜则悲吟坐。

——蔡文姬《悲愤诗》节选

一路上，她回头去看，中原的城郭已经被掩没在渺渺茫茫的云天之间，这般心绪，肝肠寸断已经不足以形容，只能任由一腔的热血渐渐腐朽，就如马背上的头颅般烂坏，令人掩鼻。

匈奴军队对待俘虏是凶残而严苛的。

被掳掠而来的俘虏约有成千上万，因人数众多，军队为防止他们作乱而下令禁止俘虏们聚在一起，如此一来，哪怕是亲生骨肉就在身边，被俘虏的人们也只能含泪相对，不敢有半句话的交流。一旦对俘虏们稍有不满意，这些胡兵动辄辱骂，以处死作为要挟。其实死又有什么可怕呢，反而是咒骂侮辱更加令人不堪忍受，胡兵们驱赶俘虏如驱赶畜生一般，随时会有棰杖落在他们身上，痛打一顿，令俘虏们每一日每一夜都不断地号啕哭泣，悲惨地呻吟着。

作为其中悲泣的一员，她写下了这样的句子：

“欲死不能得，欲生无一可。彼苍者何辜，乃遭此厄祸。”

战火燃起，那是争权夺利者的事情，和百姓有什么关系呢？然而承受着最深重苦难的依然是百姓，他们求生不得，求死不能。

苍生何辜，惨遭这样的飞来横祸？

这个疑问已经存在了几千年，依旧没有答案，然而依旧有人提问、疑惑、思考。在这样的反思当中，历史才显现出一丝人性的温情，而不再是鲜红的一片惨厉。

无论诗句怎样深刻，往后又会有怎样的名声，享受怎样崇高的历史地位，此刻，她依然只是无辜遭祸的一名少女而已。

这首《悲愤诗》是蔡文姬在归汉后所作，共一百零八句，五百四十字，以不同于胡笳十八拍的翔实言辞，描述了自己的亲身经历，乃至在南匈奴耳闻目睹的一切，句句含血，字字真切。

上述词句，便是此诗的第一部分。

它被称赞为我国历史上第一部自传体长诗，生动而细致，却掩不住作诗者的无限悲凉和心惊。从名满天下的才女，到匈奴的俘虏，这一变故，不异于天崩地裂。

心中的绝望，却不止于此。

> 边荒与华异，人俗少义理。处所多霜雪，胡风春夏起。
> 翩翩吹我衣，肃肃入我耳。感时念父母，哀叹无穷已。
>
> ——蔡文姬《悲愤诗》节选

细君下嫁，昭君出塞，她们是幸运的，在一个强盛王朝的支持下，由浩浩荡荡的车队簇拥着来到这片不乏繁荣的土地，以自己的聪慧和仁爱以及广博的学识见地，得到了当地百姓的爱戴和拥护，被他们视若神明。

然而现在，王朝衰败了，无力庇护自己的子民。

同为美貌出众的女子，甚至更加才情横溢，聪颖卓然，蔡文姬只能执一管胡笳，吹奏出苍凉的声音，声声饱含着杜鹃泣血的啼鸣。

不如归去，不如归去！

蛮夷之地不讲究中原的礼仪道德，他们嘲笑被儒学竭力维护的伦理，名门世族提倡的敦厚门风也被踩在脚下，在这个地方，不需要这些人与人之间的人情来往，只需要强悍的战力，面对风暴，面对饥饿的狼群，面对寒光闪闪的刀刃，悍然地流着血，夺来食物和居所。

胡地一直都是寒冷的，冷得一应风花雪月都冻结，从原本应该温柔和煦的春天，就开始刮刀子一样凛冽的风，然后就是冰霜落下，大雪纷扬。

荒原和风霜，就是她所接触到的，永远也不会改变的生活。

胡地的风吹得单薄的衣物翩然翻飞，寒冷到刺骨，耳边是肃然的空旷风声，满目望去，尽是荒凉，唯一存在于心头的尽是思念。

思念她那名满天下、为人刚正的父亲。

也思念她那温柔而慈爱的母亲。

他们都已经不在了，只留下一幕幕美好记忆，烟雨江南，洛阳牡丹，火中取出的焦尾琴放置在青玉案上，弹奏出风雅的曲子，初嫁时候的依恋不舍，乃至新婚燕尔的你侬我侬。

父母之身，父母之邦啊……

还有那些在指尖灵动的文字，墨迹飞动，记录下一点一滴的情怀，如今也消失得无影无踪。

这一切，和眼前的大漠相比，是那么的美丽而脆弱。

她只有哀叹了，奏出动人的旋律，似乎就可以触碰到隔了重重山水，远在万里之外的那个故国。

这首诗没有华丽的辞藻，也没有一咏三叹的婉转感叹，只是真真切切地倾述着，记录着。蔡文姬下笔冷静而精准，后来更是描述了归汉的经过，回乡后所见到的寥落，以及托身新人后的惶恐。她说，人生短短的百年间，就有那么多的忧虑，一直到老，一直到死，都摆脱不得，人生几何时，怀忧终年岁。

但是，最让她难以忘怀的，还是占据了其生命一大篇幅的异乡飘零。

朔漠连绵，带来的不仅仅是苦难，还有心灵上与家园隔绝的孤寂。阻挡在中间的，除了万重山水，还有两个民族彼此的仇恨和隔阂。

有客从外来，闻之常欢喜。迎问其消息，辄复非乡里。
邂逅徼时愿，骨肉来迎己。己得自解免，当复弃儿子。
天属缀人心，念别无会期。存亡永乖隔，不忍与之辞。

——蔡文姬《悲愤诗》节选

（白）我，侍琴。只因我家小姐，听我相劝，嫁了左贤王。左贤王倒也十分喜爱。怎奈我家小姐，终日愁眉泪眼，闷闷不乐想念家乡。

左贤王：啊？我看妃子面带泪痕，为了何事？

蔡文姬：我并未落泪啊。

左贤王：哦！莫非嫌我胡人粗鲁，还有什么不满意之事吗？

蔡文姬：王爷待我恩情甚好，还有什么不满意之处！王爷不要多疑。

蔡文姬：看他这样殷勤，他哪知我的苦心喏！

（唱西皮散板）终日里对胡人笑啼都假，献殷勤又何必埋怨于他。

自从蔡文姬归汉以来，历史上，便演绎出许许多多著名的剧目，上面这一段是京剧《蔡文姬》里的唱词，零散地摘来，却是情肠婉转。舞台上妆容艳丽的窈窕女子舞着长长的水袖，含羞带怯回身旋步，咿咿呀呀地唱出了闺阁中强颜欢笑的轻愁，扮演左贤王的男子威武轩昂，将一片深情托付，最后更是百般无奈地送爱妻离开。

许多故事都将蔡文姬和匈奴左贤王的相遇想象得极为美好，我也不能免俗，只因为这个女人实在太不幸，太需要有一个人懂得她，怜惜她，爱护她。

匈奴人历代被人看做是化外之民，是野蛮的夷族，为汉人所不齿。在人们的心目中，这个民族拥有的仅仅是掠夺和杀戮。胡汉之争从很早的时候就开始了，周幽王因烽火戏诸侯而导致西周覆灭；赵武灵王为阻止匈奴等北方游牧民族入侵而建造了那段著名的“赵长城”；赵惠文王时期，赵国著名大将李牧率部抗击匈奴，一次性歼灭匈奴十万骑兵，创造了中国历史上的一段辉煌战绩。

东汉末期，匈奴分裂为南匈奴和北匈奴。南匈奴已经依附于汉朝，北匈奴则在一次又一次的战败之中往西迁移。掳走蔡文姬的正是南匈奴左贤王的部落大军。

很多人都在争论，蔡文姬在这个部落里到底是个什么样的角色？是匈奴贵族左贤王所宠爱的妻子，还是说只是他的战利品和奴婢，抑或者，只是像所有的俘虏一样，被迫成为普通胡人妾室的女奴？

无论如何，那段历史对于蔡文姬来说都是屈辱的。作为名门之女，她绝不会甘愿流落在荒凉的胡地，就此埋没自己的一生。

曹操派遣使者送来玉璧一双，黄金千两，结束了蔡文姬的苦难。在那个时候，她是欣喜的，家乡的音讯和离开此地的希望都浮现在眼前，三首诗词，重重叠叠地描述了她为之激动不已、喜不自胜的心情。

听说有中原的客人来到了这处边关，又惊又喜，急忙前去询问家乡的消息。一问之下才明白自己长久以来的心愿终于要达成了，但在回去的时候，亲生的儿子们前来迎接归家的母亲，这一份亲情令人不忍付诸笔端。我自己是要解脱了，却要抛弃亲生骨肉不顾，从今往后再也没有相见的一天，想到连他们生死都不可能知晓，就再也不忍心辞别。

在听闻消息的那一天，她拥抱着自己的儿子们，泪水潸然而下。

不是当娘的狠心，而是此地并不是自己的家园，作为蔡氏的女儿，她应当时刻铭记着中原那方遥远的故土，无论身在何处都魂牵梦萦，难以离弃。

儿前抱我颈，问母欲何之。人言母当去，岂复有还时。
阿母常仁恻，今何更不慈。我尚未成人，奈何不顾思。
见此崩五内，恍惚生狂痴。号泣手抚摩，当发复回疑。
兼有同时辈，相送告离别。慕我独得归，哀叫声摧裂。
马为立踟蹰，车为不转辙。观者皆嘘唏，行路亦呜咽。

——蔡文姬《悲愤诗》节选

有一个故事，讲的是一个人从市场上买了几条鲶鱼回去活煮，其中有一条鱼的头和尾巴都紧贴着锅底，唯独将腹部极力拱出水面。出于好奇，那人便将这条鱼捞了出来，剖开来一探究竟，结果却让人大吃一惊。鱼头鱼尾都已经烧焦了，但腹部却完好无损，里面还有一堆鱼子。

没有人知道故事是真是假，然而这个离奇的情节流传至今，至少证明人们乐于相信母爱的伟大力量。

蔡文姬是一个女人，同时也是一个母亲。

在《胡笳十八拍》中她写了对孩子的思念，在《悲愤诗》中，她更是细细地讲述了离开孩子时作为一个母亲的痛苦。

年幼的孩子们眷恋地抱着母亲的颈项，问她要到哪里去：别人都说您要离开了，以后再也不会回来，您平时那么疼爱我们，今日怎么就那么狠心呢？她落笔的时候心绪恍惚，分不清哪一句是孩子们说的，哪一句是自己责备自己的，是啊，他们还那么小，还需要亲人无微不至的照顾，怎么就忍心全部抛开了呢？

十二年的风霜艰辛，乱世里的流离失所，一并涌上心头来，她抚摸着孩子的头放声哭泣。前来送行的也有当时被一起掳掠来的女子们，一一相互辞别，都羡慕她能够重返家园。然而孩子们撕心裂肺的呼喊声回荡在耳边，连从中原来的使者也为之鼻酸，不忍前行，旁观的匈奴人也都叹息着。

最终还是分开了。在归途上，她久久地呜咽哭泣，为再也见不到自己的孩子。

人生古来难两全，只是这份取与舍，对蔡文姬来说结果都是一样，她掌控不了自己的命运，只能随着来自中原的旨意，随着车队的前行而回首张望。

一分别便是永不相见，孩子尚幼却不能带在身边。儿行千里母担忧，那么即将远行的母亲，又该如何看待孩子，如何与他们诀别？

那一首悲怆凄凉的胡笳曲，在呼啸的风中吹奏起来。

但，胡地十二载给她心灵上造成的创伤远远不是回去就能愈合的。

杜甫有诗云昭君：一去紫台连朔漠，独留青冢向黄昏。

换个角度来看蔡文姬，比起独留青冢向黄昏的昭君，能够得以全身，重归故里又或许是对她这半生不幸的一种补偿吧！

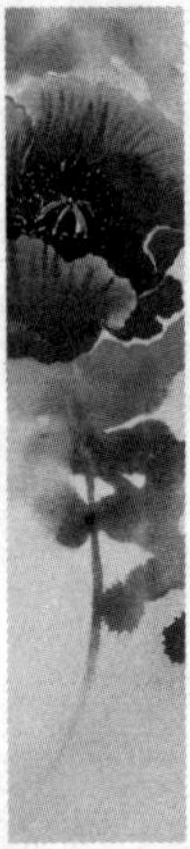

【五】高城望断，灯火已黄昏

蔡文姬的一生传诵千古，一缕芳魂留下了让无数人感慨动容的《胡笳十八拍》，袅袅余音，唱罢了乱世中人命轻贱的悲愤，也唱尽了作为女子在那个悠远年代的一生情怀。而同样在历史上刻下芳名的其他女子们，以一道道扑朔迷离的婀娜身影，渐渐远去。

她们多半是美貌的，像一大朵盛放的不朽的花，即使在故事里埋藏了几百年、几千年，依然令人神往。

鼎湖当日弃人间，破敌收京下玉关。
恸哭六军俱缟素，冲冠一怒为红颜。
红颜流落非吾恋，逆贼天亡自荒宴。
电扫黄巾定黑山，哭罢君亲再相见。
相见初经田窦家，侯门歌舞出如花。
许将戚里箜篌伎，等取将军油壁车。
家本姑苏浣花里，圆圆小字娇罗绮。
梦向夫差苑里游。宫娥拥入君王起。

前身合是采莲人，门前一片横塘水。
横塘双桨去如飞，何处豪家强载归。
此际岂知非薄命，此时唯有泪沾衣。
薰天意气连宫掖，明眸皓齿无人惜。
夺归永巷闭良家，教就新声倾坐客。
坐客飞觞红日暮，一曲哀弦向谁诉？
白皙通侯最少年，拣取花枝屡回顾。
早携娇鸟出樊笼，待得银河几时渡？
恨杀军书抵死催，苦留后约将人误。
相约恩深相见难，一朝蚁贼满长安。
可怜思妇楼头柳，认作天边粉絮看。
遍索绿珠围内第，强呼绛树出雕阑。
若非壮士全师胜，争得蛾眉匹马还？
蛾眉马上传呼进，云鬟不整惊魂定。
蜡炬迎来在战场，啼妆满面残红印。
专征萧鼓向秦川，金牛道上车千乘。
斜谷云深起画楼，散关月落开妆镜。
传来消息满江乡，乌桕红经十度霜。
教曲伎师怜尚在，浣纱女伴忆同行。
旧巢共是衔泥燕，飞上枝头变凤凰。
长向尊前悲老大，有人夫婿擅侯王。
当时只受声名累，贵戚名豪竞延致。
一斛明珠万斛愁，关山漂泊腰肢细。
错怨狂风飏落花，无边春色来天地。
尝闻倾国与倾城，翻使周郎受重名。
妻子岂应关大计，英雄无奈是多情。

全家白骨成灰土，一代红妆照汗青。

君不见，馆娃初起鸳鸯宿，越女如花看不足。

香径尘生乌自啼，屧廊人去苔空绿。

换羽移宫万里愁，珠歌翠舞古梁州。

为君别唱吴宫曲，汉水东南日夜流！

——吴伟业《圆圆曲》

这一篇正是清朝人吴伟业写的《圆圆曲》。

陈圆圆，明末秦淮河上名妓，十六岁名满江南，与名噪一时的柳如是、李香君、董小宛等人并称“秦淮八艳”。

在那个风雨飘摇、战火四起的年代，她的命运格外坎坷，“相见初经田窦家，侯门歌舞出如花。许将戚里箜篌伎，等取将军油壁车”。最初是外戚周奎到江南寻访美女打算献给崇祯帝，田畹将陈圆圆献上。后因机缘巧合，她又被镇守山海关的辽东总兵吴三桂看中，纳为侍妾。直到李自成攻破北京城，掳走了陈圆圆，吴三桂为此愤恨不已，打开边关让满人长驱直入，从而有了“恸哭六军俱缟素，冲冠一怒为红颜”一说。

风尘女子这个身份，一向都为世人所不齿，然而她们依然美丽而张扬，秋波顾盼，一颦一笑而生姿，所以就有了一点炫耀的意味，一点骄傲和热烈。

这种骄傲，能够让她们坚持自己的爱与恨，明明知道是什么样的结局，还是会不顾一切。只是夜深人静的时候，纸醉金迷都如烟花一般散去，才会看见她们落下的泪。

“英雄无奈是多情”，“全家白骨成灰土”，没有人问过，她到底愿不愿意以一点红妆在汗青留名。当时她只是为盛名所累，任由人比作西施这样的娇娃，被称为红颜祸水。再后来她的行踪成了一个谜，有的说是死了，有的说是出家了，看尽繁华，在青灯古佛下淡然地度过余生，只求来世，再与那个人相遇。

如李香君，如柳如是，乱世中，这些因各种各样的不幸和惊人美貌而闻名的女子们，张扬出那个年代最后的奢华，以及最后的风骨。

玉鉴尘生，凤奁香殄。懒蝉鬓之巧梳，闲缕衣之轻练。苦寂寞于蕙宫，但疑思于兰殿。信摽落之梅花，隔长门而不见。况乃花心怅，柳眼弄愁，暖风习习，春鸟啾啾。楼上黄昏兮，听风吹而回首；碧云日暮兮，对素月而凝眸。长闼深扃，嗟青鸾之绝信；温泉不到，忆拾翠之旧游。忆昔太液清波，水光荡浮，笙歌赏燕，陪从宸旒。奏舞鸾之妙曲，乘益鸟仙舟。君情缱绻，深叙绸缪。誓山海而常在，似日月而无休。奈何嫉色庸庸，妒气冲冲，夺我之爱幸，斥我于幽宫。思旧欢之莫得，想梦着乎朦胧。度花朝与月夕，羞懒对乎春风。欲相如之奏赋，奈世才之不工。属愁吟之未尽，已响动乎疏钟，空长叹而掩袂，踌躇步于楼东。

近三百字的《楼东赋》，换来帝王恩赐的一斛珍珠。

就在千年前的一曲“七月七日长生殿，夜半无人私语时”，赞颂了杨贵妃和唐玄宗之间的深情之时，另一名曾经也三千宠爱在一身的妃子在上阳东宫中写了这篇诗赋。

蘸着泪，蘸着无人知晓的心头血。

武惠妃死后，她被高力士带到了唐玄宗的面前，顿时以美貌才情获得宠爱，艳压群芳，盛极一时。她出生于医学世家，自幼天资聪慧，冰雪聪明，据传九岁便能诵读《诗经》。她的名字是江采萍，出自《诗经·南诏》中的《采苹》一诗。

她独独喜爱寒冬之中一身傲骨的梅花，在居住的地方种满了梅树，弃了春夏秋的绝好风光，只愿意看漫天雪花纷飞间，梅花次第绽放开来、遗世独立的风姿，玄宗戏称她为“梅精”，赐名梅妃，有戏谑也有怜爱，只是杨妃一醉，天地间尽是霓裳羽衣舞的翩然绚烂，将他的一番情意尽数夺去罢了。

爱梅之人，性情总有那么几分自傲和矜持。

她甚至舍弃了这份自傲，不惜低到尘埃里去，写下了满是宫怨悲声的邀宠之赋，只求帝王的垂怜，然而那些帝王赏赐的珍珠打破了她的希望，洁白、晶莹，一无所知地自顾自贵重着，就像是传说中鲛人的眼泪，滴在她心里。

宫里的那些女子们明悟了世情，看遍了浮华，最有感触的，还是沉沉浮浮不由自主的无奈。

那一部将宫廷妃子之间的争斗演绎得极热闹的电视剧《金枝欲孽》里有过一段话：

> 就算有多不如意的事情——也要懂得对自己说——我忍得住；
>
> 不管有多大的挫折——也要懂得对自己说——我撑得住；
>
> 就算有多伤心绝望——也要懂得对自己说——我看得开。
>
> 有些事，知道了就是知道了，不可以当成不知道，可知道了又能怎样？还不如不曾知道……

想来，这些话用在江采萍身上有多么合适。《楼东赋》呈上后换来的仅仅是一斛珍珠，她要的是珍珠吗？却只能千恩万谢，雷霆雨露皆是君恩。

不爱宫墙柳，只被前缘误。花开花落自有时，总赖东君主。

秦观一首《满庭芳》道不完的依恋，写的虽是艳情，感怀的却是天下女子们的身世。来也不由得你，去也不由得你，哪怕是姹紫嫣红开到了极致，落笔令鬼神惊，教飞鸟泣，还是要随着那道名为命运的河流，一路东去，不得回头。

去去割情恋，遄征日遐迈。悠悠三千里，何时复交会。
念我出腹子，胸臆为摧败。既至家人尽，又复无中外。
城廓为山林，庭宇生荆艾。白骨不知谁，纵横莫覆盖。
出门无人声，豺狼号且吠。茕茕对孤景，怛咤糜肝肺。

——蔡文姬《悲愤诗》节选

按照曹操之子曹丕所记，白玉璧一双，黄金千两，迎了名士蔡邕之女文姬从边关归来，是为一大盛事。

只是她一笔哀诗，一路悲泣，割断的是恋恋不舍的亲情。

细读蔡文姬的《悲愤诗》，不难发现，回到故乡之后她的心绪是相当复杂的。背井离乡十二载，回家后，亲人和仆役都已经散尽，故乡已在战火中变为一片废墟。

而她最为眷念的父亲，早在那十二年前，就已经身死狱中。

架空了汉献帝刘协的权位，太师董卓以灭九族为威胁，召蔡邕“同室为官”，无奈之下蔡邕做遍了三台之职，依然刚正不屈，以笔讨伐当时贵族的骄奢淫逸。此后，王允设计杀董卓，取而代之，身居高位，开始屠戮朝堂排除异己。被他视为眼中钉的蔡邕愿削去官职，戴罪写史，奈何王允猜疑太重，以莫须有的罪名将之诛杀，令一代英才就此陨落。

蔡邕身死，他的家族自然也就凋零四散。

由此，蔡文姬归来之后，举目无亲。

城墙长满了草木，颓败下去，变成大片大片稀疏的山林。远远望去，曾是名门望族之家的庭院里生出了密密麻麻的荆棘和野艾，荒凉得看不见人烟。她迟疑地迈步，周围尽是些散落的白骨，是汉朝的军人呢，还是来犯的匈奴人，或者，是城里的普通百姓？都认不出来了。不管是谁也好，生前地位身份迥异，死后都覆盖在这些泥土和野草下面，白骨零落成一片，仇怨也随风散去。

远处传来豺狼孤独而悠扬的长嚎，千里荒凉，没有一个人在这里存活，大战过后的焦土和废墟就这样安静地等待着，任由野兽在上面奔驰捕猎。夕阳的余晖落在这位茕茕孑立的女子身上，为孤寂的荒野添了一分生机，却显得更加寥落。

她站了好久，突然失声哭泣，高声呼唤着已经不在的亲人，脏腑像是被强烈的悲痛撕烂，混着鲜血，化作满面的泪水。

悲凄的呼喊声在废弃的城郭中响起，震动四壁，簌簌的灰尘落下，被泪水沾湿，溅成污泥。

登高远眺望，魂神忽飞逝。奄若寿命尽，旁人相宽大。
为复强视息，虽生何聊赖。托命于新人，竭心自勖励。
流离成鄙贱，常恐复捐废。人生几何时，怀忧终年岁。
——蔡文姬《悲愤诗》节选

站在高处眺望，风起，顿时魂魄就像是脱离了身体，凌空飘扬，神思万里，她日日夜夜思念的故土已经化为废墟，思念的亲人也早已凋零。琴弦流泻出的旋律仿佛犹自回荡在胡地的旷野，她狠心抛弃了亲生的孩子，最终如愿以偿回到出身之地，看到的、得来的却是一场空。

此情此景，真可谓生不如死。

她经历了太多的变故，早已身心疲惫，为了再次看到魂牵梦萦的故土才勉强活到现在，可是面对这样的现实，还有什么活下去的意义呢？

然而，作为蔡邕之女，作为汉朝以珍宝赎回的流落士人后裔，她有什么资格拒绝活下去？

这世间比生不如死更痛苦的，是求死不得。

旁人尽相劝慰，蔡文姬也就只能这样无依无靠地勉强活着，和胡地比起来，也就只是在故乡苟延残喘而已。

曹操怜惜她孤身一人，将其赐婚给董祀。

蔡文姬写道：托命于新人，竭心自勖励。流离成鄙贱，常恐复捐废。

此后，她的一身连同性命，都交到这个年轻男子的手中，不由得她不小心翼翼地做好每一件事情，流离异乡十二载，原本的名门家世和荣耀都已经磨灭成灰。

曾经也是美貌如玉，琴棋书画尤妙，十六芳华就如同那满树盛开的花，恣意引人目光。

如今朱颜不再，只有那不知道是福是祸的一腔才情相伴，她只有如履薄冰，生怕哪一天不测风云再度降临，被新的丈夫再度离弃，成为彻彻底底的废人。

名门之女蔡文姬，才貌卓绝，到如今也只能徘徊惆怅，默然无声。

无疑，蔡文姬的内心是孤独而无所依傍的。人总是这样，越孤独，往事越是跃然在心，酸甜苦辣，所有的经历都化作了一幕幕影像，流光碎玉似地落下，激起心里层层涟漪。

她这辈子最美好的时光，是在江南。

> 江南好，风景旧曾谙，日出江花红胜火，春来绿水碧如蓝，能不忆江南？
>
> ——白居易《忆江南》节选

那些空濛的烟雨，丝丝绵绵的岸边杨柳，小桥流水人家，白砖青瓦，船桨摇啊摇，成了一幅水墨染成的画，堆积在父亲书桌上的《十意》《三志》《五行》《皇羲篇》等千篇书稿，散发出砚台上的香气，还有书架上一排排的《诗经》《论语》《春秋》《楚辞》《史记》《孙子兵法》《吕氏春秋》等，幼小的她常常翻看，沉迷在纸页中、音律中、画幅中纯净而天真的世界里。

不知道是哪一天，她成长为姿容秀丽的少女，对着镜子里的容颜，颊若桃花，眸光流转，开始对将来怀着一份幻想、一份期待。

无论是过去，还是现在的女孩子，大多都希冀着一份无上美丽的恋情，便如同《大话西游》中紫霞仙子所说："我知道有一天，他会在一个万众瞩目的情况下出现，身披金甲圣衣，脚踏七色云彩来娶我！"只是得到的往往是一地的鸡毛蒜皮，现实里的零碎琐屑，甚至，是古时候离乱中的生离死别。而在这段离乱的历史里，蔡文姬最终面对的，是死别后更加苦难的现实。

胡地的风沙，草原的牛羊，鞭笞落在身上的伤痛，匈奴人的欺凌，孩子们的哭泣声……

这些往事化成虚幻，虚幻入梦，在回忆和梦境里肆虐。

她惊醒了，睡着了，又惊醒了，枕头边沾满斑斑的泪痕，很久没有动过的琴搁在角落里，已经蒙上厚厚的尘土。

轰轰烈烈、情意绵长的情爱，那是少女时代的梦境。现在，她最为渴求的只是一个安稳的家，一方心灵的归宿和港湾。然而，谁人能够真心接纳一名颠簸流离了那么久，除了虚名以外，失去动人容颜和显赫身世乃至一切的女子呢？她不知道，只是在无人所知的地方一个人默默地惶恐着。

偶尔还是会有一场好梦，能够看到初嫁与的那人在不远处等着她，少年夫妻相拥相偎，诉不尽的缠绵。她好像回到了少女时候，又好像依然是历尽险恶的自己，倾述了十二年来的思乡之苦和对他的无尽怀念。那人只是聆听，眼中含有一丝丝心疼。

然而，不管梦中的两人再怎么相知相许，最后总是梦醒而别离，令她恍然如庄生梦蝶。

人生几何时，怀忧终年岁。

就这么短短不到的百年人生呵，总是要怀着不尽的忧愁，到老，到死，才算解脱。

蔡文姬并不是个一味幽怨的妇人，她的目光忧伤地投向整个生命历程，看出了它那些痛苦的本质，士人们只能随波逐流的无奈，乱世中惨遭池鱼之殃的普通百姓的悲愤，女子老大后无所依靠的孤零凄苦，倒映在心中，暗流汹涌。

伤怀时，她站在比谁都要高的地方，高城望断，灯火已黄昏。

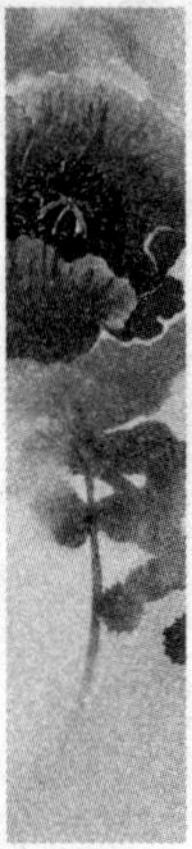

【六】万里悲秋常作客

另有一些女子，她们或许没有倾国倾城的容颜，不曾有过繁花似锦的锦瑟流年，连世间女子最为平凡微小的幸福也与她们失之交臂，然而她们却以七窍玲珑之心肝、珠玑琳琅之笔墨，宁静悠远地绽放在汗青的一角，仿佛是一丛纤长而雅致的兰草，抛弃了艳丽颜色，以独特的幽香引来有心人的寻觅和欣赏。

峨峨东岳高，秀极冲青天。
岩中间虚宇，寂寞幽以玄。
非工非复匠，云构发自然。
器象尔何物，遂令我屡迁。
逝将宅斯宇，可以尽天年。

——谢道韫《泰山吟》

《泰山吟》就是这首诗的名字，其中意境旷达而高远，开阔而豪迈，寥寥数笔勾勒出千峰山岩直入云霄，密林山谷幽深玄妙的意境，一番灵动描叙，妙不可言，最后更是如古往今来无数大家发出感叹，任谁都愿居住在这么个自然之境，以尽天年吧。

很难让人想到，这是一位女子的诗作。

这世间有过很多才女的诗作，多是温婉缠绵，阴柔有余阳刚不足，唯这首诗让人眼前一亮，它的作者正是晋朝著名的女诗人谢道韫。

《红楼梦》第五回“金陵十二钗正册”对全书最重的林黛玉书写下这样的判词：“可叹停机德，堪怜咏絮才。玉带林中挂，金簪雪里埋。”其中“咏絮才”一词也是借用了谢道韫的典故。

> 凝之妻谢氏，字道韫，安西将军奕之女也。聪识有才辩。叔父安尝内集，俄而雪骤下，安曰：“何所似也？”安兄子朗曰：“散盐空中差可拟。”道韫曰：“未若柳絮因风起。”安大悦。

这一段记载，出自《世说新语》。

谢道韫出生在东晋时期一个特别的名门世家，她的父亲是安西大将军谢奕，叔父则是一代名将谢安，和众多世家子弟一样，她自幼便受到了良好的教育，聪慧过人，才华出众。书中赞美她聪颖而学识渊博，言辞机变。有一天，她的叔父谢安坐在家中，突然大雪飞扬，便问道：“这番景象，用什么来比喻才好？”谢安的哥哥子朗答道：“倒有几分像是在空中洒盐的模样。”谢道韫却说：“不如比作柳絮因风而飞起。”平添出几分诗情画意，令谢安十分高兴。

和以儒学闻名的卫家、蔡家不同，谢氏一族在中国的历史上活跃了三百年，上可追溯至东汉时期的大儒谢衡，下至五代时期的谢贞，都在史册上载有许多辉煌的事迹。在东晋这个时代，一代名臣谢安更是因淝水之战而名留青史。据传，他曾在八公山上，听闻纷迭而来的危急战报巍然不动，自称山上“草木皆兵”，最后大获全胜，一时传为佳话。那临危不乱、超然物外的从容气魄更是为人所赞颂。

谢安赞谢道韫："雅人深致。"

凝之弟献之尝与宾客谈议，词理将屈，道韫遣婢白献之曰："欲为小郎解围。"乃施青绫步鄣自蔽，申献之前议，客不能屈。

及遭孙恩之难，举厝自若，既闻夫及诸子已为贼所害，方命婢肩舆抽刃出门。乱兵稍至，手杀数人，乃被虏。其外孙刘涛时年数岁，贼又欲害之，道韫曰："事在王门，何关他族！必其如此，宁先见杀。"恩虽毒虐，为之改容，乃不害涛。

晋代盛行黄老之学，也就是老子、庄子等人的道家学说，世称玄学，而时人以玄学对答辩论，曰清谈。相传，王献之曾经和客人清谈，言辞落于下风，作为嫂子的谢道韫派来婢女，道："愿意为小叔子解围。"之后以浅青绫罗遮面而出，以她的方式重申了王献之之前的观点，犀利的言辞竟令客人无言以对。

如此洒脱的风致，想来，即使理屈词穷，宾客也会为之折服吧。

然而天有不测风云，身处乱世，王家还是不可避免地被卷入了风波之中。

东晋末年，反贼孙恩作乱，祸及谢道韫的夫家王氏一族。听闻丈夫和几个孩子都被反贼杀害，谢道韫持剑出门，斩杀数人后被俘虏。当时在场的还有仅仅几岁的外孙刘涛，她说："这件事只牵涉王家，和其他家族没有关系，若是你们一定要加害，我宁可先杀了他。"孙恩即使为人毒辣暴虐，也不由地被这样的气势所震慑，惊得变了脸色，最终放过了这个小孩子。

如此的刚烈，真正是巾帼不让须眉，令世上多少男子汗颜。

谢道韫一生作品颇多却流传甚少，一首《泰山吟》已足以让人嗟叹她的才华之高。《拟嵇中散咏松诗》更是向世人展示了她气度的非凡。

遥望山上松，隆冬不能凋。

愿想游下憩，瞻彼万仞条。

腾跃未能升，顿足俟王乔。

时哉不我与，大运所飘飖。

——谢道韫《拟嵇中散咏松诗》

时人称颂谢道韫有林下风度，可谓一语中的。飒飒如雪松，翩然月下，风骨凛然，静夜旷野而独立，光是想象就让人不禁动容。南方有佳人，遗世而独立，无关容颜，却如姑射之神人，灼灼光华邈乎云汉，超然出尘。

只是，游仙也罢，咏絮也罢，历来所谓的才女命运都会比较坎坷，极少有能够善终的。人常说天妒英才，红颜薄命，若想此二美双全，殊不知要遭遇多少磨难。谢道韫早先嫁与平庸的王凝之，世人已经为此嗟叹不已，之后又在孙恩之难中失去了儿女丈夫，只留下自己孤苦无依的一人，茕茕孑立，形单影只，最终了却余生。

时隔两千年，又有一位女子以笔墨和鲜血书写出她那轰轰烈烈，令无数人动容的短短一世。

咏絮辞何敏，清才扫俗氛。

可怜谢道韫，不嫁鲍参军。

——秋瑾《谢道韫》

这是她为谢道韫所感怀的一首《谢道韫》。惜谢女才高，配王凝之不是良偶，鲍参军才是良配。倘若谢道韫还活着，听到如此感叹，恐怕也要格外生出几分愁绪来。

萧斋谢女吟秋赋，潇潇滴檐剩雨。

知己难逢，年光似瞬，双鬓飘零如许。

愁情怕诉，算日暮穷途，此身独苦。
世界凄凉，可怜生个凄凉女。
曰归也，归何处？猛回头，祖国鼾眠如故。
外侮侵陵，内容腐败，没个英雄作主。
天乎太瞀！看如此江山，忍归胡虏？
豆剖瓜分，都为吾故土。

——秋瑾《如此江山》

这是她以谢道韫自比，作出的一首《如此江山》。诗中写的是近代被列强欺凌的中国，晚清腐朽，土地被一一分割。后来，她为了这片被“豆剖瓜分”的故土，毅然投身革命，最后在浙江绍兴轩亭口英勇就义。

她的名字是秋瑾。

清光绪二十九年，秋瑾的丈夫王廷钧前往北京复职，她带着孩子随同而去，一路上，他们看尽了遭遇八国联军洗劫后的惨景，以及清末官员们不闻不问，只顾一己私利的冷漠，备感痛心，秋瑾毅然决然地去了日本留学，寻求救国之道，归国后又投身到革命事业之中，最后因为叛徒出卖被捕。

一腔热血，满腹热诚的爱国之情，就此洒落在这片她挚爱的故土上，令当时海内外无数仁人志士同为之一哭！

她死前留下的一首绝命诗，字字带血。后来，人们为了纪念她而建造了一座亭子，便从诗中取名，称之“风雨亭”，亭子两端皆刻有孙中山先生的挽联：

江户矢丹忱，感君首赞同盟会；
轩亭洒碧血，愧我今招侠女魂。

秋瑾才高而志远，非当时的世人所能比，铁血丹心，轰轰烈烈，不要说女子，就连男子也鲜少能够与之比肩。后来，她被称为爱国者和诗人、革命先驱、妇女解放运动的领袖，然而最适合的赞誉，却还是英雄二字。

在乱世中英姿勃发，雄心万里，为挽救故土而往来奔赴，是英雄。

巾帼不让须眉，提笔落成诗词铮铮，叹千古女子的不幸，颂书中女史的辉煌，是英雄。

然而，她绝命诗上的一句“秋雨秋风愁煞人”却凝结着无尽的哀愁，亦如谢道韫哀叹着自身的不幸。

她们的悲伤，和春之华秋之绚都无关，因为那不仅仅是所托非偶的悲怨，不仅仅是老来丧夫的哀痛，白发人送黑发人的无奈。

只是已经不再有言语能表达这份悲伤。

还好，曾有一名同样才华横溢的女子，用她的诗吟诵着自己的不幸，自己的悲伤，这才让我们得以一窥那些才貌双全的女子们，她们心里所深深埋藏的苦涩情怀。

嗟薄祜兮遭世患。宗族殄兮门户单。
身执略兮入西关。历险阻兮之羌蛮。
山谷眇兮路漫漫。眷东顾兮但悲叹。
冥当寝兮不能安。饥当食兮不能餐。
常流涕兮眦不干。薄志节兮念死难。
虽苟活兮无形颜。惟彼方兮远阳精。
阴气凝兮雪夏零。沙漠壅兮尘冥冥。
有草木兮春不荣。人似兽兮食臭腥。
言兜离兮状窈停。岁聿暮兮时迈征。
夜悠长兮禁门扃。不能寝兮起屏营。
登胡殿兮临广庭。玄云合兮翳月星。
北风厉兮肃泠泠。胡笳动兮边马鸣。
孤雁归兮声嘤嘤。乐人兴兮弹琴筝。

音相和兮悲且清。心吐思兮胸愤盈。
欲舒气兮恐彼惊。含哀咽兮涕沾颈。
家既迎兮当归宁。临长路兮捐所生。
儿呼母兮啼失声。我掩耳兮不忍听。
追持我兮走茕茕。顿复起兮毁颜形。
还顾之兮破人情。心怛绝兮死复生。

——蔡文姬《悲愤诗》

蔡文姬的这一首悲愤诗所述的，是一生艰辛；所吟的，是心中感怀。比起五律、胡笳十八拍，诗中字句更加古朴，清旷玄奇，所有的情感都升华到了一种缥缈开阔的境界，悲极、哀极，如汨罗江边且行且吟的那位诗人，俯仰天地，一生的血泪都洒落在天地间，化为云霓，吞吐日月。

哀叹高祖辉煌的零落，宗族的凋残，遭遇世间的纷乱，身入羌夷之类化外野民的蛮荒之地，历尽了许多险阻。山谷渺渺，路途漫长，她因眷念东方而回首，却为不能归去而悲泣。

天暗当眠，她却不能成眠；腹饥当食，她却不能下咽。眼中常常流泪，没有干涸的一天；之所以不维持节义而死，那是因为她贪生而畏惧死亡的痛苦，可即使如此，活下来了也是形骸憔悴，不成人形。

此地偏远，罕见太阳之精华，阴气凝结，令春夏两季也难得一见。

大漠广阔，尘土飞扬起来，杳杳冥冥，昏天暗地，稀疏的草丛和树木散落在大地上，哪怕是在春天，也不曾茂密繁盛过。

生存的环境如此的恶劣，胡人犹如野兽一般，喜欢食用恶气冲天的荤腥食物，说的是她听不懂的语言，便连长相也都高鼻深目，不似她的族人。

这一年渐渐过去，随着秋季的到来，他们开始策马奔驰在遥远的地方，远征边境，掠夺粮草。

寒冷的夜晚是多么的漫长啊，她辗转反侧，不能入眠，起身离开营地，来到寥廓的原野。仰天望去，黯黑的云彩弥漫在天穹，将稀朗的几颗星子和月亮都遮掩了起来，刮来的北风凄厉无比，带着肃杀的冰冷。

在这样的寂静中，她吹奏起胡笳，那凄婉的声音引得边关的战马也为之悲鸣。南归的孤雁从天空飞过，也像是为思乡之情感染，盘旋啼泣。

匈奴的乐师在宴席上弹起琴和筝，音律谐和动听，落在蔡文姬的耳中却始终有一份悲伤和凄清。听闻这样的曲子，她心潮澎湃，有许多感触都想要倾诉，倾诉那满腔的悲愤，却又怕惊动了凶恶的匈奴军队，只好默默落泪，任泪水沾湿了颈项。

日复一日，年复一年，终于，她如愿地等来了期盼已久的日子，等来了迎接她的人。在离去的路口，孩子们呼唤母亲，痛哭失声，而她却只能掩住双耳，不忍卒听。

孩子们从后面追赶着跑来，孤零零的影子长长地拖在身后，她心中不忍，一再起身，内心的痛苦几乎将她折磨得不成人形。

她频频回头看去，直到远去，再也看不到孩子们的身影。天伦之情就此断绝，她心如死灰，苦不堪言，只能以归去的希望慰藉自己那已是千疮百孔的心。

喜悦和悲痛反反复复地煎熬着，她犹如在生死间挣扎。

写到这里，手中之笔落地，整首诗戛然而止。此时，已经是蔡文姬回乡后的时光，岁月宁静，和风温软，前尘往事恍如一梦，一曲胡笳十八拍和两首悲愤诗都已经结束，这一生，她再也不存在任何诗词传世，拂去纸页上晕染开的泪痕，她写下了自己的名字。

年华似水，容颜易老。经历了风风雨雨，安宁祥和的日子得来是多么不易。

活着，到底还是要向前看的，过去种种，就让它们都烟消云散吧……

蔡文姬和谢道韫二人，她们的一生何其相似，同为名门世家出身的女子，同样是性情非凡、才华出众，蔡文姬在幼年便对音律表现出极高的天赋，而谢道韫却是在诗文上显示出了自己的才华。她们的命途又是同样的坎坷，一个曾少年丧夫，流落异乡，又与亲生骨肉生离；一个早年所托非偶，又在暮年失去所有的至亲至爱。

晚年的谢道韫寡居在会稽，虽容颜逝去，气度风华却丝毫不减当年。失去亲人后，她依然从容淡雅，并没有一味地沉溺于哀伤之中，很多人仰慕她的才华学识登门拜访，她都予以毫不吝惜的指点。

蔡文姬晚年致力于修书，隐居田野，在文史上留下杰出的著作。

历史上总有很多流星般绚烂的传奇人物，在那个名士尽出的年代，以独特的人格魅力落成光鲜灿烂的一笔。谢道韫是如此，而早于她一百七十多年前的蔡文姬亦如此，却都以那无可比拟的绝世风华铺陈着属于他们各自的生命轨迹。

时光荏苒，王谢风光已是当年旧事。

杜甫登高望远，对着无限悲凉的秋景兀自低吟："万里悲秋常作客，百年多病独登台"，而这声却似能穿透千古，直指那个年代。

落木萧萧，风急天高，长江滚滚。饮一杯愁绪，喊一声归去，归途却是茫茫……

秋瑾的早早逝去，更是为这份悲愁添下一份慷慨激昂，为千古女子的坎坷一生画下一个令鬼神惊叹的圆满符号。

历史的尘埃一点点积攒，淹没了时代的风华，那些曾经闪耀过的、辉煌过的，一切的一切都已是过眼云烟。蔡文姬的才情、谢道韫的风骨、秋瑾的丹心却留下了无尽的回韵，被镌刻在人们的记忆，永远也不会被磨灭、遗忘。

掩上书页，闭目倾听。那响了千年的古曲，一曲曲，一段段，是在讲述她们的故事。似昙花般极尽绚烂，在生命的最后创造辉煌。又似花瓣飘落飞舞，带着一份不复往生的凄凉。

舞尽了，花谢了，意在其中。

她们是如此的孤独，偌大个时代和地域，不曾有默契的相知，不曾有相似的同伴，婉转的一曲仅仅是自己一个人的浅吟低唱。百年，千年，或许有另一个女子能够应和，然而她们已经化作红颜枯骨，坟墓上长出了深深的野草，墓碑上的字迹也已模糊。

唯一存在的是那一缕亘古不改的悲愁。

青史万古，人生百年只不过是匆匆过客，偶然留下几章残诗，一段故事，最后都只能归于无声，独自站在高处，前不见古人后不见来者，拈一份孤独，酝酿出沾有胭脂香味的笔墨遗章，便是再圆满不过。

【第二部分】

分香尘已隔犹回面

【一】蔡家有女初长成

光和元年，也就是公元178年7月10日，在后世以荒淫无道闻名的汉灵帝召见当时朝堂上的数位重臣，询问他们对近期以来朝野上下所发生的灾异事件的看法。

这数位重臣中的其中一名便是蔡邕。

蔡邕所出身的蔡氏家族是陈留郡的名门望族，其祖先因辅佐汉高祖刘邦被封侯，自此以后，几乎每一代皆有子弟出仕朝堂，世卿世禄所带来的声望和财富，造就了钟鸣鼎食之家。在这样的环境下，蔡邕本身也不负家族厚望，单看他被列入《后汉书》单独编作一篇《蔡邕列传》就能够知道其地位之崇高。他所著“诗、赋、碑、诔、铭、赞”等作品“凡百四篇，传于世”，其中碑铭被刘勰誉为：“自后汉以来，碑碣云起，才锋所断，莫高蔡邕”；他入朝为官后，因担忧流传于天下文人间的经籍有抄写错漏，遂校对六经，勘定辞义，并亲自将部分经文刻在石碑上立于洛阳太学外，被后世称做“熹平石经”，引得当时的观者如潮，每天都有近千辆马车；他一语评定天下士人，多交游提携有才之士，如曹操、孔融、王粲等历史上鼎鼎有名的人物都领受过他的恩惠。

然而他所生活的那个时代，却是颠倒混乱，暗无天日。

东汉末年，朝堂已经完全成为外戚、士人和宦官三者之间彼此斗争的战场，动辄杀人灭族，血腥纷飞。上层的统治者们一旦彼此厮杀，下层局势便无可避免地开始糜烂，各地屡屡出现叛乱，乃至后来大势所趋，黄巾起义如洪水般浩浩荡荡，冲垮了王朝的堤坝。

那已经是后来的事情了。

这一年，因董仲舒“天人感应”一说而大兴的阴阳五行谶纬之学依然盛行，君王和大臣甚至是百姓们均以一时一地的“灾异”“祥瑞”作为评判政事的基准。这一次，则是因为发生的“灾异”太多，令汉灵帝不安，才会召集蔡邕等重臣来探讨。

何谓“灾异”？

“五月二十九日，有黑气堕温明殿东庭中，黑如车盖，腾起奋迅，身五色，有头，体长十馀丈，形状侣龙。占者以虹对，虹著于天，而降施于庭。”

“正月三日，有白衣入德阳殿门，辞称‘梁伯夏教我上殿’，与中黄门桓贤晤言相往来，不得入，遂亡去。不知姓名。”

“南宫侍中等闻雌鸡化为雄，尾头毛已似雄，头尚未变。”

“践阼以来，灾眚屡见，频岁日蚀地动，风雨不时，疫疠流行，劲风折树，河洛盛溢。”

“星晨错谬。”

“连年蝗虫至冬蛹，其咎安在？”

“南宫平城门内屋、武库屋及外东垣屋各损坏。”

……

如上种种，皆是“灾异”，被罗列到诏书中一一询问。

汉代的皇帝在面对地震等天灾时，大都会认为这是对自己过错的警告，不但要颁布公文推进一系列应对灾难的举措，还要写罪己诏，对天下人进行自我检讨。若是遇到祥瑞之兆，不少皇帝也会大赦天下，给百姓们带来福音。

然而，孔子有句话，叫做：敬鬼神而远之。

鬼神一事，虚无缥缈，无论是真是假，都是身为凡人所无法证实的。若是妄加否认，有可能会封闭通往真理的道路，但若是在一无所知的情况下妄图揣测，甚至和自身祸福联系起来，其结果未必会如想象中那样美好，如同这谶纬之学风行到了最后，就变成朝廷上下纷纷隐瞒灾异，伪造祥瑞来粉饰太平。

蔡邕是清醒而刚正的。

他写下《对诏问灾异八事》，劝诫君王“流清荡浊，扶正黜邪”，而将灾异的缘由归咎于君王重用以十常侍为首的宦官以及外戚干政等一系列乱象，剖析条理，提出种种建议，令汉灵帝看完之后也不由得发出叹息。

在当时，汉灵帝并没有表现出一介英明君王的能力，举措昏聩，流传于后世的名声也极为不堪，然而他身边皆是势力强大而骄横的外戚和宦官，这样的不堪未必不是无奈之举。就如这份蔡邕所上的奏章，汉灵帝起身离开之后，竟有人偷窥并泄露出去，以至于被抨击的宦官和外戚都知道此事，深恨蔡邕，寻机陷害于他。

史书记载：“（汉灵帝）于是下邕、质于洛阳狱，劾以仇怨奉公，议害大臣，大不敬，弃市。事奏，中常侍吕强愍邕无罪，请之，帝亦更思其章，有诏减死一等，与家属髡钳徙朔方，不得以赦令除。阳球使客追路刺邕，客感其义，皆莫为用。球又赂其部主使加毒害，所赂者反以其情戒邕，故每得免焉。居五原安阳县。”

一份本是机密的奏章，不仅仅害得自己因为“怨怼朝政，以议论陷害大臣”的罪名被下狱，还连累了自己的亲叔父，蔡邕此刻的心绪是可想而知的。然而当汉灵帝在旁人求情之下将他减罪一等，放逐到朔方郡，即今内蒙古包头市的西北地区时，蔡邕在上奏的陈情表《戍边上章》时，心心念念的是自己之前与卢植、韩说等人共同修撰的《东观汉记》，并且将已经写好的部分附在后面，希望朝堂能够有贤才来继续进行此事。

当时西北苦寒，是汉朝流放囚犯之地，蔡邕在之前被下狱时上书自陈，称其“年四十有六，孤特一身”，而在《戍边上章》里，又写有“父子家属，徒充边方，完全躯命，喘息相随”这样的字句，这就成为了史学家推断蔡文姬出生于汉灵帝熹平六年（177）前后的依据。

出生伊始，便要面临边疆的苦寒，这样的境遇似乎已经预兆了蔡文姬飘零孤苦的一生，而遥想她后来流落胡地十二年，更仿佛是命运拨弄，如梦似幻。

当时有中常侍的亲属派遣刺客沿路追杀蔡邕一家，又贿赂官员对蔡邕下毒。

种种风波险恶，伴随着幼小的蔡文姬度过了她来到世间的第一年。

好在，被派来的刺客被蔡邕之义感动而投奔其麾下，受到贿赂的官员不仅没有下毒，反而将此事告诉蔡邕，让他提防小人作祟。

次年天下大赦，蔡邕被放还故乡，然而“将就还路，五原太守王智饯之。酒酣，智起舞属邕，邕不为报。智者，中常侍王甫弟也，素贵骄，惭于宾客，诟邕曰：‘徒敢轻我！’邕拂衣而去。智衔之，密告邕怨于囚放，谤讪朝廷。内宠恶之。邕虑卒不免，乃亡命江海，远迹吴会。往来依太山羊氏，积十二年，在吴。”

这次他得罪的，又是中常侍的亲属。

宦官骄横，连带其亲属也飞扬跋扈，稍有不如意，便是泼天大祸。五原太守一封奏章上去，诬陷他在被放逐期间诽谤朝廷，蔡邕自认不能幸免，于是逃亡会稽一带，依靠同属于望族的泰山羊氏的援助，在会稽一带度过了十二年。

这十二年，对蔡文姬来说是弥足珍贵的。

位于吴越之地的会稽，也就是今天的绍兴，从春秋战国开始就是江南出了名的古城，甚至曾作为越国的都城，水乡处处风光晴好，天地灵秀也孕育出了蔡文姬的独特才情。当时她还是个小女孩，最喜爱的便是《诗经》《楚辞》，常在手中翻阅，不忍放下。

正如丁廙赋中的一句“秉神惠之自然”，年幼的蔡文姬随着父亲，来到会稽，在这里度过了美好的十年，童蒙时代浸染在书卷墨香中，诗琴书画各色才艺都有所涉猎，更是以超然的悟性将这一切娴熟于心。

她吟诵着古朴而优美的章节，望着秀美多姿的景致，仿佛自己也是诗中的人物，或喜或悲，都是那么的雅致非凡。

> “邕初到江南，一吴人烧桐蒸饭，邕闻火烈爆响之声，知其良木，从火中取出，请人裁而为琴，果有美音”。此琴因其尾烧焦，故名曰“焦尾琴”。

这一段同样出自《后汉书》。据说蔡邕刚刚到江南的时候，看见当地人烧火做饭，用的是桐木。他从烈火噼里啪啦爆裂开来的声音辨认出那是一块难得一见的上好木材，痛惜不已，急忙从火中抢出来，请人制作成一张琴，琴成，果然音律优美，非同凡响。

这把琴，就是史上著名的焦尾琴。

受到如此浓厚的音乐氛围熏染，幼小的蔡文姬展露出不逊于其父的才华。

《三字经》中有载：“蔡文姬，能辨弦。”

据《后汉书》传注所引刘昭《幼童传》云：“邕夜鼓琴，弦绝。琰曰第二弦。邕日偶得之耳。故断一弦，问之，琰曰第四弦。并不差谬。”

在一个清闲的日子，堂前落花纷繁，云卷云舒，蔡邕端坐在书房里，将这一张火中得生的琴取出，拂去尘埃，拨动琴弦，清冽的乐音顿时如瀑布般流泻而出，年幼的文姬在门前驻足，侧耳聆听，不由得为那琴音而欢欣鼓舞，娇憨的脸孔绽开甜美的笑靥。

然而旋律突然一顿，铿锵之声乍然响起，琴弦断裂。

小女孩怅然若失，细细分辨着，叹道：“是第二弦断了啊。”

蔡邕以为她只是偶然猜中了，并没有在意。然而又有一次，琴弦断裂的时候，她又迅速地指出那是第四弦，蔡邕事后查看，发现竟没有一丝差错。

《琴史》中讲述的这段故事，说的是蔡文姬十岁时已能分辨七弦琴的音质。而《幼童传》记载的这段故事则发生在蔡文姬七岁那年。

无论具体是在哪一年，这些故事都说明了她的聪明灵慧。

对于幼童，能清楚地辨别琴上的哪根弦断了，那只能说是天赋。蔡文姬便是这样一个对音乐极有天赋的人，如《后汉书》中所言："博学而有才辩，又妙于音律。"

更有北宋《乐府诗集》《太平御览》纷纷引用《蔡琰别传》，曰："琰字文姬，陈留人，汉左中郎将蔡邕之女。少聪惠秀异，年六岁，邕夜鼓琴弦绝，琰曰：'第二弦。'邕故断一弦而问之。琰曰：'第四弦。'邕曰：'偶得之耳。'琰曰：'吴札观风，知兴亡之国；师旷吹律，识南风之不竞。由此言之，何不足知也。'"

《春秋左传》中有这样两段故事，一是说吴王之子季札到鲁国进行访问的事，因当年周成王曾将天子之乐赐于鲁国先祖周公，季札于是向鲁襄公请求观赏周天子之乐，这套音乐囊括了周朝、齐、晋、郑、卫诸国的乐曲，季札听毕，依照乐曲之律，对这些国家将来的兴亡一一作出点评，后来无不得到应验。另一段故事则是讲诉了当时的著名乐师师旷的传奇。师旷是晋国人，有人听说楚国要派兵攻打本国，师旷只说不要紧，他演奏了北方的音乐，又演奏南方音乐，南方乐曲声响微弱，因此楚军必然战败。

嵇康将第二个故事用在他所写的《声无哀乐论》中，认为"心之与声，明为二物"。

能够随口以典故阐释观点，可见蔡文姬幼时的博学颖悟，她认为乐为心声，能以此见彼，这也是魏晋时期的主流观点。然而《蔡琰别传》本身不见出处来历以及全文，只有这些被引用的片段，今人无法判断是确有其事还是杜撰。我们唯一能够知道的，就是蔡文姬在后来果然以琴曲为声，发出一道道对不公命运的悲愤质问，以及对当时动乱的苦痛倾诉。

蔡邕极爱惜这个女儿，悉心教导，将毕生所学一一传授。蔡文姬的百般聪慧成全了他的殷殷苦心。随着时间流逝，光阴荏苒，那个听琴辨音的小女孩儿渐渐长大，出落得光华照人，如其所愿地成为当世不可多得的一代才女。

也许，只有那些生来就得上天眷顾的人才能够集天地之灵秀，作出一篇篇华章，才会在世间书写出一段段轰轰烈烈的传奇。

只是看得太透，明悟太早，有时候也是一种折磨。

此事非关命运前程，而是藏在心灵深处，时不时在喜乐之时跃然浮现，提醒着种种远忧近虑，便如苏轼诗中所写，因为自己聪明，从而耽误一生，希望以后自己的孩子可以免受这些痛苦，安享尘世浮华。

> 人家养子望聪明，我被聪明误一生。
>
> 惟愿我儿愚且鲁，无灾无难到公卿。
>
> ——苏轼《洗儿诗》

若是他能够早早地预知这个女儿的一生都将浸染着苦难的霜华，不知他是否也会如许叹息，就像这位写下《洗儿诗》，语出惊人的苏大学士那样？

别人家都希望儿女聪明伶俐，而“我”却被聪明耽误了一生，如今但求“我”儿又愚笨又鲁钝，无灾无难，顺顺当当地做到公卿大员。

洗儿，是民间一种饶有趣味的风俗，也被称为“洗三”或者“洗三朝”，就是在婴儿出生的第三天举行沐浴之礼。据说，孩子都是由送子娘娘送来的，小孩子出生的第三日，送子娘娘会因为放心不下而亲自下凡来察看。若是小孩儿健健康康，精神十足，家里为他煮寿面来吃，摆一桌喜酒，她便认为这一家人疼爱孩子，放心地离去；如果没有，就会因主人家不疼爱孩子而生气，将孩子带走。世上的人畏惧她带走小孩，从而有了“洗儿”的风俗。

这大约是古时候对婴儿夭亡赋予的神话解释，将死亡讲述得这般自然纯真，富有人情味。

其实早在隋唐五代时期，三日洗儿的风俗就已广为流传，无论是宫廷还是民间，都有各种各样的记载。唐《金銮密记》写道：“天复二年，大驾在岐，皇女生三日，赐洗儿果子”，白居易为谈弘谟的外孙写了一首洗儿诗祝贺道：“玉芽珠颗小男儿，罗荐兰汤浴罢时”，又在另一首好友酬和的诗词《崔侍御以孩子三日示其所生诗见示因以二绝和之》中笑称：“洞房门上挂桑弧，香水盆中浴凤雏。还似初生三日魄，嫦娥满月即成珠。”

> 后三日，召禄山入内，贵妃以绣绷子绷禄山，令内人以彩舆舁之，欢呼动地。玄宗使人问之，报云：“贵妃与禄山作三日洗儿，洗了又绷禄山，是以欢笑。”玄宗就观之，大悦，因加赏赐贵妃洗儿金银钱物，极乐而罢。

这一段旖旎野史，写了杨妃假借洗儿的名义戏弄后来谋反作乱的边境大将安禄山，也进一步说明了唐时洗儿的风俗之盛。

然而这首异于世俗的《洗儿诗》，全诗寥寥二十八字却讽刺意味十足，正是苏轼谪居黄州时所作。

苏轼一生郁郁，只能将一片深情都寄托在诗词上面，从“长恨此身非我有，何时忘却营营”“欲寄相思千点泪，流不到，楚江东”“休言万事转头空，未转头时皆梦”“拣尽寒枝不肯栖，寂寞沙洲冷”的悲凄，到“会挽雕弓如满月，西北望，射天狼”“九死南荒吾不恨，兹游奇绝冠平生”的豪迈，最后化作“生前富贵草头露，身后风流陌上花”“回首向来萧瑟处，归去，也无风雨也无晴”的一派宁静致远。

除却诗词，他的诗画功底也颇为精湛，书法名列“苏黄米蔡”四大流派之一；其画则开创了湖州画派的先河。

苏轼的一生过得极不平静，他将这一切的根源归结为“聪明”二字。事实上，也正是因为他太过才华出众才会遭人陷害。“乌台诗案”有人密告他写诗“玩弄朝廷，讥嘲国家大事”，害得他坐牢一百零三日，几乎要被砍头，幸得宋太祖赵匡胤定下过不杀士大夫的国策才免遭一劫，却被贬到黄州做了芝麻绿豆大的小官。

仕途上的不得志，令他心灰意冷。

就在这段日子里，苏轼自号“东坡居士”，过起了闲适的生活。他歆慕那《离骚》中“高余冠之岌岌兮，长余佩之陆离”的洒脱，仿制了流传至今的东坡帽。他虽然是做小官，也享尽了做小官的好处，游离在朝廷争斗之外，自得其乐。

然而，有得必有失，有失必有得。

谁又能说远离纷争，守着一片净土不是一件好事呢？多少厌倦了朝堂争斗的名士都想像他一样，一诗一茶一饭地度过一生。他漫游各地，赏遍了名胜古迹，著名的《念奴娇·赤壁怀古》便是他谪居期间所著，言辞开阔，境界博大，历代为人所称道。

大江东去，浪淘尽，千古风流人物。
故垒西边，人道是，三国周郎赤壁。
乱石穿空，惊涛拍岸，卷起千堆雪。
江山如画，一时多少豪杰！
遥想公瑾当年，小乔初嫁了。
雄姿英发，羽扇纶巾，谈笑间，樯橹灰飞烟灭。
故国神游，多情应笑我，早生华发。
人生如梦，一尊还酹江月。

——苏轼《念奴娇·赤壁怀古》

大江浩浩荡荡东去，多少风流的人物都在这江水日夜不息的奔流中，在光阴的催促中一一逝去。那西边的营垒，人说是三国时期周瑜大破曹军的赤壁。陡峭险要的石壁插入天空，惊人的大浪拍打着岸边，浪花似千堆雪一般被层层卷起。

江山似画，那时曾经有过多少英雄豪杰！

想当年周瑜最为意气风发的时刻，小乔新嫁了过来，新婚燕尔，正是年少得意；周瑜英姿勃发，手持羽扇，头上戴着青丝帛的头巾，谈笑之间，只见敌军那无数战船在浓烟烈火中化为灰烬。

身在赤壁，却神游古国战场，憧憬无限，该笑“我”太多愁伤感了吧，以致早早地生出白发。人生如梦，还是献一樽酒给江上明月和我同饮共醉吧！

上阕绘景，下阕讲古。大气之中见豪迈，写他人的壮志凌云，写江山的风流千古，不见半分自伤身世的委顿低迷，虽是抒发了壮志难酬的苦闷之情，却伤而不哀，被人视为“千古绝唱”，是被后世豪放派视为代表的一首词，也是可拿来比拟苏轼一生的词。

“满肚子不合时宜”的苏轼晚年得子，满堂喜庆之中，回想过往种种不由叹息一声，唤人拿笔，提下诗句。

曾见过《苏轼传》中有一句这样说苏轼：“嬉笑怒骂之词，皆书而诵之，由此可见其性情。”

但凡生子，谁人不希望自家孩子聪明灵慧，早早懂事。然而细细品读《洗儿诗》就会发现，这诗虽说的是洗儿，实则说的是自己，言辞中充满了凄凉和无奈，恰是苏轼内心真正的写照。

此诗不仅是嬉笑怒骂，已然是在抨击官场制度的不公。

自己有满腔的热血和学识，却处处碰壁，环顾一身都是冷清，庙堂上站着的却都是碌碌无能之辈。怀才不遇乃是人生之一大悲，古来有士为知己者死这一说，然知己难寻，高山流水空自在山谷间飘扬，若听琴的人不来，弦断了也只是一声铮然，纵有满腹才华，无人欣赏也无异于一屋子发霉的纸堆，毫无意义。

你看，历史上那些出类拔萃的幼童，小小年纪就已名扬天下的，又有几个善终的呢？

苏轼的感慨始终太晚，被聪明所误的人，大多都已经埋骨，就如名传天下的东汉才女，蔡文姬。

就连苏轼自已，也都醒悟得太迟。

苏轼出生在一个书香味浓郁的家庭，与其父苏洵、弟弟苏辙同为北宋著名的文学家，世称“三苏”。他任密州知州、徐州知州、黄州团练副使、中书舍人、翰林学士等官职，名满天下，被誉为一代大家。然而他的一生却格外坎坷，辗转多地，沉浮几度，最后卒于江苏常州。

北宋熙宁元年四月，为了改变国家积贫积弱的情况，时任宰相的王安石主张革新变法，然而新法的种种弊端却让同为国家前途而忧心的苏轼感到了失望，并极力地提出了反对意见。因为政见不和，苏轼与他的恩师欧阳修等人一起被迫离京，还被安上了个旧党的名头。到了后来，哲宗即位，高太后听政，新党势力一夜间冰消雪融，旧党的中流砥柱司马光重新登上了万众瞩目的舞台，苏轼才得到了提拔。

然而，他的悲愤却还是无人能懂。

他有远见卓识，对守旧的弊病洞若观火，发现旧党和新党在执政上并无差别，遂向哲宗提出谏议。于是新党不能理解，旧党也开始容不下他。自知身份尴尬，苏轼再度提出外调，于是回到了阔别十六年的杭州担任了杭州太守一职。

而后旧党和新党多次交锋，苏轼也随之起起伏伏，直到离世。

知我者谓我心忧，不知者谓我何求。如果不是心头一点热血还未冷却，还惦记着天下太平，世间清明，是不是他就可以安然享受种种纷争带来的好处，稳坐朝堂，醉生梦死？想到这些，种种惆怅，堆积心头，无可消解，最终写下了这首《洗儿诗》。

清代的虞山也有人写了首《洗儿诗》，道：“东坡养子怕聪明，我为痴呆误一生。但愿生儿狷且巧，钻天蓦地到公卿。”

坐上三公九卿的高位究竟需要的是庸庸碌碌还是投机钻营姑且不论，然而，那一份对子女的期盼却是情真意切，均是希望他们能够幸福地度过一生。

史书中记述了《曹娥碑书》一段“绝妙好辞”的故事，再度描述了蔡文姬少时的聪慧过人。

曹娥，会稽上虞人，年十四岁，父溺江而死，不得尸，曹娥沿江号哭，昼夜不停，十七天后，投江而死。县令度尚悲悯其义，为她埋葬立碑。

这是史书上一段讲述孝义的故事。悠悠江水，埋葬了这样一副芳骨，孝感动人，也震撼了古往今来无数文人士子。

于是，有了蔡邕专程到曹娥碑前拜谒的另一段故事。

那时候，天色已经晚了，暮色四起，碑文隐隐约约地看不清楚，蔡邕便用手抚摸下去，辨认出碑文，又在后面题写了“黄绢幼妇，外孙齑臼”八个字，直到归家后，又誊写到纸上。

在他抄写的时候，文姬始终在一旁观看。

看到女儿懵懵懂懂的天真神态里，有着一丝专注，蔡邕笑着问：“你看得那么认真，可知道这八个字是什么意思？”

幼小的蔡文姬答道：“黄绢一为色，一为丝，合起来就是绝字；幼妇是少女，合起来就是‘妙’字；外孙就是女儿的儿子，合起来就是‘好’字；齑臼意为接受辛辣的东西，舌和辛合起来就是‘辞’字。这几个字连起来就是‘绝妙好辞’。”

蔡邕当即惊喜不已。

若是苏公能够早生，想必也要为之感叹了。

毕竟，他的一番讽刺，除了愿子女多能够平安恬淡，却还有一份为国思报却不得的心情，而并非真如诗中所言，想要一个笨儿子。

苏东坡在朝政上，欲“卷弓射天狼”，实现一生抱负，然而却遭遇一贬再贬，尽管后来以学识传世，但终究失却了一片热忱，而和他同时代的另一位词人的命运倒和他颇有几分相似。

醉里挑灯看剑，梦回吹角连营。八百里分麾下炙，五十弦翻塞外声。沙场秋点兵。

——辛弃疾《破阵子》

这位文采同样出色的词人出生在公元1140年的山东济南，字幼安，原字坦夫，号稼轩，那时宋朝的北方早已沦陷在金人的铁骑下，受尽外族凌辱，经由祖父的教导，他自小立志抗击金兵，驱除鞑虏，二十一岁时就参加了抗金义军，之后回归于南宋。

归宋后，他曾上表请求抗金，然而，只是一味沉醉在“暖风熏得游人醉”的氛围中的朝堂早已丧失了作战勇气，不但没有采纳，还处处牵制，甚至在最后还革除了他的职务。最终，这位壮志未酬的热血将士只好回到上饶，闲住山野了却一生。

他就是辛弃疾，曾写下“众里寻他千百度，蓦然回首，那人却在灯火阑珊处”，令无数后世人深深感动的词人。

他身上有着一种山东人特有的正直和热忱。若说苏轼的词是胸襟博大，豁达豪迈，那么辛弃疾的词则是慷慨激昂，炽烈而深沉。

马作的卢飞快，弓如霹雳弦惊。了却君王天下事，赢得生前身后名。可怜白发生！

——辛弃疾《破阵子》

辛弃疾的词传世的甚多，始终，只有这一首词最符合他的平生所志。

南宋朝廷是一个很奇怪的政权，“靖康之耻”的惨痛教训还在眼前，却不思进取，偏安一隅，任那金兵再度南侵。论武将，南宋不乏能人，有岳飞、韩世忠、吴玠、刘琦；论名臣有李纲、赵鼎、李光、胡铨，可却无所建树，还任用了大奸臣秦桧为相，结果以莫须有的罪名害死了岳飞这样的忠臣良将。岳飞死得可惜，然比起他来，听信谗言的南宋皇帝显然更让人惋惜。

一国之君尚且如此，何谈其他?

在那个充满国仇家恨的时代，无论是张元干还是辛弃疾，无论是陆游还是张孝祥，都渴望抗击金兵，复我河山，但那仅仅是美好的愿望罢了！时势造英雄，然时不与我，便是满腔热忱也无他用，于是剩下的只是感伤和悲愤，在金戈铁马的幻影中渐行渐远。

陆游《示儿》诗中心心念念的是“王师北定中原日，家祭无忘告乃翁”。可惜那只是镜花水月一场空。

他与辛弃疾出生在相近的年代，有着相似的词风，相同的愿望，境遇却大不相同。

传说陆游十二岁便能诗文。他的一生诗作颇多，现存的就有足足九千多首，大多言辞奔放而奇伟，沉郁而悲壮，颇有李白之风，被人称为“小李白”。

僵卧孤村不自哀，尚思为国戍轮台。

夜阑卧听风吹雨，铁马冰河入梦来。

——陆游《十一月四日风雨大作》

这首《十一月四日风雨大作》是陆游闲居在故乡山阴时所作。他在寒冷的夜晚反复思虑着投军报国，竟然将那窗外的狂风骤雨，都幻化作铁马冰河一梦，可见其热情奔放。然而这样的情怀竟然只是一梦，又可见其悲怆凄凉。

而真正令人扼腕惋惜的，却是他那段叫人唏嘘的爱情。

红酥手，黄藤酒，满城春色宫墙柳。东风恶，欢情薄，一怀愁绪，几年离索。错，错，错！

春如旧，人空瘦，泪痕红浥鲛绡透。桃花落，闲池阁。山盟虽在，锦书难托。莫，莫，莫！

——陆游《钗头凤》

《钗头凤》此调历来以陆游这首词作最为出名，故而世人将它视为调子里的正体，为后世模范。只是在写下这首词的时候，陆游一定没想到这些虚名浮利，而是心中满含着不甘与悲愤，纵然与身边的新人举案齐眉，却“到底意难平”。

唐婉，正是词中拥有一双酥手的女子。

她是陆游的表妹，亦是他的第一任妻子。他们自幼青梅竹马，两小无猜，长大后结为夫妻，恩爱非常。可是好景不长，陆游的母亲因唐婉久不怀孕，遂对其十分不满，逼着儿子将她给休了。陆游是出名的大孝子，母亲之命岂能违抗？于是只好遵从母亲的要求休了唐婉另娶了王氏。

之后，一次沈园偶遇使得唐婉悲痛难遏，终于心力交瘁一病不起，至此天人永别。

世情薄，人情恶，雨送黄昏花易落。晓风乾，泪痕残，欲笺心事，独语斜阑。难，难，难！

人成各，今非昨，病魂常似秋千索。角声寒，夜阑珊，怕人寻问，咽泪装欢。瞒，瞒，瞒！

——唐婉《钗头凤》

《齐东野语》记下了唐婉应和陆游的词，同是一曲《钗头凤》，凄艳至极，无奈至极。

多情自古空余恨，好梦由来最易醒。

在临终之前，唐婉或许还有一丝希冀，但愿眼前突然出现那个人，只是这个愿望太过奢侈，正如词牌名一般，钗头的孤凤无人问津，而落在她身上的，最终不过是一首不胜悲凉的哀歌，轻轻哼唱着曾经有过的美好时光。

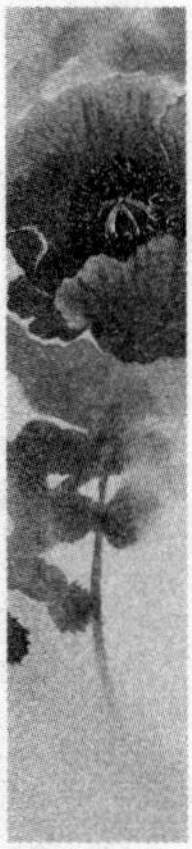

【二】琴瑟合鸣

在这个躁动不安的时代，离婚率居高不下，分手的夫妻越来越多。

相爱才选择彼此为伴，所有人都渴求承诺，希望与所爱之人携手度过一生。

然而，现实里有太多琐碎繁杂的事情使得这份期盼变成了无奈，逼得人不得不放弃最初的坚持。而经历过这些之后，有些人反而更加理解和尊重对方，相互扶持，相互爱惜，冲破重重阻碍，从而走向圆满，这也许就是婚姻的有趣之处了。

其实琴瑟和鸣也好，举案齐眉也好，都不过代表着人们的美好的愿望和期盼罢了。

就在东汉末期的初平三年，如果换算成如今的公元，也就是192年，那是一个阳光明媚的春日，晨光灿烂，洒落在洛阳城上，宛若一袭金色的嫁衣。

伊大宗之令女，禀神惠之自然；

在华年之二八，披邓林之曜鲜。

明六列之尚致，服女史之语言；

参过庭之明训，才朗悟而通云。
当三春之嘉月，时将归于所天；
曳丹罗之轻裳，戴金翠之华钿。
羡荣跟之所茂，哀寒霜之已繁；
岂偕老之可期，庶尽欢于余年。

——丁廙《蔡伯喈女赋》

在众人的歆羡中，蔡文姬披上了真真切切的嫁衣，承载着家人的祝福来到卫家。仿佛是在庆贺这美好的姻缘，那一日，洛阳城的牡丹开得分外绮丽。

遥想那个年代，绿影浮动的山林之下传来遥遥的琴声，锦瑟相应和，一弦一柱思华年，令沧海桑田，明珠有泪。

而那落在梧桐上的凤凰，鸣叫声宛若宝剑出鞘，清朗无比，另有一只青鸾盘旋其侧，一声声地应和。

琴瑟相谐，鸾凤和鸣，这两句极风雅的话合成一句“琴瑟和鸣”，流传至今，道尽了男女间的恩爱缠绵。

只是想要做到太难。

生活不是永远的风花雪月，很多王子和公主的故事往往只有一半，只讲男女主角们怎么艰辛地走到一起，之后就不再说了。事实上，无论是谁往往都要在柴米油盐酱醋茶中消磨一生的时光，最后被磨炼成百折不挠的沙石，粗糙得忘记了曾经还有过的相知相契。

明朝人吴梦龙写了一本书，记载当时民间流传的种种有趣的故事，叫做《三言二拍》，其中的《醒世恒言》里的一段《乔太守乱点鸳鸯谱》广为人知。

只说那宋朝景祐年间，杭州城中住着刘、孙、裴三家，都是家境殷厚的富户，刘家的女儿许配给了裴家的儿子，刘家的儿子聘了孙家的女儿，孙家的儿子又聘了徐家的女儿。

眼看着大家各得其所，谁料到刘家的儿子因为受了一场风寒，大病不愈，家中二老忧心许久，商量着要赶紧娶了孙家的女儿来冲喜。孙家害怕女儿嫁过去了会丧夫守寡，反让儿子装扮成姐姐的模样嫁入了刘家。虚凰实凤一番偷转，孙家的儿子和刘家的女儿反而酿出了深情厚谊，结成一对夫妇。

已经和裴家缔下婚约的刘家人自然不乐意，将拐走了自家女儿的孙家告上衙门。乔太守一番细问后，当场判决：刘家女儿嫁与孙家，孙家的女儿嫁入刘家，孙家儿子的未婚妻徐女嫁给裴家。

如此，成就了三段美好姻缘，一时传为佳话。

乔太守拿了名簿，胡乱牵了许多红线，却恰恰成全了这几对痴男怨女。人总说姻缘天注定，兴许正因如此，这样的结局才显得格外圆满。

卓文君曾经写过的一首《怨郎诗》，温柔缠绵，拨动着人心里那根最绵软的弦：

一别之后，二地相悬。虽说是三四月，谁又知五六年。

七弦琴无心弹，八行书无可传，九连环从中折断，十里长亭望眼欲穿。

百思想，千系念，万般无奈把郎怨。

万语千言道不完，百无聊赖十凭栏。重九登高看孤雁，八月仲秋月圆人不圆。

七月半，秉烛烧香问苍天，六月伏天从摇扇我心寒。

五月石榴似水，偏遇阵阵冷雨浇花端。四月枇杷未黄，我欲对镜心意乱。

忽匆匆，三月桃花随水转，飘零零，二月风筝线儿断。

噫，郎呀郎，巴不得下一世，你为女来我做男。

——卓文君《怨郎诗》

从一数到十，再从百数到万，从万又数到一，不是炫耀才智，也不是故弄玄虚，而是女儿家在漫长的等待中百无聊赖的体现，步入花园，拈一朵层层盛开的花朵，一片一片地撕下来，一、二、三……他究竟是来还是不来？

当年一曲《凤求凰》，才子情挑，引得佳人心动，卓文君夜奔司马相如被传为千古佳话。此后两人过着清寒的生活，直到司马相如以一首《子虚赋》得到了汉武帝的赏识，又以一首《上林赋》被提拔为了侍从郎，他们的生活才逐渐改善。这之后司马相如两度出使巴蜀，权势过人，很是荣华。

然而，此时的他竟要娶另一个女子，或许是那女子生得绝色倾城，温柔如水，又或许有着太多的诱惑叫他把持不住，从而他有了休妻再娶的念头，正所谓多情自古空余恨，负心多是读书人。

皑如山上雪，皎若云间月。
闻君有两意，故来相决绝。
今日斗酒会，明旦沟水头。
躞蹀御沟止，沟水东西流。
凄凄复凄凄，嫁娶不须啼。
愿得一心人，白头不相离。
竹竿何袅袅，鱼尾何徒徒。
男儿重意气，何用钱刀为。

——卓文君《白头吟》

卓文君作了一篇《白头吟》，干脆利落地与司马相如决绝，没有太多的哀叹，也没有苦苦地恳求，只是轻蔑地嘲笑他如沟水一样摇摆不定的感情，就此散了罢，也不需要哭哭啼啼，以后男婚女嫁各不相干，她只希望找个一心一意对待她的男子，白头到老，永不分离。

《西京杂记》中记载：“司马相如将聘茂陵人女为妾，卓文君作《白头吟》以自绝，相如乃止。”

且在《司马相如集校注》中还收录了一篇《报卓文君书》，出自司马相如的手笔，其中如是写道：“五味虽甘，宁先稻黍？五色有灿，而不掩韦布。惟此绿衣，将执子之釜。‘锦水有鸳，汉宫有木’。诵子嘉吟，而回予故步。当不令负丹青感白头也。”

话说尽了，无非是三千弱水只取一瓢，天下各色美女，他哪怕割舍不下也以卓文君为先，不会辜负她的深情，令她青丝悲愁成白发。

至此司马相如回心转意，二人和解，后来同归故里隐居。

姻缘哪怕是天注定，也会遭遇各种磨难，熬过去了，可以暂保一时安宁，熬不过去，就是一辈子的劫数。那人是个情种，奈何自己是个情痴，心碎神伤，而他却不知，好在这一劫数被卓文君成功化解。

相较而言，蔡文姬的初嫁似乎比卓文君要美满一些。

婚后的日子，她和卫仲道情投意合，恩爱非凡。

那时新婚，嫁娘不胜娇羞，一袭红衣好似朝霞映天，明艳非常。新房之内，望着娇俏的新娘，卫仲道心神荡漾。这便是他的妻子，那个传说中集才情与美貌于一身的女子。屋外爆竹的余音还在耳边回荡，窗边传来阵阵欢声笑语。

红烛摇曳，春宵良辰。执子之手与子偕老。山无棱江水为竭，冬雷震震夏雨雪，天地合，乃敢与君绝！

郎才女貌，天作之合，执手出入便似一对璧人。

蔡文姬抚琴时，卫仲道吟诗；卫仲道练字时，蔡文姬研墨。琴瑟和鸣意绵绵，不知羡煞了多少人。

这是蔡文姬一生中最快乐的时光，亦是她最难以忘怀的日子。丈夫将她视作明珠一般百般疼爱，彼此又性情投契，趣味相和，一切的一切都是那么美好。

都说夫妻二人应该相敬如宾，他们在闲暇时，大约也会议论到那些难得的佳偶们吧。

例如《后汉书》中记载的梁鸿夫妇，“举案齐眉”这个成语便由他们的故事演化而来。

书上有记载：

梁鸿字伯鸾，扶风平陵人。势家慕其高节，多欲女之，鸿并绝不娶。同县孟氏有女，状肥丑而黑，力举石臼，择对不嫁，至年三十。父母问其故，女曰：“欲得贤如梁伯鸾者。”鸿闻而聘之。女求作布衣、麻屦，织作筐缉绩之具。及嫁，始以装饰入门，七日而鸿不答。妻乃跪床下，请曰：“窃闻夫子高义，简斥数妇。妾亦偃蹇数夫矣，今而见责，敢不请罪。”鸿曰：“吾欲裘褐之人，可与俱隐深山者尔，今乃衣绮缟，傅粉墨，岂鸿所愿哉！”妻曰：“以观夫子之志耳。妾亦有隐居之服。”乃更为椎髻，著布衣，操作而前。鸿大喜曰：“此真梁鸿妻也，能奉我矣。”字之曰德耀，名孟光。……遂至吴，依大家皋伯通，居庑下，为人赁舂。每归，妻为具食，不敢于鸿前仰视，举案齐眉。

梁鸿是东汉初年的隐士，当地的权势之家仰慕他的高尚气节，都希望把女儿嫁给他，但都被他一一谢绝。同一县城里孟家的女儿，模样丑陋，力气大得能够举起沉重的石臼，在婚姻上却十分挑剔，直到三十都还没有嫁出去，父母焦虑地问她缘故。女儿回答：“只想要嫁给梁伯鸾这样的贤士。”

按照情理来说，这样的女子是无人敢问津的，但梁鸿听说之后，居然真的前去求亲下聘。

孟女请求家人为她做了简陋的布衣、麻编的鞋子，以及纺织用的各种器具。到婚宴那天，她把自己打扮得漂漂亮亮地进了门，可是梁鸿却连着七天都没理会她，孟女不解，便跪在床边恳切说道：“我以前听说您气节高尚，又拒绝了好几位世家女子，我也就一再拒绝提亲，如今您责怪于我，怎么敢不前来请罪呢？”

梁鸿答道：“我希望的是与一名朴素的女子隐居深山，而如今你衣着光鲜，涂脂抹粉，哪里是我心目中的妻子。”

听闻此话，孟女忙道：“早就知道您的志向，我都备好了隐居的衣物。”于是头饰尽去，身穿布衣，拿着纺车走到面前来。见此情形，梁鸿十分高兴，觉得这才是他好不容易寻找到的妻子，之后便为她取了名和字，至此为伴。

后来，两人到了吴地隐居，以帮人舂米为生，过着极其贫寒的生活，而每日归来，孟光为梁鸿准备饭食的时候，都不敢直视他，而是将碗高高端起，以示敬重。

“吾未见好德如好色者也。”这句话是孔老夫子说的，如果他能够活在那个时代，亲眼看到这个故事，大概就会欣慰了。

身为名士，梁鸿坚守自己的志向，拒绝了富贵人家的闺秀，选了又穷又丑却有一颗慕德之心的孟女。孟女她贫困，不美，没有学识，但聪慧过人，这才能嫁给她仰慕已久的贤良。

他们的婚姻一开始就是淡泊，容颜美丑无非是皮相，钱财充裕无非是虚华，山野隐居，守着自己心中的道，与心爱的人相知相伴，这才是真正求之不得的幸福。

可惜这样的幸福沉迷于繁华中的世人看不见。

蔡文姬的第一段婚姻最终埋葬在一片血色中。

这世间很多东西如同掌中的沙，握不住，留不住，我们唯一能做的只是眼睁睁地看着它不断逝去。蔡文姬的这段婚姻只维持了短暂的一年，谁都未曾想到，仅仅一场病便结束了卫仲道年轻的生命。日复一日，他的病体渐渐沉重，看着床榻前泪眼婆娑的蔡文姬，他紧紧抓着她的手想说些什么，几番欲言又止，那两字终究还是没能说出口。

永别二字太重，不舍亦是不忍。

他痴迷地看着妻子，抚去她眼角的泪水。她瘦了，憔悴了，美丽的眼眸中充满着担忧。她的一颦一蹙、一举一动都牵动着他的心。她还是那么美，还是那么叫人心动，只是这份美也许他再也没有机会欣赏，他只能默默地记在心底。

“我还想听你抚琴！”他看着她，轻声地说。

她点了点头，强挤出一抹笑容走向桌案。云裳在那一刻翩翩而起，他猛然伸手，却抓来了一手空，而那人已经远去。

琴音溢出，清清淡淡好似天空一抹流云。她轻轻启唇，唱起了那首她时常唱给他听的那首歌。

> 凤兮凤兮归故乡，遨游四海求其凰。
> 时未遇兮无所将，何悟今兮升斯堂！
> 有艳淑女在闺房，室迩人遐毒我肠。
> 何缘交颈为鸳鸯，胡颉颃兮共翱翔！
> 皇兮皇兮从我栖，得托孳尾永为妃。
> 交情通意心和谐，中夜相从知者谁？
> 双翼俱起翻高飞……
>
> ——司马相如《凤求凰》

一曲《凤求凰》，多少次弹唱都不及这次来得让人哀伤。

秋节至，夜萧瑟，谁记春水映梨花，满地残落。

他走了，在那一天。

琴声未绝，袅袅徘徊。瑟已弦断，再无人和。

【三】人间自是有情痴

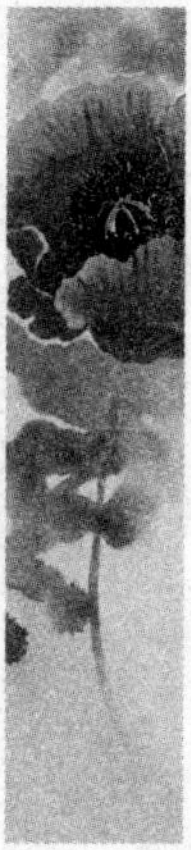

《永乐遇》中有一句写得极好，几乎道尽了人间沧海桑田，繁华兴衰。它说，风流总被雨打风吹去。

能够不被历史的洪流所淹没，经得住时间的冲刷，这样的诗篇，历久弥新，即便撰写之人已经不在世上，时代几经变迁，却依然华光万丈。

沉淀过的，才是传世的。

蔡文姬的诗古朴深沉，诗中几乎没有华丽的辞藻、过多的修饰，却真实地还原了汉末烽火、魏晋风流。

若说悲怆是源于蔡文姬苦难的经历，那么诗中古雅大气的清奇意境，便是魏晋所独有的韵律了。

人生几何时，怀忧终年岁。

这两句并不是这位历经磨难的女子独有的感慨，而是那个年代的人心中特有的感怀。

对酒当歌，人生几何？譬如朝露，去日苦多。

慨当以慷，忧思难忘。何以解忧？唯有杜康。
青青子衿，悠悠我心。但为君故，沉吟至今。
呦呦鹿鸣，食野之苹。我有嘉宾，鼓瑟吹笙。
明明如月，何时可掇？忧从中来，不可断绝。
越陌度阡，枉用相存。契阔谈宴，心念旧恩。
月明星稀，乌鹊南飞。绕树三匝，何枝可依？
山不厌高，水不厌深。周公吐哺，天下归心。

——曹操《短歌行》

生命本就短暂无常，偏偏又身处乱世，人生何其悲苦！何不且歌且行，畅饮美酒，享受这难得的一时欢愉？

曹操戎马一生，诗作颇丰，这首《短歌行》便是他最具代表性的诗作之一。诗中他以周公自比，表达了愿拜迎天下贤良的愿望，却也毫不掩饰地暴露出一逐天下的野心，抑或可称为雄心。

面对美酒应该引吭高歌，享受这千金不换的美好时光，人生短暂无常，能活多少年呢？就如同清晨的露水，来得匆匆，去得匆匆，转瞬消逝，什么都不会留下，思绪至此，内心不由地澎湃起来，有什么能够消除这沉沉的忧愁？好像只有沉醉酒中吧。

纵观全诗不难发现，此时的曹操已将建功立业视作极大的乐趣，此后他纳贤才，兴战事，征伐天下，种种行为也就变得愈发顺理成章。

建安十三年，他率领大军南下，在赤壁之战前夕作此诗。也许是预感到什么，也许只是单纯地想要抒发感慨，他写下极为经典的开头六句。人生无常，为了能够用这短暂的时间在史书上留下荣耀的印记，他不惜挥兵作战，将时日都耗费在征战和谋算中，最终燃尽一生。

如果将曹操的诗词和蔡文姬的诗做比，我们不难发现，他们在言辞里都透露出一种慷慨悲凉的味道，叹息乱世的苦难。不仅仅是他们的诗作如此，事实上魏晋时代，包括孔融、王灿、陈琳、徐干等这一批声名显赫的名士也都是如此，他们仰慕古时诗词古朴的特质，希望能够延续这样的风格，于是纷纷仿效，在诗作时尽力使言辞通俗，意境上开拓出清雅刚健的风格。

他们的诗作情词并茂，独树一帜，自成一派，被后世称为“建安风骨”。

刘勰在《文心雕龙》中写道：

> 自献帝播迁，文学蓬转，建安之末，区宇方辑。魏武以相王之尊，雅爱诗章；文帝以副君之重，妙善辞赋；陈思以公子之豪，下笔琳琅；并体貌英逸，故俊才云蒸。仲宣委质于汉南，孔璋归命于河北，伟长从宦于青土，公干徇质于海隅；德琏综其斐然之思；元瑜展其翩翩之乐。文蔚、休伯之俦，于叔、德祖之侣，傲雅觞豆之前，雍容衽席之上，洒笔以成酣歌，和墨以藉谈笑。观其时文，雅好慷慨，良由世积乱离，风衰俗怨，并志深而笔长，故梗概而多气也。

古时抒怀的文字并不多见，多半存留的都史书和文赋之类在日常使用的记录。直到汉献帝以来，也就是东汉末年，抒情咏志的文学才开始真正地发展起来，到了建安年间，始成了气候。

魏武王喜好诗词，文帝擅长辞赋，陈思文笔优美，他们都是那个年代帝王将相之类的人物，身份尊贵举止奢豪，而正因为他们的大力推动，当时才会涌现出蔚如云霞般的优秀人才，如：仲宣、孔璋、伟长、公干徇、德琏、元瑜、文蔚、休伯、于叔、德祖等。他们或为我们所熟知，或为陌生，然而相同的是，他们的文章都气度高雅，慷慨异常。

处于崩乱的世道，随处可见生离死别的景象，诗词之风变得格外深沉厚重起来，为了避免政治上的牵连，更是言辞晦涩，以种种譬喻影射现实，悲怆慷慨，在世间沧桑中展示出多少风骨来。

“志深而笔长，梗概而多气。”这十个字正是建安文学存在的根本。

蔡文姬传世的三首诗——一首《胡笳十八拍》，一首五言诗体的《悲愤诗》，一首离骚体的《悲愤诗》，或悲壮激昂，或质朴平实，或清玄古雅，都充分展现出了这一点。

嗟薄祜兮遭世患。宗族殄兮门户单。
身执略兮入西关。历险阻兮之羌蛮。
山谷眇兮路漫漫。眷东顾兮但悲叹。
冥当寝兮不能安。

——蔡文姬《悲愤诗》

高门大户里的钟鼎繁华，她的韶华盛年，都付予了一片滚滚黄沙。

回忆起往日的欢情，爱与恨，悲与喜，都变得那么模糊，幼年时的天真无虑，少女时候的新嫁，然而现在都不过是梦中的几许惘然，天空中流连的云烟。

帘外雨潺潺，打芭蕉，多少风流事。往昔如梦，缘来缘去。

同样是叹昔日的芳华如今不再，然而品读李煜的诗词，总有一丝落寞伤感的味道萦绕不去。这位前半生享尽尊荣的君王，在后半生与他相伴的永远只有伤感和痛苦，他的时代离建安很远，经历过很多朝代的变迁、诗风的转换，他喜爱的从来不是那悲凉的乱世曲调，但到了最后还是一洗铅华。

帘外雨潺潺，春意阑珊，罗衾不耐五更寒。梦里不知身是客，一晌贪欢。

独自莫凭栏，无限江山，别时容易见时难。流水落花春去也，天上人间。

——李煜《浪淘沙》

珠帘外，雨水如山泉般潺潺地流淌着，春意已经近暮，透出几分萧瑟的意味，即使绮罗枕被也挡不住深夜的寒冷袭来，只有在梦里才能忘却身在异乡的痛苦，仿佛回到了过去，无忧无虑，尽情贪欢。

独自一人的时候莫要在栏前眺望，那一眼望不尽的大好河山现在已经沦入他人之手，弃得容易，想要再看却已太难，落花逐水，仿佛就是他这一生的写照，美好的时光早已远去，一天一地，尽剩苍凉。

李煜的一生可以用“大起大落”四个字来形容。他曾是至高无上的君王，却又是受人欺辱的阶下囚。他有着满腹才华而没有治世之能，与其说是昏庸的帝王，还不如说他是太过纯粹的词人来得贴切。

他的诗词清丽温婉，被称为婉约派四大旗帜之一的“愁宗”。破国前，写的是宫廷里奢靡的生活和若离若即的情爱，文辞旖旎；破国后，则是洗尽铅华后的直抒胸臆，素雅的文风中透着满目沉痛，教人动容。纳兰性德曾赞道：“花间之词，如古玉器，贵重而不适用，宋词适用而少质重，李后主兼有其美，饶烟水迷离之致。”可见其地位和价值。

李煜，字重光，初名从嘉，号钟隐、莲峰居士，南唐元宗李璟第六子，于宋建隆二年（961年）继位，史称李后主。开宝八年，南唐被破，降宋，俘至汴京，被封为右千牛卫上将军、违命侯。后被宋太宗毒死。

春花秋月何时了，往事知多少。小楼昨夜又东风，故国不堪回首月明中。

雕栏玉砌应犹在，只是朱颜改。问君能有几多愁，恰似一江春水向东流。

——李煜《虞美人》

这是李煜生前留下的最后一首词，也是他为之断送性命的一首词，堪称绝笔。一是性命之绝，一是言辞文章之绝，悲愤激宕，写尽了亡国之痛，字字犹如泣血。

春花如梦，风过无痕，秋月无边，往事点点上心头，愁绪何时能休？昨晚小楼又起了风，仰望天际，一轮明月如玉，当中影影绰绰，仿佛故国的宫殿花木，曾经的那些琼楼玉宇应当还在吧，只是那里的人，容貌已经在岁月中尽数改变，不复过往。若要问愁肠究竟有几许，应该就如同这浩浩荡荡的春水，滚滚东流吧。

没有经历过天翻地覆的动荡，就不会有这样大气的手笔，也不会有如此深切的体会。“朱颜改”暗道江山易改，点出全题，用一江春水之愁来结尾，正是亡国之恨、去国之痛，千古难休！

据说这首词在当时流传甚广，因真挚感人，百姓们争相传唱，最终传到了宋太宗手中，为他所不容，赐毒牵机。

“牵机”，缠绵异常的名字，据说发作起来却是四肢僵直如被机杼牵引，可见当中的痛苦多么难以言喻。一曲千古绝唱，就这样断送了曾经身为帝王的一代词人，他心中的那些痛苦也随之逝去，连同那些还没来得及吟咏出的华美词作，对后人来说这是莫大的损失，但对他本人来说未尝不是一种解脱。

风流，总被雨打风吹去。

细细想来，蔡文姬何尝不是一样？她不是历史上第一个女诗人，也不是最后一个，却是命运最为坎坷的一个，她的一生都处在乱世，流落异乡整整十二载，至今为世人所感慨，而另一位同在乱世之中饱尝颠沛流离之苦的才女常常被人拿来比较，她就是宋词史上的一代大家李清照。

更深夜阑兮梦汝来斯。梦中执手兮一喜一悲，觉得痛吾心兮无休歇时。十有四拍兮涕泪交垂，河水东流兮心是思。

这位名传青史的一代才女，倘若听闻了这一拍胡笳，恐怕也会黯然神伤。

早年的李清照亦如蔡文姬，出生在官宦世家，父亲李格非为元祐后四学士之一。优越的生活、书香的熏陶使得她年纪轻轻便极富才学，她的丈夫赵明诚亦家世良好，而且还是史上著名的金石学家，两人恩爱弥深，传出过好几段风雅佳话。

然而，经历了一系列的变故后丈夫早早地离去，使得她不得不独自一人到处漂泊。时逢靖康之难，金人南下，到处烧杀抢掠。南宋朝廷又腐朽不堪，偏安一隅，这一切都让李清照备感痛心。

她的词风纤秀，一直被后世看做婉约派的代表人物，无论是早期的闺怨伤春还是后期的伤情感怀，比起蔡文姬的沧桑诗风都更多了几分女子的柔美，然而，她也有慷慨悲歌的时候。

生当作人杰，死亦为鬼雄。

至今思项羽，不肯过江东。

——李清照《夏日绝句》

面对南宋朝廷的无能，大好的国土被金兵蚕食侵占，她痛心疾首，忆起了古时的英雄。活着，应该是人中的豪杰；死了，也要当鬼中的英雄。遥想当年，项羽身穿铠甲手握长剑，站在长江之畔，那傲然的身姿似乎和天地融为了一体，锦旗飞扬，战鼓喧天，长江浩荡，构成了一幅世间最雄伟的图画。

千军万马都在江边浴血奋战，河流被染成了一片鲜红，即便战死也不能后退一步，不能让出半点土地，这便是楚霸王项羽，和而今懦弱的王朝比较起来，这是多么豪壮的气魄！

李清照的一生词作颇丰，现今遗留的却只有七十八篇，但就这七十八篇已足以表现出她傲人的才华。

然而，才华、气魄、名望，种种种种，却最终还是抵不过残酷的现实。

寻寻觅觅，冷冷清清，凄凄惨惨戚戚。

乍暖还寒时候，最难将息。三杯两盏淡酒，怎敌他、晚来风急！

雁过也，正伤心，却是旧时相识。满地黄花堆积，憔悴损，如今有谁堪摘？

守着窗儿，独自怎生得黑？梧桐更兼细雨，到黄昏，点点滴滴。

这次第，怎一个愁字了得？

——李清照《声声慢》

这首《声声慢》作于李清照的晚年，当时的她又经历一次失败的婚姻，财产散去，书画金石尽失，寄人篱下，不胜凄惶，诗意也免不了沾染了几许凄楚。

暮春时节，天气乍暖还寒，如那人情冷暖一般让人无所适从，慢慢酌几盏粗劣的淡酒，也暖不了被晚风吹冷的身子。大雁掠过长空，一声轻啼，正是伤心时候见到了旧日景致更添伤情。满地堆积着飘落的菊花，凌乱憔悴，看得人心中惆怅，只不知这样的花又有谁来采摘，谁人怜惜？

倚窗而立，不知道该如何打发这漫长的时光，外面滴滴答答地下起了细雨，打在芭蕉叶上，一声声尽是哀泣，一直到黄昏。这光景，岂是一个“愁”字就能够说得尽的呢？

这是她最广为人知的一首词，凝重而深沉，被誉为前无古人后无来者。

开头用七个叠字慢慢铺陈，新颖独到之处，意境深远，一笔笔地写着自己最真实的尴尬处境，层层白描层层深入，将情绪缓缓地渲染开来，用最简单易懂的用词渐渐深入下去，仿佛是老友轻轻叩响门环，不经意间感人至深。

陈廷焯在《白雨斋词话》中说道：“李易安词，独辟门径，居然可观，其源自淮海、大晟，而铸语则多生造，妇人有此，可谓奇矣。”

清代的纪昀（纪晓岚）主持编纂的《四库全书》中如是评价：“清照以一妇人，而词格乃抗轶周柳，虽篇帙无多，固不能不宝而存之，为词家一大宗矣。”

这样的可观、可奇，可谓占尽了词坛上的风流。

印度的诗人泰戈尔有一句诗，原文为“Let life be beautiful like summer flowers and death like autumn leaves”，被极有文采的郑振铎译为“使生如夏花之绚烂，死如秋叶之静美”。

人生总是短暂，匆匆易逝。

但总有一些人的生命如同夏花，在烈日下盛放，绚烂至极，令人惊奇赞叹，即便随着秋季的到来而凋零，却已经无可替代，哪怕是一缕幽香、一片花瓣、一个记忆，也都成为不朽。

魏晋的风骨、花间词的旖旎、婉约派的柔美……多少名声鼎盛的风流人物都被风风雨雨打落，无声无息地离去了，仿若流星般消弭在了历史的天空，而给我们留下的却是不尽的瑰宝。翻阅他们的诗词，细细品味那一抹幽香，便可在天地红尘中，感受那逝去的爱恨情怀，风流也尽落去，还有什么可以长存？留下来的，足矣传世。

【四】我心昭昭

我非贪生而恶死，不能捐身兮心有以。

生仍冀得兮归桑梓，死当埋骨兮长已矣。

——蔡文姬《胡笳十八拍》

曾是名门世家的子弟，接连丧亲，漂泊乱世，在胡地为奴为妾十二载，几乎看不到任何希望，对于一名孤苦无依的柔弱女子而言，死亡或许就是最好的归属，历代也不乏以死明志的节妇志士，只是蔡文姬没有选择死亡，而是坚韧地活了下来。

面对当时人的不解，她写下了这样的诗句，将墨迹留于琴音间，飘然而去，任由后世评判。

明珠有泪，化于沧海。

谁会透过她满身的疲惫憔悴，看见那风沙下的坚强，一如沙漠中盛开的点点繁花。

同样是在遥远的年代，同样是在那个春风也吹不到的地方，在更久更久之前，也有一个人顽强地活了下来，令当时的王朝为之震动，而这段故事后来还演化成为典故，流传至今。一份清代的戏剧抄本做了这么一支曲子：

苏武，留胡节不辱。雪地又冰天，穷愁十九年。渴饮雪，饥吞毡，牧羊北海边。心存汉社稷，旄落犹未还。历尽难中难，心如铁石坚。夜在塞上时闻笳声，入声痛心酸。转眼北风吹，群雁汉关飞。白发娘，望儿归。红妆守空帏，三更同入梦，两地谁梦谁？任海枯石烂，大节不稍亏。终教匈奴心惊胆碎，拱服汉德威。

严格说来，这并不是一支优美动人的曲子，言辞太过直白，没有华美的铺排和用词，只是如实地还原了苏武当时所处的恶劣环境。一开始就直呼其名，就像是对自己一个亲近的邻居，夸他一句，又叹他一句，替他担心家里的妻儿老小，感同身受地描述亲人对他的思念，最后还带着点小小的骄傲，夸耀了他让匈奴惶恐拜服的功绩。

这个本子，就这样在民间流传开来，听过的人都记住这么个亲切的人物。

这个本子的名字叫作《苏武牧羊记》，并不十分出名，现在去找，大概只有在图书馆或者旧书店才能找到了。

苏武的一辈子，同样书写了一段传奇。

《汉书·李广苏建传》里将这段故事记述得详细。当时，大汉王朝与匈奴的关系错综复杂，常年征伐不休却又互通贸易，大将军卫青和霍去病抗击匈奴，以一夫当关万夫莫开的气势使得匈奴人再也不敢随意进犯。但这一民族向来心思莫测。

匈奴的新任单于继位，出于一些特殊的原因，他向汉朝派出了求和的使团，应允释放扣留的汉使。于是公元前100年，中郎将苏武遵照汉武帝的旨意，拿着旌节，带着副手张胜和常惠出使匈奴。

那个时候，苏武已经预感到此行的艰难，他没有因为忧虑而退缩，而是镇定自若地做好了准备后，写下了一首《留别妻》。

结发为夫妻，恩爱两不疑。欢娱在今夕，嬿婉及良时。
征夫怀远路，起视夜何其。参辰皆已没，去去从此辞。
行役在战场，相见未有期。握手一长叹，泪为生别滋。
努力爱春华，莫忘欢乐时。生当复来归，死当长相思。

——苏武《留别妻》

就如那支平淡朴实的曲子一般，这位在后世以节义闻名、昭彰青史的使臣也不曾用那些花团锦簇的文字来渲染自己的悲痛和不舍，而是平静地写下了最后那句生死承诺。

我如果活着，定然与你相会；即使死了，也会在九泉下思念你。

那日以后，他远行匈奴，先放回了被汉朝扣留的匈奴使者，又为单于呈上了贺礼，然而却因匈奴人的一场内乱被扣留了下来。

武曰："事如此，此必及我。见犯乃死，重负国。"欲自杀，胜、惠共止之。

面对突如其来的劫难，他想到的不是自己的性命，而是将会辜负汉武帝的期望，污及汉朝的名声。

扪心自问，谁能够简单地做到？

或许在和平时期有些人会心中怀着几分热血，做出一些慷慨之举，但是，面对死亡的威胁，又有谁能够面不改色，为了使命而毅然地舍下自己年轻的生命？

苏武做到了。

而恰恰在这个时候，事情有了转机。当时，单于原以为汉使也参与了这场政变，便要下令诛杀，幸而被人劝解，最后打算将这些人收为己用。

> 武谓惠等："屈节辱命，虽生，何面目以归汉！"引佩刀自刺。

面对这样无礼的要求，苏武断然拒绝，当即就要以自杀殉国。

已死过一次的人，往往会对生命和死亡更加敬畏，更加有求生的欲望，可此时，苏武想到的却依然不是自己，而是职责、是国家的荣耀。

必死之境有了生的希望，谁能够放手？谁有勇气抛下牵挂独自赴死？

所以，另外两名随使都屈服了，他们反过来劝解苏武，却被坚定地拒绝。那个时候，苏武还是想要回去的。回到那方生之育之几十年的故土，不求荣华富贵，只求和妻子重逢，能够再度侍养父母终老。

> 单于愈益欲降之，乃幽武置大窖中，绝不饮食。天雨雪，武卧啮雪与旃毛并咽之，数日不死。匈奴以为神，乃徙武北海上无人处，使牧羝，羝乳乃得归。

苏武越是不屈，单于便越想要收服这位刚烈的使臣。他将他幽禁在露天的大窖中，断绝饮食，这时，仿佛连老天爷也都被苏武的节义所感动，不忍心眼睁睁地看到他死亡，天空下起了纷纷的大雪。于是苏武就饮雪水，嚼食羊皮制成的毯子以维持生命，好几天过去了，他还活着，匈奴人惊恐地以为出现了神迹，又将他送到了天寒地冻的北海，也就是现在的贝加尔湖，并给了他一群羊，说：什么时候公羊能生下小羊羔了，什么时候放你回去。

这个时候，回去的希望已经渺茫，也许他这辈子就要埋骨在异国他乡。

唐时，岑参在《白雪歌送武判官归京》中写道"北风卷地百草折，胡天八月即飞雪”，可以由此推断，汉时的北海是一个多么凶险恶劣的偏远之地，那是被北地的匈奴都视为监牢的流放之地。

苏武依然没有气馁，他挖掘田鼠，就着野草的果实吃下去，他以汉使的旌节牧羊，乃至节杖上的流苏都脱落光了。五六年后，单于的弟弟前去北海狩猎游玩，发现苏武已经能够织网捕鱼，制作弓箭来捕猎，惊叹之下赐予衣物和饮食。三年后单于病了，才想起了这个流放在远方的汉朝臣子，于是唤回来赐予妻子和住处。谁也不知道他是怎么想的，是收买，是补偿，还是对他的高风亮节最直接的敬佩？终有一日他死了，他的部落迁徙他方，混乱中苏武的牛羊被盗，重又过上贫困的生活。

那时候的他已经在胡地生活了很多年，虽然艰难，他却像一棵坚韧不拔的胡杨树一样，将粗浅不一的根系深深地扎入这片陌生的土地，汲取养分，延续他高尚的气节。

这是多么艰难而曲折的过程。

同样的还有蔡文姬，十二载胡地生活，备受煎熬，最后还是顽强地活了下来。

他们都是心怀故土之人，在充满了敌意和冷漠、屈辱和折磨的异乡，令生命之火闪耀，无论是化身坚不可摧的堡垒，还是飘荡在夜空的胡笳声声，都是同样令人动容，他们是当之无愧的汉家儿女，以自古传承的文明，以单薄的身躯，以绝不屈服的意志征服了强悍的胡地风霜！

东风应律兮暖气多，知是汉家天子兮布阳和。
羌胡踏舞兮共讴歌，两国交欢兮罢兵戈。
忽逢汉使兮称近诏，遣千金兮赎妾身。
喜得生还兮逢圣君，嗟别稚子兮会无因。
十有二拍兮哀乐均，去住两情兮谁具陈。

——蔡文姬《胡笳十八拍》

他们最后还是回来了，踏上这片挚爱的故土。只是，等到归来，她所看见的，也只是“既至家人尽，又复无中外。城廓为山林，庭宇生荆艾。白骨不知谁，纵横莫覆盖。出门无人声，豺狼号且吠。”一片战乱后的凄凉景象。

汉朝得到密报，在接见匈奴使者的时候谎称接到大雁来书，道苏武还在胡地，这些使者惊骇地以为神迹再次发生，不得已，将苏武送回了汉朝。

苏武去匈奴时是四十多岁，而回来时已是白发苍苍，他在匈奴待了十九年，吃尽了苦头。

他以不辱使命而被世人所传颂，以一身的浩然正气感动了许多人。

十九年后，出使归来。

短短一句话，不知道藏有多少辛酸，在胡地筚路蓝缕，开荒放牧，苏武没有哪一天不面朝东方眺望追思，意气风发而去，如今归来却已满头白发，垂垂老矣，最宝贵的年华都抛掷去，所为的，无非是一桩使命。

这一前往匈奴之地交换使者的使命算不得有多么了不起，却耗去了苏武的半生，甚至略带讽刺的是，他归来时发现自己深爱的妻子早已改嫁他人，而父母亲也已不在，沧桑十数载，物是人非，留下的只有那满目凄凉。

那句诗中的誓言，坚若磐石，岿然不动，接受它的人又在何方呢？

苏武归来后被封作典属国，受尽恩宠，后来还接来了有着匈奴血统的儿子，汉皇还让那孩子入朝为官，只是荣宠的背后有着多少辛酸，每每回忆往事，无边的孤独依然会时不时地袭来。

匆匆而去，一无所有地回来，这份苦楚，真正是不足为外人道也！

不知他在梦中是否也会浮现出北海的一片洁白呢？

冰雪霜天将那个宁静的湖泊染成一片银白，澄澈如洗，唯独留下寂寞，那是生命中难以避免的寂寞，也是无论沧海桑田也会留在心中的最纯粹和无可派遣的寂寞。

这，或许就是使臣的宿命。

为复强视息，虽生何聊赖。托命于新人，竭心自勖励。流离成鄙贱，常恐复捐废。

至于蔡文姬，即便归来，那难以消解的哀痛终将伴随入土，至死不休。

处穹庐兮偶殊俗，愿归来兮天从欲。再还汉国兮欢心，心有忆兮愁转深。

就像后来的苏武一样，便是如此，她也没有说后悔。

孔曰成仁，孟曰取义，惟其义尽，所以仁至。
读圣贤书，所学何事，而今而后，庶几无愧。

孔子说杀身成仁，孟子说舍生取义。因为做到了应当做的事情，所以才能达到至仁至义的境界。读圣贤之书为的是什么呢？为的就是今日为国捐躯，心中也无悔。

这首诗是文天祥就义之后，他的妻子欧阳氏在他的衣带中发现的，一语成谶，成了他的绝命诗。

文天祥出生在一个普通的人家，祖辈没有谁做过官，但家族却一直保持着良好的门风，在乡间甚有名望。他的父亲文仪虽然只是个平凡的读书人，却学识渊博，对国家大事十分关心。

深受父亲的影响，文天祥自幼便才思敏捷，文辞出众，也极为关心百姓疾苦。宝祐四年，他到京师临安参加科举考试，一举拔得头筹成了新科状元，当时年仅二十一岁。

由于官场黑暗，奸臣弄权，耿直的文天祥几度被贬。后来元军攻入南宋，战事危急，左右丞相相继逃离。太皇太后谢道清遂当机立断，任文天祥为左丞相兼枢密使，收拾残局。结果文天祥在和敌方交涉中被元军扣留，一去便是三年两个月，最后为元军所杀。

文天祥是当之无愧的民族英雄，面对元军的严刑拷打他没有屈服，威逼利诱他也没有屈服，甚至元军将他的妻子和两个女儿带到他的面前，企图让他们劝降，他也还是没有动容。他以一身浩然正气屹立于天地之间，为人所敬仰。在牢中，他作出一首《正气歌》，一首《过零丁洋》。这两首诗慷慨激昂，充分表现了他坚贞不屈的爱国情操。在元太祖最后一次利诱之后，他写下了这首绝命诗《衣带赞》。

《过零丁洋》中写道："人生自古谁无死，留取丹心照汗青。"

一番豪壮的宣誓，旷古铄今，堪称千古绝唱。只是他在前篇叹息的"辛苦遭逢起一经，干戈寥落四周星。山河破碎风飘絮，身世浮沉雨打萍。惶恐滩头说惶恐，零丁洋里叹零丁"，恐怕就没有那么广泛的流传度了。

无论多么的正气浩然，慷慨激昂，文天祥也掩不住对失去故土的无限感怀，故国干戈四起，自己又漂泊如无根的浮萍，江山沦陷，星辰寥落，说不尽的惶恐和悲愤，无须多余的言辞，就已经惨淡到了极点。

然而他依旧淡然坚定。

我心昭昭鉴日月，乾坤天地气长存。

先人们以他们的坚持和信念向世人展示了中华民族的高尚气节，用血泪在历史的书卷中写下了浓墨重彩的一笔。还记得谭嗣同在就义前曾说过："我自横刀向天笑，去留肝胆两昆仑。"

我自会横着大刀，向天而笑；出走的人也好，留在应京城的人也好，他们都像昆仑一样屹立人间。

说出这样的诗句是因为他爱国，能做到为国捐躯对他来说是死得其所。

死不可怕，死要死得其所。当心中有信念，所有的艰难险阻都不再是阻碍。

“风萧萧兮易水寒，壮士一去兮不复还。”

世人知荆轲刺秦，但是很少人知道在故事里被编排得胆小如鼠而导致刺秦失败的高渐离，后来也有过白虹贯日之义举。

荆轲被杀，太子丹死，三千门客散尽，他来到秦国做了下人，以击筑的独特技艺闻名咸阳引起了秦王的关注。尔后，秦王召见，却因他是荆轲旧友身份将其双目熏瞎，将他留在宫廷里当了琴师。

如果这就是结局，那么高渐离的一生也不至让人感慨。

即便家国不在，自己能够苟且偷安，庸庸碌碌地了却一辈子，某种程度上说也算不得是一件坏事。

只是，荆轲的挚友如何会是一介庸人？

在刺杀秦王这件事上，高渐离本可置身事外，却还是跟随至交好友的脚步来到了危险的秦国。眼睛看不见，他便摸索着往筑里面灌铅，在一次演奏的时候，愤然起身，怒掷秦王，可惜行刺失败，被人处死。

易水涸期燕地亡，荆卿尸骨已无创。
城碎焰熔夫人剑，街前渐离独饮伤。
筑声哀绕音三日，旦复秦地生悲凉。
目中无暮志更坚，任重无刃意无徨。
惜筑铅满阶难上，仅为弦余十二殇。

——张峻源《击筑士》

有人为他写了一首《击筑士》。刺秦一说，于六国而言是为国仇家恨，然而对于天下一统的大业看来却并无实质意义，只是，高渐离无法忘怀故友的死、亡国的痛，遂将性命置之度外，以留内心一片昭昭。

同样是为了心中那份执念，后世也有这样一个人抛却了自己的性命，告别父母，慨然而死。

少年抗清名将夏完淳，在入狱后面对洪承畴的劝降时不为所动，大声斥责，令洪承畴羞愧难当，无言以对。后在狱中他又以《南冠草》悼念友人，感慨世事。

最后他作《狱中上母书》，情真意切，感人肺腑。那是他的绝笔，除了对嫡母盛氏十五年来的养育之恩表示感谢之外，还说明了自己要捐躯赴国的决心。他死的时候年仅十七岁，正是大好年华。

夏完淳五岁便可诵读经书，七岁能诗文，九岁便写下了《代乳集》。十五岁，大多数孩子还在父母跟前撒娇时，他便已经穿上戎装，踏上了抗清的道路。

对于这样一个既才华出众，又有气节的少年，清朝政府是想要收为己用的。但是，夏完淳面对威逼利诱丝毫不为所动。他写下绝命书交给母亲，交代完家中事身后事，便再也无可留恋。十七岁的人生，花一般的年华就此画上了句号。

痛哉，痛哉！人生孰无死，贵得死所耳。父得为忠臣，子得为孝子，含笑归太虚，了我分内事。大道本无生，视身若敝屣。但为气所激，缘悟天人理。噩梦十七年，报仇在来世。神游天地间，可以无愧矣！

——夏完淳《狱中上母书》节选

于夏完淳而言，再多的折磨也不能动摇他心中那坚定的信念，十七年来目睹国家沦落如此无异于一场噩梦，复仇有待来生，如今我神魂已经飘荡在天地间，追忆往昔，足以无愧！

回溯到千年之前，胡笳的清音依然在回响。

清冽，悠扬。

“我不是贪生怕死，我保全自己性命是另有原因。我希望活着还能回到家乡，死了也要将骸骨长埋于那里。”

心怀着故土，多少思念蕴成了血，化作滴滴殷红的泪，落在洁白无瑕的玉壶之中。

我心昭昭思故土，长埋忠骨在家乡。

这是蔡文姬的心愿，这也是多少相同命运的人的心愿。

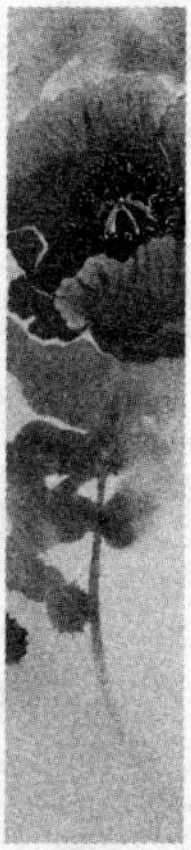

【五】游子吟

那一天，尘烟滚滚。

风吹起了鬓边的丝丝发缕，听着车队的喧嚣，蔡文姬望向东方，眼中第一次燃起希望的火焰。那里是她生长的地方，那里有她双亲的记忆，那里还埋葬着她曾经的挚爱。

还记得在家时，父亲的谆谆教导；出嫁时，母亲的殷殷叮嘱；新婚时，丈夫的款款情谊。

太多的过往与回忆，她割舍不下，更不愿意舍弃。

流落胡地十二载，即使知道再回去也不再是昔日的大家闺秀，她也义无反顾。

蓼蓼者莪，匪莪伊蒿。哀哀父母，生我劬劳！
蓼蓼者莪，匪莪伊蔚。哀哀父母，生我劳瘁！
瓶之罄矣，维罍之耻。鲜民之生，不如死之久矣。
无父何怙？无母何恃？出则衔恤，入则靡至。
父兮生我，母兮鞠我。拊我畜我，长我育我，
顾我复我，出入腹我。欲报之德，昊天罔极！

南山烈烈，飘风发发。民莫不穀，我独何害？

南山律律，飘风弗弗。民莫不穀，我独不卒。

——《小雅·蓼莪》

这是《诗经》中广为流传的《小雅·蓼莪》，词真意切，十分感人。

那摇曳着的青翠蒿草可是莪蒿？连根丛生，大家都亲切地称呼为抱娘蒿，令“我”想起了家中的父母，只是那原来不是莪蒿，而是野生的青蒿。唉，“我”的父母真堪哀怜啊，生“我”养“我”是多么的辛苦。

反复吟诵着《诗经》里的这首诗，蔡文姬不由地回忆起了自己的父母。还记得父亲一次又一次讲述着她出生时，全家那喜气洋洋的气氛，虽然她不曾亲眼看见，却真切地感受到了父母当时的喜悦。

那茂盛而飘荡的一片碧绿可是莪蒿？连根丛生，大家都亲切地称呼为抱娘蒿，令“我”想起了家中的父母，只是那原来不是莪蒿，而是蔚草。唉，“我”的父母真堪哀怜啊，他们的病痛，也是因为抚养“我”太过操劳留下的祸患。

读到此处，身前仿佛浮现出一片明晰如镜的湖水，倒映出无数熟悉的画面。两行清泪忍不住地滚落，沾湿了衣襟。

当别人家的女孩子做着女工，天天去采桑喂蚕的时候，她待在书房中，由父亲手把手地教着练字；当别人家的女孩子在山路上奔波，割草挑水的时候，她偎依在母亲的身边，听她用清朗的声音念着史书上的故事。

在这样的时光中，他们的头发渐渐白了，身影也渐渐疲惫起来。

她原以为那无忧无虑的生活可以长久，却不知道，再怎样的幸福也有终了的一日。

百姓们的需求就如一只小小的瓶子，无论如何也得不到满足，君王公侯们的欲望就如庞大的罍具，被财富和权势填得满满当当，还不愿罢手。这样孤苦地活着还有什么意义，还不如早点死了的好！

几乎难以再继续下去了，蔡文姬哽咽着，不由自主地又想起了她失去的丈夫和父亲，一瞬间天地都仿佛笼罩在黑暗中，真叫她觉得，还不如死了一了百了！

只是，为了洛阳城里的亲人们，她怎么可以轻易抛弃自己的生命？

战火燃起，是由于强权者们的纷争，然而原本就生活清苦的百姓们难避战祸，生活变得更加艰难，奔走哭号，不得存活。

双亲啊！您生养了“我”，又抚慰“我”、养育“我”、教导“我”、庇护“我”。“我”想要报答您的恩德，您的恩德就像天一样的浩瀚无边，“我”怎么都报答不尽！

泪如断开的珠链一样不断滴落下来，她的喉咙像是被什么东西堵住，已经完全发不出声音了，只有心中奔腾汹涌的呼啸从耳边掠过，和胡地的狂风一同，卷向极尽高远的苍穹。

站在巍峨的南山之上，风呼呼地吹过，“我”独自悲泣在父母的坟墓前，别人都能够侍奉自己的亲人直至他们去世，为何只有我遭受不幸？南山，你是如此的高耸雄壮，山风也是如此的激烈，你们能否告诉“我”，为何只有“我”不得终养父母？

胡笳上的弦颤抖起来，拨动出一声凄厉的音。

悲至极时，长歌当哭！

蔡文姬默不作声，只是一遍遍地弹奏着那十八拍的旋律，仿佛那已代替了她的哭声传向天地。

父亲已经早早地死了，在这乱世，母亲多半也难以幸免。

可是，本该为他们守孝的自己却被凶恶的匈奴人掳掠到遥远的胡地，每年的清明祭扫，她竟然连一次墓也没有去过，这是多么的不孝啊！

双亲的英灵在九泉之下，会不会后悔生了这么一个不孝的女儿呢？

不，他们绝对不会的。

天下的父母，没有不希望子女们平平安安度过一生的，他们若是见到自己现在的凄凉状况，定然会感到痛心。

为了父母，她怎么能够不回去呢？回到那生养自己二十多年的家，哪怕现在已经空无一人！

胡笳停息了。

文姬抹去了泪痕，随着汉朝的使者一步三回首地登上车驾，她多次回头看去，那里总有两个小小的身影，孤独无助地偎依在一起，在夕阳的余晖下拖出长长的影子。

那是她的两个孩子。

儿前抱我颈，问母欲何之。人言母当去，岂复有还时。

阿母常仁恻，今何更不慈。我尚未成人，奈何不顾思。

史上关于蔡文姬的两个儿子的记载甚少，但是我们却可以想象在母亲远去后两个孩子的境遇会是如何。充斥着狂暴风沙的大漠是他们的故乡，却又是禁锢他们的监牢。作为母亲，蔡文姬对他们的思念和不舍在她的诗中皆有表达。但是作为孩子，他们或许只能每日南望，抱着母亲缝制的衣衫以解思念之苦。

孝敬父母是千百年来的传统美德。古人云：万恶淫为首，百善孝为先。供养父母是子女应尽的责任也是义务，父母生我们养我们，不求回报地付出，作为子女便在他们老时尽一份孝道也是理所当然。乌鸦尚知反哺，何况是人？

血脉亲情割舍不断，便是两地分离也似有一根线拴着，彼此思念。

只是，对这两个孩子来说，这番理念无疑是一种辛辣的讽刺。

儿行千里母担忧，远在天涯海角的孩子们又该让远离他们的母亲作怎样的思念？而作为孩子，在被同龄的孩子们笑骂的时候，大约会更加挂念不在身边的母亲吧。

回忆不经意地又停在了离去的那一刻，两个孩子抱住她的颈项，哭泣着挽留她，却还是被无情地拉开，目送她远去。

汉朝天子的威势，岂是两个胡地的小孩可以抗拒的？

而他们母亲的思乡之情，也注定了分离，即使此后依旧割舍不下这份牵挂，却也一生都不得安宁。

希腊神话中有过一则名叫《美狄亚》的悲剧故事，千百年来，无数次被搬上舞台，改编成各种各样的故事，一再重复着一个女人的悲惨经历。

美狄亚是科尔喀斯的公主，她不仅仅是一个普通的公主，同时也是地狱女神的祭司，更是太阳神赫利俄斯的后裔，擅长施展神奇的魔法。她美貌，出身高贵，风度典雅，聪慧过人而又勇气十足，拥有无穷的力量。

不知道多少人听过金羊毛的故事？

故事起源于希腊的一个小国，国王的弟弟心怀不轨，篡权夺位，将前任国王以及他的儿子伊阿宋赶出了国境。这对父子无计可施，只好到处流浪，伺机复仇。几经辗转，他们找到了著名的智者，神话中的半人马喀戎，让他来教导伊阿宋。

如所有的复仇小说一样，多年后，伊阿宋学成归来，要求新国王交出王位。这位奸诈的国王自然不会答应，于是他表面上不动声色，却暗暗地酝酿毒计，想要害死侄子。

传说在离希腊遥远的黑海岸边，有一个叫作科尔喀斯的地方，那里有着稀世珍宝——金羊毛。许多英雄为了得到它踏上征途，最后都有去无回。自然而然，他也希望侄子回不来，于是双方定下了用金羊毛交换王位的约定。然而，要取得金羊毛必须经历重重险阻，幸运的是，伊阿宋得到了爱神阿芙洛狄忒的帮助。

美丽的公主美狄亚爱上了俊美的少年，并且帮他取得了金羊毛。

伊阿宋遵守承诺，娶了美狄亚为妻并要带着她回希腊。女儿的背叛使得老国王感到无比震惊和愤怒，他派出儿子去追。可美狄亚却设计害死了自己的弟弟，并将他的尸体切成数段丢弃在山上。由于忙着给王子收尸，追赶的人无暇顾及，这样才给了伊阿宋和美狄亚一行人有了可乘之机，逃脱追杀。

回到希腊之后，伊阿宋的叔叔背信弃义，否认曾经答应的一切。百般无奈之下，美狄亚又设计帮助丈夫，杀了他的叔叔。

至此，她的双手已染满了鲜血。

王子和公主过上幸福的生活，故事至此似乎也该完了。然而谁能料到，似乎是老天对她的惩罚，十余年后伊阿宋竟然爱上了另一个女人。

面对逆境，就此妥协和退让，那是弱者的行为。美狄亚不是弱者，身为地狱女神的祭司、太阳神的后裔，她的骄傲与自尊岂容他人随意践踏?

当爱情充满了谎言和背叛，那么还维持下去又有什么意义?

所以，她流着泪，设计让那女人穿上沾满了剧毒的衣物，在火焰中痛苦地焚身而死。尔后回到家中，亲手杀死了自己的两个孩子。

故事里是这样讲述的：两个天真无邪的孩子奔跑来迎接，抱着他们亲爱的母亲。美狄亚自言自语，她不能忍受时时目睹这两个孩子酷肖父亲的容颜，于是扼杀了他们。尔后拖曳着裙边，踏着一地的殷红，带着他们稚嫩的尸体登上了飞翔在天空的马车。

不久后，伊阿宋抑郁而亡，这其实已经没有任何的意义了。或许，欺骗和蛊惑而得来的爱情就是这样一把犀利的剑，早晚会刺向彼此的心口，只是那两个孩子的灵魂还在地狱中飘荡着，或许还会茫然地询问，为什么一向慈爱的母亲会那么狠心呢?

远离家乡的是游子，而被家乡和母亲抛弃的，同样也是游子，只是他们的希望永远没有得到回应的一天，他们的痛苦永远无法对人言语。

稚嫩的生命太过脆弱了，谁会忍心放手，任由他们在茫茫世界中无声消逝。

十六拍兮思茫茫，我与儿兮各一方。

日东月西兮徒相望，不得相随兮空断肠。

对萱草兮徒想忧忘，弹鸣琴兮情何伤。

今别子兮归故乡，旧怨平兮新怨长。

泣血仰头兮诉苍苍，生我兮独罹此殃。

——蔡文姬《胡笳十八拍》节选

蔡文姬作出了这样的歌辞，一遍遍倾诉着自己的无奈。

某个纪录片里曾播映过这样的一段画面：在非洲广阔无际的大草原上，一头母狮子产下了幼崽，幼崽不幸夭折，母狮子便坐在原处苦苦哀号，寸步不离地看守着，也不知道过了多久它才会离开。

母爱是天性，不管是人还是动物都是如此。只有痛恨到了极点，不得已到了极点，才会有违背天性的行为。

做一个母亲是不容易的，需要用自己的青春和生命来孕育孩子，以孩子的喜怒哀乐代替自己的所有情绪，还要用母爱和坚强铸成一道围墙，将孩子围在中央极尽呵护。

“慈母手中线，游子身上衣。临行密密缝，意恐迟迟归。”

慈母手中的针线，缝制出游子身上的衣裳。母亲忍住了内心的不舍，一针一线起落，心中担忧，不知何年何月才能回来相聚。孟郊的一首《游子吟》让多少人潸然泪下。

谁言寸草心，报得三春晖！

谁能说像萱草的那点孝心，可报答春晖般的慈母恩惠？只因为母亲的生养之恩无以为报，这才有了《二十四孝》中一个又一个虽然极端却感人至深的故事。

我时常听到恋爱中的男女在一起时，女生问男生：“我和你妈一起掉到河里，你先救谁？”

这个问题很有趣，如果男生回答“我妈”，女孩子肯定不高兴；但是回答“你”，又显得不是出于真心，而且对自己的亲妈都不孝顺的人，怎么对其他人好呢？这委实是个问题。

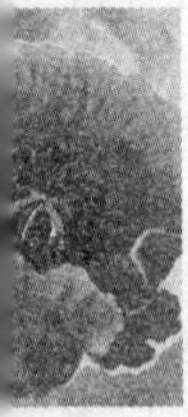

其实在这问题上纠缠没什么意义，聪明的女孩子绝对不会这么问问题。谁人无老时，难道将来也会要你的孩子做出这样的选择吗？反之，站在父母的角度想想，谁又不希望儿女环绕膝下？可是，儿女们要有多孝顺，才能够时时想起他们年迈老去的父母？恐怕这也是孝道会成为百善之首的最重要的原因。

【六】莫问当年事

人的一生中，总会遭遇大大小小的挫折，能够从容走过才是真正的坚强。蔡文姬经历了乱世纷争，失去至亲，骨肉分离，劫难不可谓不深重，但她却凭借坚韧不摧的信念支撑到了最后。

建安二十一年（216年），曹操所兴建的铜雀台的西园里，俊杰云集，灿若星河。

当时正是九月，秋高气爽，天空碧蓝如水洗过一般，桂花香绕翠竹，蔡文姬应曹丕、曹植所邀，登临金凤台。那时，她怀抱着一张古琴，仪容隽秀，低眉信手，款款而来。

《胡笳十八拍》，就在这里一举而冠绝天下。

她坎坷的命运、非凡的才华令那些享有盛名的邺下文人纷纷动容，其中，丁廙当场作成一篇《蔡伯喈女赋》。

伊大宗之令女，禀神惠之自然。

在华年之二八，披邓林之曜鲜。

明六列之尚致，服女史之箴言。

参过庭之明训，才郎悟而通玄。
当三春之嘉月，时将归于所天。
曳丹罗之轻裳，戴金翠之华钿。
美荣曜之所茂，哀寒霜之已繁。
岂偕老之可期，庶尽欢于余年。
何大愿之不遂，飘微躯于朔边。
行悠悠以日远，入穹谷之寒山。
惭柏舟于千祀，负冤魂于黄泉。
我羁虏其如昨，经春秋之十二。
忍胡颜之重耻，恐终风之我萃。
泳芳草于万里，想音尘之髣髴。
祈精爽于交梦，终寂莫而不至。
哀我生之何悴，为神灵之所弃。
仰蘐华其已落，临桑榆之歔欷。
入穹庐之秘馆，丞逾时而轻节。
叹殊类之非匹，伤我躬之无悦。
循肤体以深思，叹兰泽之空没。
拧美目于胡望，向凯风而泣血。

——丁廙《蔡伯喈女赋》

言辞华美地盛赞了蔡文姬少女时的风华，初嫁时的盛况，诗风一转，又讲述了她被掳匈奴十二年的屈辱生活，字字句句都蕴满对她的怜惜。

同为后来者的评价，《列女传》中却有此一句：“蔡文姬受辱虏庭，诞育胡子，文辞有余，节烈不足，又另当别论。”

当时，儒学盛行，对蔡文姬有这样的责难和非议并不奇怪。

然而蔡文姬却不曾在意过，归汉后还坦然地写下了自己所有的经历，在胡地所遭遇的凌辱和磨难。三首诗词，一篇比一篇情感真挚。

要当以亭刃，我曹不活汝。岂敢惜性命，不堪其詈骂。

眷东顾兮但悲叹。冥当寝兮不能安。常流涕兮眦不干。薄志节兮念死难。虽苟活兮无形颜。

我非贪生而恶死，不能捐身兮心有以。生仍冀得兮归桑梓，死当埋骨兮长已矣。日居月诸兮在戎垒，胡人宠我兮有二子。鞠之育之兮不羞耻……

死有轻重之别，生有成败之分。

不堪受辱而死，那是懦弱，只有经受住种种的磨难，笑到最后的人才是最终的胜利者。

无论流落在胡地的蔡文姬有多么不幸，悲也好，苦也好，当所有的灾难降临时，她都咬着牙用自己柔弱的双肩扛着，不曾退缩，不曾害怕。即便尝尽了人间苦楚，她也未曾放弃过。

最终，她得以走到铜雀台上，以一曲胡笳响彻天下。

滚滚长江东逝水，浪花淘尽英雄。是非成败转头空。青山依旧在，几度夕阳红。

白发渔樵江渚上，惯看秋月春风。一壶浊酒喜相逢。古今多少事，都付笑谈中。

明代，杨慎在失意中写下了这一首《临江仙》，第一句化用杜甫《登高》诗中的“不尽长江滚滚来”，第二句化用苏轼《念奴娇·赤壁怀古》中的“大江东去，浪淘尽，千古风流人物”。全文从大处落笔，雄浑开阔的意境让人眼前一亮。

长江滚滚东流一去不复返，大浪翻腾，多少英雄豪杰都像浪花一样消逝，是非成败不过过眼云烟，一回头都成了空。只有青山依旧，夕阳几度升又落。

满头白发的老渔翁和樵夫泊船江面，早已看惯了四时之景。阔别已久的老友难得相逢，打一壶浊酒对饮畅谈，笑论古今。

全词大起大落，气势豪迈而超脱，充分体现了写词之人的开阔的胸襟与气度。文中并没有细细描写英雄们如何建功立业，却只是淡淡一笔，写尽沧桑。

杨慎不愧为明朝的三大才子之一，文采风流，出手不凡。史书上记载，他为人正直，直言敢辩，后来得罪了皇帝，在朝堂之上挨了两回板子后被贬官发配到了云南。他的诗作有2300多首，内容广泛，无论是写人写景都极有特色。

似乎一个人的不凡从小便可以预见，杨慎便是如此。他少时天资聪颖，勤奋好学，十一岁能诗，十二岁拟作《吊古战场文》《过秦论》，让世人惊叹不已，十三岁时作《黄叶诗》，惊艳了当时的文渊阁大学士李东阳，并主动要求收在门下，称其为“小友”，用现在的说法他就是一位小神童。杨慎果然不负众望，二十四岁时便高中状元，授翰林编修，从此踏上了政治舞台。

关于他考状元一事，其中还有一段小插曲。他在二十一岁时已参加过一次会试，当时被主考官列为了卷首。可不走运的是，放考卷的书房中的花烛烧坏了考卷，害得他名落孙山。所幸，这次打击并没有使得他意志消沉，他继续用功苦读。又过了三年，一举夺魁，成了新科状元。

在命运一次又一次的捉弄之下，这位年少得志的才子在沉沉浮浮中了悟许多世事，这大约是他被贬官后还能写出这么意境博大的诗词的原因。

这首《临江仙》在毛宗岗父子评刻《三国演义》时放在了卷首，后来又被选作了电视剧版《三国演义》的主题曲的歌词。

三国是中国历史上一个特殊的时代，英雄辈出，尽显风流。

天下英雄气，千秋尚凛然。
势分三足鼎，业复五铢钱。
得相能开国，生儿不象贤。
凄凉蜀故妓，来舞魏宫前。

——刘禹锡《蜀先主庙》

这首《蜀先主庙》是刘禹锡任夔州刺史时所作。听闻蜀先主庙建在夔州，他特地前去凭吊，徘徊良久后写下了此诗。

想当年先主刘备是何等英雄气概，千秋百年依旧叫人肃然起敬，建立蜀国，与吴、魏成三足鼎立之势，恢复五铢钱币，志在振兴汉室，得贤相诸葛亮建立一方霸业，却生了个不贤明的儿子，可怜了蜀宫里的歌姬们，如今竟在魏王的殿前欢歌曼舞。

咏史怀古，前四句写盛景，后四句写衰亡，刘备英雄了得，却壮志未酬身先死，儿子阿斗即使有孔明这样的贤相辅佐却依然扶持不起。

全诗透着浓浓的伤感之情，怀的是蜀先主，说的又何尝不是当时的唐朝。开元盛世之后，唐朝国力日益虚弱，为君不贤，百姓生活困苦，心怀天下的刘禹锡眼看着国家一天天衰败下去，不由得感慨万千。

昨夜因看蜀志。笑曹操、孙权、刘备。用尽机关，徒劳心力，只得三分天地。屈指细寻思，争如共、刘伶一醉。

人世都无百岁。少痴呆、老成尪悴。只有中间，些子少年，忍把浮名牵系。一品与千金，问白发、如何回避。

——范仲淹《剔银灯》

一句“先天下之忧而忧，后天下之乐而乐”，让多少人对范仲淹肃然起敬。

庆历三年，范仲淹任职参知政事，应诏上《十事疏》，主持新政，却由于各方的阻挠，功败垂成。庆历四年，他被赶出了京城。就在他长途跋涉往任职地而去的时候，守旧派的王拱辰等人又策划了“奏邸之狱”，将意欲改革的新进英杰们一网打尽，矛头直指当时的宰相杜衍和参知政事范仲淹。

庆历五年，范仲淹再度遭到贬职。

这首词便就是在新政失败后，他和欧阳修对饮时所作。情真意切，字字发自肺腑。

昨夜翻阅《三国志》里的《蜀志》之时，忍不住想要嘲笑曹操、孙权、刘备一番。他们机关算尽，劳心劳力，最后也就只是得了三分的天下。仔细算一下这笔账，还不如竹林七贤中那酒鬼刘伶的一醉来得痛快。人的一生不过百年，年幼之时懵懂无知，老了更是糊涂，而仅有的大好年华又怎么忍心拿来追逐功名利禄呢？官至一品，腰缠万贯又能怎样，能躲得过白发爬上鬓角，垂垂老去吗？

全词笔调清新活泼，似是戏言，读来却令人心情沉重。很难想象，心系天下苍生的范仲淹也会作出这样颓废的词句。

无论是杨慎还是范仲淹，步入官场时都怀着美好的愿望，希望能够一展所长，为君分忧，为民请命。然而，多少人都在官场这个大染缸中迷失了自己，忘记了最初的梦想。真正能坚持的，却只是极少数的人。

屈原在《离骚》中叹道：“众女嫉余之蛾眉兮，谣诼谓余以善淫。”

历代官场如是，所以很多人要么明哲保身，消极避世，要么怨天怨地。杨慎看得清楚明白，《临江仙》这一曲何其豁达，得志也罢不得志也罢，人生短暂，昔日英雄建功立业又如何，最后还不是被大浪淘尽风华？

所以，荣华富贵也好，穷困潦倒也罢，都不过是过眼云烟，唯有那句“青山依旧在，几度夕阳红”，才是千年不变的存在。

归汉后的蔡文姬隐居田园，将一生浮华弃在身后。

她写史、编书，和丈夫董祀相伴，生儿育女，任由年华在平静的岁月里慢慢流逝。铜雀台之后，她再也没有写过诗词，与之相伴的只有稻生谷熟、春虫夏草。且见那小小的庭院又升起炊烟，儿女们奔跑啼笑……

许多年后，曹操率军路过蓝田，想起这位故友的女儿，登门拜访。

一壶浊酒喜相逢，古今多少事，都付笑谈中。

【第三部分】

昨夜闲潭梦落花

【一】彼岸的芳华

彼岸花，传说中盛开在黄泉之路的剧毒之花，色泽艳丽，绚烂如火，浓艳得好似鲜血一般，由它铺成的通往地狱的道路又被称为“火照之路”。

有人说，彼岸花只开于冥界三途河边，是忘川彼岸的接引之花。它的花香能唤起死者前生的记忆，当灵魂度过忘川便将前世种种留在了彼岸，往生者就踏着它所指引的道路通往地狱。

文殊师利，导师何故，眉间白毫，大光普照
雨曼陀罗，曼珠沙华，栴檀香风，悦可众心
以是因缘，地皆严净，而此世界，六种震动
时四部众，咸皆欢喜，身意快然，得未曾有

——《法华经》节选

《法华经》中说佛与众天人讲法，六瑞中的雨华瑞从天际洒落，四种花里的其中之一便是炽烈嫣红的曼珠沙华，也就是彼岸花。

彼岸花的花期在秋分前后三日，花开时看不到叶子，有叶时不开花，花叶两不相见，生生相错。

又逢秋节，它开得如火如荼，正是灿烂。而随着寒意渐浓，即使是彼岸之花也逐步凋零，纤长的花瓣飘落成满地的红线，不知系于谁的指尖。

一切有为法，尽是因缘合和，缘起时起，缘尽时无。花开是如此，花落也是如此，开在彼岸，花叶不见。也许正因为如此，彼岸花才有了这种种传说与故事。

花开不过短暂，却将那极致的绚烂永远定格，烙印在人们的记忆里，细想一下，蔡文姬又何尝不这样？

血肉之躯终将逝去，唯灵魂才能不朽！

城头烽火不曾灭，疆场征战何时歇？
杀气朝朝冲塞门，胡风夜夜吹边月。
故乡隔兮音尘绝，哭无声兮气将咽。
一生辛苦兮缘别离，十拍悲深兮泪成血。

——蔡文姬《胡笳十八拍》节选

文姬抱着胡笳，坐在边城上，哀婉的歌声撼动了满地的冤魂。秋风起，呜呜咽咽，那是修罗场上的亡魂们的思乡之声。

远处，那些匈奴的兵士们围着篝火坐在一起，也听到了那阵阵飘来的乐声。或许他们并不能够理解一名女俘为何会有那么多那么长的叹息，却也听出了曲调中的悲凉。

蔡邕收录编写的关于琴乐的书中有着一首《霍将军渡河操》，这支曲子，曾经令蔡文姬深深着迷。

四夷既护，诸夏康兮。
国家安宁，乐未央兮。
载戢干戈，弓矢藏兮。
麒麟来臻，凤凰翔兮。

与天相保，永无疆兮。

亲亲百年，各延长兮。

——霍去病《琴歌》

一曲《琴歌》如寒刃出鞘，凛然之气震慑了天空大地，充分展现出霍去病的非凡气度。

四方蛮夷已经得到庇护，华夏大地也是一片安康。只要国家安定和平，就再也没有比这更开心的事情。把戈和矛都收起来，把弓箭都放回到库中，麒麟踏着祥云而来，凤凰在天空翱翔，受天庇佑，顺应天命，和平喜乐永无终止，人民相亲相爱，代代相传永不间断。

《古今乐录》曰："霍将军去病益封万五千户，秩禄与大将军等，於是志得意欢而作歌。"

回到那个大漠扬沙的古战场，手握长剑，带头冲锋的少年郎。曾记否，他的风华？

"匈奴未灭，何以家为？"短短八字让人们记住了霍去病，少年英才，长枪纵横，即使是横行在边陲大漠的匈奴骑兵，听闻他的名字也不得不落荒而逃。

然而，他的出身不但贫寒，而且卑微。

霍去病的母亲是侍奉平阳公主的女奴，他的父亲是平阳县吏霍仲孺，这个庸碌的小吏畏惧公主惩罚他和自己的婢女私通，连霍去病出生的时候也不敢相认。后来，平阳公主将卫子夫送入宫中，成了汉武帝的妃子，而他的两个舅舅卫长君和卫青也晋升为了汉武帝的侍从。

从此以后，卫氏家族盛极一时，而霍去病的人生也从这里开始有了转折。

匈奴频繁进犯，汉武帝忍无可忍，派兵出击，命大将军卫青阻击匈奴。在三路大军大败的情况下，卫青以一当十，锐不可当，立下了累累战功。而在汉军的打击之下，匈奴人也只能无可奈何地发出了这样的悲鸣："亡我祁连山，使我六畜不蕃息；亡我焉支山，使我妇女无颜色。"

深受卫青的影响，霍去病年纪轻轻便已胸怀大志，他不愿像京中其他王孙公子般安逸度日，主动请缨往前线杀敌。

元朔六年（公元前 123 年），漠南之战开始的那一年，霍去病被封为嫖姚校尉，随军出征，在茫茫大漠里长途奔袭，大胜而归，获封“冠军侯”。

自那以后，一代战神横空出世，为大汉王朝肃清四方立下汗马功劳。

就在霍去病的人生走向顶峰的时候，他离开了人世，带着一身的荣耀，年仅二十四岁。

历代对霍去病的评价极高，有很多的诗人写过诗来悼念他。因为他创造了中华民族千年历史上最灿烂的一页。

细细品读诗词，“四夷既护，诸夏康兮。国家安宁，乐未央兮”，短短四句，古朴而纯粹。

守护四方，保华夏安宁。

这便是一代名将的愿望，不曾有替天行道的豪言壮语，不曾有舍我其谁的激昂澎湃，只是歌出了一份眷念和执着，愿国家安康，愿百姓安乐。

一将功成万骨枯，很多时候，很多人都喜欢用指责的态度去评论谁谁谁，手上沾了多少血腥，杀过多少人。可他们没有想过，如果没有这些染血的功绩，自己何以享受这平静安稳的生活？这些英雄豪杰又何尝不是人，他们何尝不想过着简单的生活？

霍去病的故事传诵了几千年，人们也感叹了几千年。他以生命为代价谱出了最为华美的乐章，留下了永恒的精彩。

正如那一株株彼岸花，即使在阴森的地狱之中，也能够开出如烈火一般绚烂的花朵。

若不是那一卷《琴操》，今人无缘得知此歌。

这本书是由东汉蔡邕所撰，共上下两卷，至今为止，是介绍古代琴曲作品最完整、最详尽的专著。

遐想万分，蔡文姬也应当读过这本著作。少女以稚嫩的双手翻开书页，轻轻吟唱起来，追思过去那个年代乱世中的英雄。

然而，真正浸染了彼岸的芳华的，要数盛唐那一位被赞誉为“鬼才”，英年早逝，却留下无数奇诡瑰丽诗篇的诗人。

吴丝蜀桐张高秋，空山凝云颓不流。
江娥啼竹素女愁，李凭中国弹箜篌。
昆山玉碎凤凰叫，芙蓉泣露香兰笑。
十二门前融冷光，二十三丝动紫皇。
女娲炼石补天处，石破天惊逗秋雨。
梦入神山教神妪，老鱼跳波瘦蛟舞。
吴质不眠倚桂树，露脚斜飞湿寒兔。

——李贺《李凭箜篌引》

在那个繁华似锦的年代，长安城日日轻歌，酒肆教坊，胡姬脚踝上系着的银铃随着那快速转动的舞步，夜夜响彻长安城。梨园之中，有一位名动长安的乐师奏得一曲好箜篌，引得无数达官贵人争相前往，只为一听。

李贺也慕名去听了一场，顿时便被那空灵而悠扬的琴声所惊艳，写下了这样的诗句。

吴地桑田养出来的蚕丝裹成弦，蜀地梧桐伐成了琴身，经由妙手工匠制成了精美的箜篌，在这深秋之夜弹奏起美妙的乐曲；似被这乐声所感，便连空寂深山间环绕的云雾都凝然不动，不愿散去。

栖身江水的湘妃潸然落泪，染就点点斑竹；九天之上，素女在一片清冷之中不由得被引动了愁肠。会出现这些情况啊，都是因为李凭在长安城中弹奏的那一曲箜篌。

清脆的乐声就仿佛昆仑山上的美玉被击碎，凤凰鸣叫；婉转之处又如芙蓉花儿在露水中黯自饮泣，热烈时好似清雅的幽兰巧笑嫣然。

琴音盘旋在长安十二道城门间，融开了那清冷的光；二十三根弦轻拨，竟惊动了高高在上的九天帝王。

乐声忽然高昂激越，直入天际，那是女娲曾经炼五色石以补之处，连云层也为之崩裂，大雨倾注，水声潇潇。

不觉间，乐师好似入了仙山，向那仙女传授技艺；听闻曲声，老鱼兴奋地在波涛中跳跃，蛟龙也都纷纷起舞。

那月宫中砍树的吴刚听闻曲声，倚在树上不眠不休地聆听；露水从桂花上滑落，落在同样听得入迷的玉兔身上，虽然寒意泠泠，它却毫无察觉。

诗到此处戛然而止。

他不去描绘琴音的高低，也没有写观者的惊叹赞赏，而是另辟蹊径，神思畅游，直接以空山之清寂，流云之飘逸，湘妃之幽怨，月宫之清冷，芙蓉清露，香兰微扬等作喻，将有形有质的一次奏演化作无声无迹的一场幻梦，奇诡冷艳，充满了浪漫气息。

春秋时期，俞伯牙和钟子期的故事演变出了“知音”一词。

伯牙抬手扫弦，子期曰：“善哉乎鼓琴，巍巍乎若泰山。”

伯牙再度挥洒，子期曰：“善哉乎鼓琴，洋洋乎若江河。”

钟子期死后，俞伯牙破琴断弦，终身不弹。

懂他的人已经不在，琴留着再也无用处。

滚滚红尘，谁人可以共笑傲?

而李贺，却不曾遇到过这样的知己。

李贺是早已没落破败的皇帝宗室后裔，居住在长安，终其一生也仅做过三年从九品微官奉礼郎，穷困潦倒，一生郁郁。

虽然家道中落，他却一直没有放弃读书，后来考中乡贡进士。但是因为竞争者的诽谤而不得举进士。后来他赴京赶考，最终因为他人谗言而落地。他一生多愁苦，郁郁不得志，二十七岁就因为病痛而早早地离开了人世。

比起暗淡的现实题材，他更加热爱鬼魅仙灵的传说，以诗文造出一番超脱的境界，言辞之中，波谲云诡，似梦似幻，亦假亦真。

他被后人称为“诗鬼”。诗中之鬼，奇、怪，不入凡俗。

屈原有叹：“长叹息兮以掩涕息，哀民生之多艰”，“余虽好修姱以鞿羁兮，謇朝谇而夕替”。

长叹着掩去眼泪，是因为哀怜众生的多灾多难，我严于责己，一心仰慕高洁，奈何刚刚进谏便被贬去了官职。

屈原叹自己的命途多舛，然这两句拿来形容李贺却也再合适不过。不同的时代，不同的身份，不同的境遇，他们偏偏殊途同归。

壮志未酬身先死，比起霍去病，他的一生显得多么卑微，但是给我们留下的，却又是多么旖旎动人的华章。

李贺的诗存世的有两百多首，收编整理在《李贺诗全集》之中。他的诗或绮丽壮美，或针砭时事，反映百姓疾苦，表现出了他不凡的笔力和才华，对于后世的诗词发展产生了极为深远的影响。

以现实来看，李贺不是个格外著名的诗人，说不上圣贤，也不曾大起大落。他的一生，就如夜里开放的昙花，来也匆匆去也匆匆，还来不及叫人领略那份独特的姿容和芬芳，就已经消弭在野草成灾的荒野里。

这些诗篇的芳华绚烂，便如艳丽至极的彼岸花一般，叫人难忘。

天无涯兮地无边，我心愁兮亦复然。人生倏忽兮如白驹之过隙，然不得欢乐兮当我之盛年。怨兮欲问天，天苍苍兮上无缘。举头仰望兮空云烟，九拍怀情兮谁为传。

在胡地的风刀霜刃逼迫下，那孤独的女子又弹奏起了胡笳。

那个时候她还不叫蔡文姬，也从来没有想到自己有名垂史册的一天。面对严酷的现实，她无力反抗，只有轻轻唱起那首悲凉的歌。

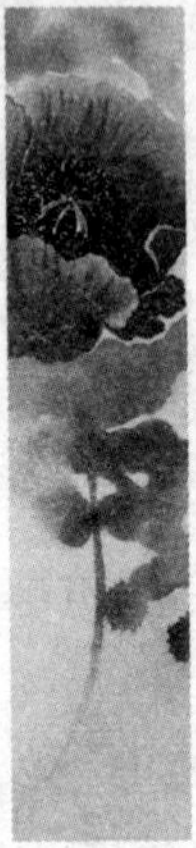

【二】凤凰寂灭，遇火涅槃

唐代张彦远编撰了一部《法书要录》，记录历朝历代的书法名家，其中一段是这样写的：“蔡邕受于神人而传之崔瑗及女文姬。文姬传之钟繇。钟繇传之卫夫人。卫夫人传之王羲之。王羲之传之王献之。”

神人一说，给历史附会上几分神秘和玄异，然而这其中的书法传承关系却是解说清楚了的。

这一个“传”字，是传道授业的“传”。

韩愈则在《游西林寺题萧二兄郎中旧堂》中写道：

中郎有女能传业，伯道无儿可保家。
偶到匡山曾住处，几行衰泪落烟霞。

古时文人，最重视的就是传承。

财富的积累如过眼烟云，一旦局势动荡，即刻化为乌有，高官爵位也只是一时的荣华，伴君如伴虎，从庙堂之高跌落监牢，并非罕见之事，而金银珠宝，出仕朝堂，并不是一个纯粹的文人的追求。

他们看重的是知识，是文化，是一代代人为天下太平而努力的追求。

也因此，韩愈不无艳羡地提到，东汉中郎将蔡邕尽管没有儿子，只有一名女儿蔡琰，却可以继承他的才华，令后人永铭于心，仅是这一点，甚至可以和传统观念中的“不孝有三，无后为大”相提并论。

蔡邕多著作，且均是传世之作。他赐书四千给蔡文姬，而蔡文姬记下了其中四百篇，颠簸流离十二年后，应曹操的要求默写出来，让世人为之传诵。

蔡文姬亦才华洋溢，她写悲愤诗，写那个时代被忽略的战乱中无力掌握性命的普通人的悲欢，而且她的著作应该不少，《隋书·经籍志》著录有《蔡文姬集》一卷，可惜到现在已经失传了。

蔡邕善琴，自制的焦尾琴名留千古；蔡文姬善辨乐律，一曲《胡笳十八拍》让后世记住了汉末那离乱的一幕，慷慨激昂的音律流传至今，演变为《大胡笳》和《小胡笳》，是音乐殿堂上的一颗明珠。

蔡邕的书法乃是一绝，“飞白”这一飞扬灵动的字体传说便是他所创作。在唐代，张怀瓘所写《书断》称：“飞白者，后汉左中郎将蔡邕所作也。王隐、王愔并云：飞白变楷制也。本是宫殿题署，势既径丈，字宜轻微不满，名为飞白。”李绰也在《尚书故实》里记叙：“飞白书始于蔡邕，在鸿门见匠人施垩箒，遂创意焉。”

蔡文姬的墨迹存世不多，只有两句“我生之初尚无为，我生之后汉祚衰”，被称作《我生贴》。字迹端厚大气，而又牵丝连带，颇有清丽之感。北宋徽宗朝代，由朝廷主持编撰的《宣和书谱》记曰：“为八分之说者多矣。一日东汉上谷王次仲以隶字改为楷法，变八分。此蔡希综之说也。一曰去隶字八分取二分，去小篆二分取八分，故谓之八分。此蔡琰述父中郎邕语也。前世之善书类能言其书矣。”明代王世贞的《书苑》也引用了这一段，称：“蔡文姬言：割程隶字八分取二分，割李篆字二分取八分，于是为八分书。”

遥想当年，未蒙危难的蔡家该是如何辉煌。

有卷者阿，飘风自南。岂弟君子，来游来歌，以矢其音。伴奂尔游矣，优游尔休矣。岂弟君子，俾尔弥尔性，似先公酋矣。尔土宇昄章，亦孔之厚矣。岂弟君子，俾尔弥尔性，百神尔主矣。尔受命长矣，茀禄尔康矣。岂弟君子，俾尔弥尔性，纯嘏尔常矣。有冯有翼，有孝有德，以引以翼。岂弟君子，四方为则。颙颙卬卬，如圭如璋，令闻令望。岂弟君子，四方为纲。凤凰于飞，翙翙其羽，亦集爰止。蔼蔼王多吉士，维君子使，媚于天子。

凤凰于飞，翙翙其羽，亦傅于天。蔼蔼王多吉人，维君子命，媚于庶人。

凤凰鸣矣，于彼高冈。梧桐生矣，于彼朝阳。菶々萋萋，雍雍喈喈。

君子之车，既庶且多。君子之马，既闲且驰。矢诗不多，维以遂歌。

——《卷阿》

凤凰，古时传说里的司风之神。《山海经》记载，它的身上具有神奇的彩纹，“首文曰德，翼文曰顺，背文曰义，腹文曰信，膺文曰仁”，因而被奉为百鸟之王，被历代帝王视为祥瑞。

最古老的《诗经》里，有一首劝告君王求贤用贤的《卷阿》，词句以云中飘摇之姿，极力摹写了凤凰的高洁，非梧桐不栖，非醴泉不饮，飘羽华艳，光照九方。

然而，凤凰也有衰亡的那一天。

“凤兮凤兮，何德之衰？往者不可谏，来者犹可追！已而！已而！今之从政者殆而！”这是楚国著名的隐士接舆所作之辞，他为避世佯作癫狂，迎着孔子乘坐的车吟唱长歌，劝告他莫要卷入如今这个圣贤并衰、德行渐亡的世道，还是趁早离开了好。

这就是凤凰的死亡。

但有些时候，死亡并不意味着终结。

当唐代的僧人玄奘从西域取经归来后，《迦楼罗和诸天密言经》第一次描摹了浴火的迦楼罗。它乘着狂风从天而降，以金色的羽翼吹散流水，从中擒龙蛇而吞食，长年累月，直到蛇毒突然在体中焚烧，燃尽了庞大而壮美的身躯，最终只留下一颗青色琉璃之心。

在希腊，也流传着一个关于不死鸟的传说。

传说这种鸟可以不断地再生，亚述人称之为不死鸟。它们以乳香为食，降生五百年后，会落在棕榈树顶，以橡木枝为自己搭建一个巢，将肉桂、甘松和没药等种种珍奇的香料衔入巢内，垫在身下。

当它呼出最后一口气后就会悄然死去，此时从它的身体里将飞出一只新的不死鸟，同样拥有五百年的生命。等这只不死鸟长大到有足够的力量时，就会把父母的巢从树上抬起，衔往埃及的赫利奥波利斯城，放在太阳庙里。这个巢是它们的摇篮，同时也是它们父母的坟墓。

这是罗马诗人奥维德对它的描述。

世事往往如此。

一霎浮云，都掩尽，日无光色。遥望处，浮图对峙，梵王新阙。燕子自飞关北外，杨花闲度楼西侧。慨金鞍、玉勒早朝人，经年歇。

昭君去，空愁绝。文姬去，难言说。想琵琶哀怨，泪流成血。蝴蝶梦中千种恨，杜鹃声里三更月。最无情、鸿雁自南飞，音书缺。

——汪元量《满江红》

汪元量这位南宋末年的怀旧词人，他的《满江红（吴山）》借用了王昭君、蔡文姬的故事来叹兴衰盛亡、去国之痛。

这世间总会燃起一年又一年永不停息的战火，列国征战，诸侯争霸，最终秦朝一统六国，威加海内，建立起中原大地上第一个大一统的王朝，却又很快覆灭。

覆灭这一王朝的，是另一个王朝的开国帝王。

大风起兮云飞扬，威加海内兮归故乡。安得猛士兮守四方！

——刘邦《大风歌》

他姓刘，名邦，字为季，号汉高祖。

刘邦出生于沛郡丰邑中阳里，年少时曾是不务正业的无赖，后来当过管辖泗水十里之地的小小亭长。据说，一天他在街上闲逛，正巧就遇上秦始皇车马出巡。

可以想象到，那时候，这位后来的汉高祖挤在人群里，踮起脚尖，灰头土脸地远远张望去，只见黑旗蔽日，华盖连天，秦始皇仪态万千地端坐在精美华丽的车上，在大队车马的拥簇之下徐徐向前走来。

刘邦心驰神往，浑然忘却了自己的卑微，胸中豪气涌起，不由得赞叹了一声："大丈夫就应该像这样啊！"

再后来，秦朝大修长城，责令各地送人来充当劳役，刘邦作为亭长必须要押送人前去骊山，可沿途却不断有人逃亡，使得他无可逃避地落下了一个看守不力的罪名，要面临严酷的刑罚。走到芒砀山这个地方时，他停下住脚步，坐下来喝了很多酒。

那一夜，虫鸣在耳畔回荡，沼泽地特有的湿气沾染在衣襟上，他抬头看着明亮的满月，酒意化为炽热的火焰，在心口熊熊燃烧。

王侯将相，宁有种乎？或许，陈胜曾经说过的这句话一直在他的脑海中徘徊。

如果回去，就只是庸庸碌碌地度过一生，说不定还会枉送性命。谁也不知道那一晚到底发生了什么。此后，刘邦斩白蛇，起义兵，走上了反秦的道路。

当时的大股起义军中还有一支由原楚国项氏一族中的项羽所领导的义军，两股势力融合，一起攻入咸阳。

项羽一把大火点燃了阿房宫，一场大火燃了数月，众国掠夺来的珠宝、天下万民建造成的华堂，多少举世无双的珍宝，就此灰飞烟灭！

刘邦欲谋夺天下，想像秦始皇一般威加海内，慑服四夷，然而，他的争霸之路却并不顺利。

进驻关中之后，一场鸿门宴，惊心动魄。

那时项羽率部四十万，试图灭了刘邦以及他的部属，刘邦兵力不足，无力抗衡。

汉历元年，项羽以五诸侯铲灭暴秦王朝，裂土分疆，分封十八个诸侯王。将关中地区分为三部，封秦降将章邯、司马欣、董翳分别为雍王、塞王、翟王，合称“三秦”，却将功劳最大的刘邦封为汉中王，定都南郑，企图通过“三秦”控制关中，将刘邦困锁在汉中巴蜀地区。

刘邦很识趣，头也不回地便带着军队入了蜀，此后，又点火将栈道焚烧，就此毁了出入蜀国的通道。

看着刘邦远在巴蜀，天堑险阻，与世隔绝。项羽这才真正地放下心来，然而他没有想到，刘邦遵照萧何之计，任用韩信、张耳等人，以暗度陈仓之法重返关中要地，掀起了楚汉交战的序幕。

这一战，战事之激烈，用兵韬略之丰富，空前绝后，成了中国历史上最为华丽的篇章。

这一战，逼得西楚霸王项羽走投无路，只能与虞姬诀别乌江。

“力拔山兮气盖世，时不利兮骓不逝；骓不逝兮可奈何，虞兮虞兮奈若何！”

这是项羽败亡前吟唱的绝命诗，可见当时他心中有多么无奈。“我”的力气大得能撼动山河，气概也举世无双，可是时运不济啊，马儿也不愿意奔跑，马儿不跑了“我”还能怎么样呢？虞姬啊虞姬，“我”到底该怎么办才好？字里行间都透着怨愤。

项羽败亡之后，刘邦终于成就霸业，成了一统天下的帝王。或许，想到自己昔日曾对着秦始皇发出的感慨，他也会感到唏嘘吧？

时也，运也，命也，是人这一生最看不透，也无法掌握的东西。

孟子云：“天将降大任于斯人也，必先苦其心志，劳其筋骨，饿其体肤，空乏其身，行拂乱其所为，所以动心忍性，曾益其所不能。”

刘邦麾下群英云集，其中最为具有传奇色彩的当属韩信。

韩信便是那么一只浴火而出，华光万丈的凤凰。

萧何赞他：“诸将易得耳。至如信者，国士无双。”诚然，在为刘邦效命的多年中，韩信用自己的能力证实了萧何对他的评价。

西汉开国功臣，中国历史上最杰出的军事家、战略家、战术家，谋战派的代表人物，似乎这些称谓加诸在这位古淮阴出生的大将身上都毫不为过。

秦灭之后，楚汉相争进入白热化，在刘邦处于失利之时，韩信临危受命，不负众望地力挽狂澜。出陈仓定三秦，他表现出了非凡的军事才华，奠定了刘邦大业的基础。

韩信熟谙兵书。

西汉·司马迁《史记·淮阴侯列传》上记载：刘邦曾经问韩信：“爱卿啊，你认为像朕这样的人，能带多少兵马？”韩信答道：“陛下最多也就能带十万人。”刘邦又问：“那你呢？”韩信道：“我嘛，当然越多越好啦。”由此可见韩信的自信。

事实上曾经他谋划出许多著名的战役，每一次战役都是灿烂的一页。京索之战、安邑之战，尔后井陉之战还衍生出“背水一战”这个成语，最后的垓下之战更是成功歼灭了项羽部卒，将项羽逼死在江边。

韩信令世人惊叹，也再度证明了萧何对他的评价：国士无双！

然而，像他这般了不起的人物却也曾有过落魄潦倒的过去。

在元代戏剧《追韩信》中，这位主角一开始就念道：“想自家空学的满腹兵书战策，奈满眼儿曹，谁识英雄之辈！”

《混江龙》曲中慨叹他："胸次包罗天地，肺腑卷摄江河，笔尖能摇山岳，剑锋可摘星辰。叹英雄何日朝闻道，盼杀我也玉堂金马，困杀我也陋室箪瓢。"满腔豪情壮志，奈何锁在世间种种镣铐内，辗转反侧，不得往生。

据传，韩信在年轻的时候放荡不羁，而又不拘于世俗礼节。他没有官吏的职位，又不懂得经营之道，甚至连平日里的生活都要依靠别人，以至于很多人都厌恶他，认为他是游手好闲的废物。

待到母亲去世，韩信几乎穷得揭不开锅，连办丧事的钱也没有。然而，心志高傲的他偏生还要找一块高大宽敞的墓地。

这样的想法无疑痴人说梦，得来的只有不尽的嘲笑。

当时，下乡南昌亭长怜悯他的遭遇，认同了他的大志和才干，想要邀请他为门客，然而亭长的妻子却对他的无所事事耿耿于怀，在韩信前来就餐的时候有意怠慢他，不予饭食。韩信愤而出走。只是纵然天高地阔，他又能够走向何方？

在饥寒交迫中，他来到滔滔的河流旁。

母亲的离去令他悲痛万分，还没能够从阴影中走出来却又遇上了这样的事情。悲愤交加，无所适从，正当他茕茕徘徊的时候，一位在河边漂洗丝绢的大娘见他可怜，拿了自己的饭食分给他吃，一连救济了他好几天。韩信很感激，于是对大娘说："我将来一定会好好报答你的。"

然而大娘的回答出乎他的意料："大丈夫不能自食，吾哀王孙而进食，岂望报乎！"

你堂堂一个大男人还不能养活自己，我只是可怜你身为贵族子弟，居然落魄到这个地步才给你点吃的，哪里是贪图你的报答？

《史记·淮阴侯列传》中还记载了这么一件事：

淮阴城中经常有一些浪荡子想侮辱韩信取乐，其中一个屠夫冲他笑骂："虽长大，好带刀剑，怯耳。"又更为傲慢地激他："能死，刺我；不能，出胯下。"

他们都是些市井中品行不良的少年人，仗着人多势众便欺负人，然而若是真的一刀下去，自己的有用之身岂不是就要死在监狱里了？

韩信注视了对方良久，最终慢慢低下身来，从他的胯下爬了出去。那些浪荡子们更没想到他居然胆小到这个地步，一阵嗤笑后各自散去。

从那以后，这件事情便传开了，人人都耻笑韩信，说他是个怯懦鼠辈。

韩信在淮阴，少年相欺凌。
屈体若无骨，壮心有所凭。
一遭龙颜君，叱咤从此兴。
千金答漂母，万古共嗟称。

——李白《赠新平少年》

诗仙李白偶尔也会写出这样平实的文字，来感慨一把古今名人。

谈及韩信，人们往往会想到的都是他所受的“胯下之辱”和后来的功业，然而细细想来，没有那些磨难，他后来又怎会一飞冲天？

据说，韩信封侯之后曾经去找过那个羞辱他的人，那人十分害怕，以为他要报复，然而韩信却封他做了一个官，并对他说：“没有当年的胯下之辱便没有今日的韩信。”

“三年不飞，飞将冲天；三年不鸣，鸣将惊人！”《韩非子·喻老》中的那只鸟，似乎正代表了韩信的心境，也正是他的写照。而韩信却又不是那只鸟，因为他所缺的只是一个伯乐，一个能让他一展所长的舞台。

陈胜吴广揭竿起义，尔后群雄并起，韩信满怀希望地投奔了项羽，希望成就一番事业，可项羽却仅给他做了一个中郎。他多次向项羽献计，却不被采纳，甚至被认为只是有些小聪明，不足以成大事。

后来他又投靠了刘邦，依然不被重用。

那个时候，他或许感到了绝望。

凤凰磐涅，置之死地而后生。没有经过烈火的焚烧，何以有那华光万丈的羽毛？

韩信恰似那么一只浴火凤凰。在时运不济的情况下依然坚持不懈，为了最初的理想而苦苦煎熬。最终，他成功了。养精蓄锐多年，终为刘邦所用，名垂青史，在历史的征程中留下了不可磨灭的足迹。尔后封侯裂土，富贵荣华不在话下。

只是人生的际遇总是无法掌控，他的一生由衰到荣，最后被吕后诱入宫中，在长乐宫的悬钟室中被杀，一代英雄就此陨命。

当年他得到刘邦的重用是因为萧何的举荐，最后的灭亡还是因为萧何向吕后献出的计策。故而后世有了“成也萧何败萧何”的感叹。

韩信半生戎马，战功无数，最后却不能马革裹尸轰轰烈烈，而死于宫廷妇人之手，想来他自己也会觉得遗憾吧！

兵法云：兵无常势，水无常形。人生又何尝不是？

但有些时候，死亡并不意味着终结。

当唐代的僧人玄奘从西域取经归来后，《迦楼罗和诸天密言经》第一次描摹了浴火的迦楼罗。它乘着狂风从天而降，以金色的羽翼吹散流水，从中擒龙蛇而吞食，长年累月，直到蛇毒突然在体中焚烧，燃尽了庞大而壮美的身躯，最终只留下一颗青色琉璃之心。

在希腊，也流传着一个有关于不死鸟的传说。

传说这种鸟可以不断地再生，亚述人称之为不死鸟。它们以乳香为食，降生五百年后，会落在棕榈树顶，以橡木枝为自己搭建一个巢，将肉桂、甘松和没药等种种珍奇的香料衔入巢内，垫在身下。

当它呼出最后一口气后就会悄然死去，此时从它的身体里将飞出一只新的不死鸟，同样拥有五百年的生命。等这只不死鸟长大到有足够的力量时，就会把父母的巢从树上抬起，衔往埃及的赫利奥波利斯城，放在太阳庙里。这个巢是它们的摇篮，同时也是它们父母的坟墓。

这是罗马诗人奥维德对它的描述。

一霎浮云，都掩尽、日无光色。遥望处、浮图对峙，梵王新阙。燕子自飞关北外，杨花闲度楼西侧。慨金鞍、玉勒早朝人，经年歇。

昭君去，空愁绝。文姬去，难言说。想琵琶哀怨，泪流成血。蝴蝶梦中千种恨，杜鹃声里三更月。最无情、鸿雁自南飞，音书缺。

——汪元量《满江红》

汪元量这位南宋末年的怀旧词人，他的《满江红（吴山）》借用了王昭君、蔡文姬的故事来叹兴衰盛亡，去国之痛。

凤凰涅槃的真意是为了重生，不再是过去那个平凡的旧我，代价却是生命。成功了，便是一飞冲天；失败了，就永远的湮灭。

蔡文姬没有如刘邦、韩信那般的远大志向，但是，历史却改变了她、选择了她。这样的改变是被动的，是建筑在她的悲惨遭遇上的。当今人品读她的诗句，替她感伤时，她的心中所有的也许只是无奈，满满的无奈。

她写道："胡笳本自出胡中，缘琴翻出音律同。十八拍兮曲虽终，响有余兮思未穷。是知丝竹微妙兮均造化之功，哀乐各随人心兮有变则通。胡与汉兮异域殊风，天与地隔兮子西母东。苦我怨气兮浩于长空。六合虽广兮受之应不容。"

文学上的再高成就也不能弥补她内心的悲痛，心中的伤口仿若被火焰灼烧后的焦痕，永远无法愈合。唯独她心中的执着，使她成为了欲火而出的凤凰。

【三】此恨不关风与月

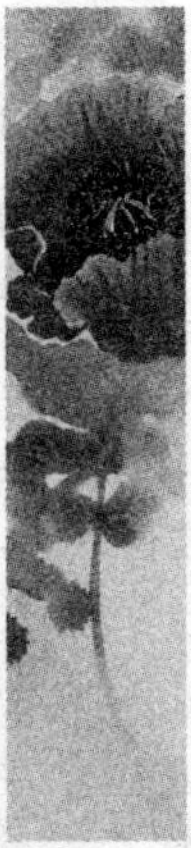

天无涯兮地无边，我心愁兮亦复然。

人生倏忽兮如白驹之过隙，然不得欢乐兮当我之盛年。

怨兮欲问天，天苍苍兮上无缘。

举头仰望兮空云烟，九拍怀情兮谁为传？

——蔡文姬《胡笳十八拍》节选

胡笳第九拍，怀情谁为传？

情之为物，《荀子》认为是“性之好、恶、喜、怒、哀、乐”，《说文解字》的解释也是“人之阴气有欲者”。自东汉以来，多得是人拎住一个“情”字，作赋抒怀。

夫何姝妖之媛女，颜炜烨而含荣。普天壤其无俪，旷千载而特生。余心悦于淑丽，爱独结而未并，情罔象而无主，意将徙而左倾。昼骋请以舒爱，夜托梦以交灵。

蔡邕所撰写的《静情赋》则是其中之一。

当年，文姬无疑也读过这篇情赋。

那是多么美丽温婉的女子啊，娇美的容颜如花儿一般叫人沉醉。这天下都找不到可以匹配的人，她是千年以来的一个特别存在、“我”是那么的爱她的美丽，却不能和她在一起，情绪迷惘而不知如何是好，真希望白天可以和她畅谈各自所好，晚上也可以在梦中相会。

风华正茂的少女眼眸微低而羞涩，手中捧的辞赋在风中翻动，唇边噙笑，是想到了自己即将嫁与的那个人吗？

年轻时读过的诗文不解其意，直到过完了这大半辈子，方才领悟了诗中的情怀。

男欢女爱，情之所起，不知所始，亦不知所终。

魏晋时期，梁昭明太子编《文选》，里面单独开出“情赋”这个类别，宋玉的《高唐赋》《神女赋》《登徒子好色赋》和曹植的《洛神赋》四篇被选录其中。

四篇赋所写都不相同，却都提到了一个传说，那就是巫山神女和楚襄王的情事。

《高唐赋》一开始，便是神女入梦“闻君游高唐，愿荐枕席”，“王因而幸之”。

至于传唱至今的《洛神赋》，更是在序言里说得极为清楚，“感宋玉对楚王神女之事，遂作斯赋”。

其形也，翩若惊鸿，婉若游龙，荣曜秋菊，华茂春松，仿佛兮若轻云之蔽月，飘遥兮若流风之回雪。

远而望之，皎若太阳升朝霞，迫而察之，灼若芙蓉出渌波。

秾纤得衷，修短合度，肩若削成，腰如约素，延颈秀项，皓质呈露，芳泽无加，铅华弗御。

云髻峨峨，修眉联娟，丹唇外朗，皓齿内鲜，明眸善睐，靥辅承权，环姿艳逸，仪静体闲，柔情绰态，媚于语言。

——曹植《洛神赋》

“情独私怀，谁者可语？”

曹植，字子建，是曹操的第三个儿子，自幼聪颖过人，落笔成章，在兄弟之中最受宠爱，被认为是“最可定大事”者，几次差点被立为太子，因而深遭嫉恨，甚至在做了皇帝的兄弟曹丕死后，众大臣也纷纷拥立他，以至于曹丕之子曹睿即位后，一再迁徙他的封地，使得他在颠沛中郁郁而终。

黄初三年，曹植前去都城朝拜天子，归途经过洛水。

那时候，天色已经微微暗了下来，远离了大群侍卫的保护，他徘徊在河边，晚风轻轻吹拂着他宽大的衣袂，掠过柳枝，衣衫上繁复的花纹在夕阳余晖的照耀下显得暗沉而尊贵，远处江流滚滚，仿佛一匹长练，从天女手中抛落到了两岸山峰间。

在这样迷离的景色中，他眺望远方。

正在神情恍惚之时，江边岩外蓦然出现了一道影影绰绰的窈窕身影，长袖翻舞，凌波踏水而来，身姿摇曳，仿佛翩然而高翔的鸿雁，婉转若云端间曲折的蛟龙，时隐时现。

如秋日金菊盛放之光耀，似春日松林翠茂之华繁，她的容貌若明月皎皎，衣袂则仿佛流云飘扬，时而举起遮蔽。她的步伐轻灵，仿佛是流逝的寒风中，盘旋着徘徊不定的细小的雪花。

远远望去，她的到来几乎像是一轮光辉四射的朝阳在霞光万道中升起。

待她临近了些，却又更像是清碧的水波里长出一枝灼灼其华的莲花，色泽洁净，婀娜无边。

增一分则秾腴，减一分则清弱，修长而不显，玲珑而有致。

香肩轻斜，腰如白绢紧束，秀颈纤长，肌肤皓若冰霜。

她不施粉黛，头上梳着如云一般的高耸发髻，宛若从画中走出的仙子，双眉弯曲细长，朱唇艳若丹砂，贝齿如珠粒齐整、光洁。

一双清冷若秋水的明眸顾盼灵动，两颊小小的靥涡含笑，更显动人。

她立在江面上，姿容奇美，明丽秀逸，仪容妩媚，举止娴雅，柔婉情态而风姿绰绰，远胜言辞。

美人如此，怎由得他不心驰迷醉？举目凝望，竟没有找媒人去说情，而是解下玉佩邀约，她竟应邀前来。言辞清雅而有礼，含情对答，取美玉相赠，指着深深的水流以示期盼，然而当他却因恐惧别离而刻意故作矜持，女神似有所感，彷徨在江边，连周身遍绕的清辉也变得忽明忽暗。忽然，她足尖轻点在水波之上，如白鹤伫立，像想飞而未舒羽翼，怅然长吟以表思慕，哀婉的声音久久不散。

此时神灵纷纷降临，云集洛水，她最终还是在六龙云车的簇拥下难舍地离去了。

越过北边的岛渚，直至南边山岗上，她又一次回首凝望，眸光流转，徐徐启唇，哀述神人殊途而不得不分离的无奈，恨此生不得逢时。言之于此，洛神脸上两行清泪滴落沾衣，她举袖轻拭，道：虽然居于水底极阴之处，我会长久地思念君王……话音犹在，忽然就隐去了踪影，神光消遁，空留夜色中的洛水静静流淌。

许多年之后，回忆起来，他只能叹息道：这份恋慕唯独存于自己隐秘的心底，又能够告诉给谁呢？

就因为这一句话，后世揣测文中的洛神可能是俗世间一名女子的化身。

有传言称曹植爱慕曹丕的皇后甄氏，因甄氏之死而心中感怀，遂写下了这篇《洛神赋》，而《洛神赋》原名也叫作《感甄赋》，明帝曹睿为了避母名讳，才改成了现在的名称。

说起来，这位甄皇后的命运倒也颇有几分坎坷。

据《文昭甄皇后传载》：甄氏乃中山无极人，上蔡令甄逸之女。原本已经许配给袁绍之子袁熙，因留下照顾婆婆而留在了冀州邺城。曹操率兵攻入邺城后，曹丕闯入袁府，于一片混乱之中发现了这位绝色美女，便强占为妻。

以色事人，终究不能长久。

终因年老色衰，在曹丕即位后，甄氏逐渐失宠，于黄初二年六月被赐死。据说死得极为凄惨，殡葬时披发覆面，以糠塞口。

曹植和甄氏是否有过过往已无从得知，不过《太平广记·萧旷》和《类书·传奇》中却都记述了一节洛神的自述："妾，即甄后也……妾为慕陈思王之才调，文帝怒而幽死。后精魂遇于洛水之上，叙其冤抑。因感而赋之。"李商隐甚至叹道："君王不得为天下，半为当时赋洛神。"

然而关于此论也有异议声时时浮现，很多人认为曹植在赋中寄托的是不得志之痛苦，有感于自己前一年任鄄城王、这一年又漂泊远方的凄凉光景，孤寂无欢，抱负无望。

是不是爱慕甄氏其实都不重要了，即使曹植是念着一个女子而写出的文赋，洛神也永远不会成为那位被赐死的甄皇后，同样的，甄氏也无法真正成为那位行走在江流之上，身着世所未有之奇异服饰，罗衣璀璨，轻绡摇曳如雾，时而探入湍急的河流中的洛水之灵。

这份深情，仅仅存在于他自己的心底，在他的一生之中不断回想。

爱别离，求不得，于是恨长久。

这般绵长的恨，原本就不关清风明月，不过是一个怀才不遇、性情疏阔的才子对心中最美好一梦的无尽感伤罢了。

无论是《高唐赋》《神女赋》里的巫山女神，还是流芳千古的洛神，她们都绝美而痴情，惘然于世间天然生成的鸿沟，无法逾越。

"君居北海阳，妾在南江阴"，"君行殊不返，我饰为谁荣"……

诗中被思念牵挂的君，仅仅是一个字，却令她们忧思而怅望，苦等而不归，一番情意化为痴念。

问世间情为何物，直教人生死相许。情字堪重，误了多少人。

戎羯逼我兮为室家，将我行兮向天涯。云山万重兮归路遐，疾风千里兮扬尘沙。人多暴猛兮如虫虺，控弦被甲兮为骄奢。两拍张悬兮弦欲绝，志摧心折兮自悲嗟。

托命于新人，竭心自勖励。流离成鄙贱，常恐复捐废。

文姬的误，却和情无关。

被俘虏而去，委身于匈奴人，除了惊惶悲痛，还能够有多少情意？

流离异地归来，韶华年尽，芳容憔悴，天子一声令下，嫁与新人，又怎么能展颜欢喜，毫无忐忑不安？

她最终只得掩埋了自己的一腔情思。

临风兴叹落花频，芳意潜消又一春。
应为价高人不问，却缘香甚蝶难亲。
红英只称生宫里，翠叶那堪染路尘。
及至移根上林苑，王孙方恨买无因。

——鱼玄机《卖残牡丹》

这首诗，出自另一个与她的性情截然相反的女人笔下。

《卖残牡丹》是那女子自哀身世的题诗，想当年大唐长安四月，花开繁盛，国色天香，“唯有牡丹真国色，花开时节动京城”化作一句“云想衣裳花想容，春风拂槛露化浓”的千古绝唱，魏紫姚黄纷纷繁繁，馥郁清芬，如大团大团的云雾缭绕。

然而即使花中谪神般的牡丹也免不了流入市集，“一丛深色花，十户中人赋”，一掷千金的奢华与妩媚柔艳的花海交相辉映，莫过于斯。

即便是市集上的花，也要被划分个三六九等，那第一等的被人重金捧获而去，余下的，却在冰冷的一角无人问津，那一份凄凉与谁言说？

就如自古而来的女子，哪怕是色绝百代，艳冠千秋，却也免不了待价而沽，被人评头论足。

她们若是认了这样的命运，那也罢了，总能够托付东君，嫁到春风里去，一辈子喜乐荣华。

一旦执着于情，那被耽误的可能就是一生。

鱼玄机，就是这样一个被情字误了一生的女人。

本就平平无奇，却有比天高的心气，若是放得下身段，自然有人舍得倾囊。然而她所求的，却是世人做不到的。

“易求无价宝，难得有心郎”，有情二字，看不见，猜不出，摸不透，却必须是掏出整个真心，风月莫求，还未必有好结果。

她已付出，却不能收获。

鱼玄机，晚唐女诗人。《三水小牍》记鱼玄机字幼薇，又有书道她字蕙兰。

她出生在长安城郊，父亲是一位落拓的士人，自幼家境贫寒，却性情旷达，容貌秀美。她才华横溢，尤其擅长于韵调一类。

皇甫枚所作《三水小牍》赞她道：“色既倾国，思乃入神，喜读书属文，尤致意于一吟一咏”，可见其美貌才情。

然而她的命运却十分的坎坷。

苦思搜诗灯下吟，不眠长夜怕寒衾……疏散未闲终遂愿，盛衰空见本来心。幽栖莫定梧桐处，暮雀啾啾空绕林。

一首《冬夜寄温飞卿》隐晦地写出了小女儿家的心事，可诗是送出去了却没有半分回音，于是锦书焚，雁脚折，心字成灰。

平康里，位于长安的东南角，青楼云集，红袖招摇。

因父亲的过世，鱼玄机母女二人只能搬到这里，住在一处低矮阴暗的院落中，平时给附近娼家做些针线和浆洗的活儿，勉强度日。

某一天，名满京华的大诗人温庭筠突然来访，点名要女孩作一首《江边柳》。

那时候的鱼玄机还是稚龄女童，经由父亲的悉心教导，五岁时便能诵读百首文章，七岁开始作诗，十一二岁已被人称为“诗童”。

她那时垂髫披发，明眸璀璨，对着题目沉思片刻，下笔如风，转眼就写下了一首《赋得江边柳》。

> 翠色连荒岸，烟姿入远楼。影铺秋水面，花落钓人头。
> 根老藏鱼窟，枝低系客舟。萧萧风雨夜，惊梦复添愁。
>
> ——鱼玄机《赋得江边柳》

诗成，温庭筠连连称赞，为小女孩的才情所折服。

有人说，这次的相遇是后人的杜撰，因为，一个小小年纪还未经历过世事的小女孩根本无从体会世间炎凉，不会写出这样字中带愁的诗句来。

无论当时是怎样一种情形，温庭筠和鱼玄机却就此结缘，成了忘年交。

温庭筠名岐，字飞卿，山西太原人，晚唐时期著名的诗人、词人。他一生坎坷，行为放浪，既不满于权贵，也不被世俗看重，经常结交一些有才名的歌妓和道士，一笔《花间词》将别离、恋慕、相思写得别样缠绵，被后世誉为“花间派”的鼻祖。

两人书信往来，多有诗词应和酬唱。

“应为价高人不问，却缘香甚蝶难亲”，鱼玄机才高貌美，自然是看不上那些浅薄粗俗的狂蜂浪蝶，一颗芳心随信寄去，喜乐与共，渐渐多了几分恋慕。

只是这份情怀却终究是虚掷了。

有说是温庭筠面目奇丑，号称“温钟馗”，所以自惭形秽，不敢有所回应；也有说是他品性儒雅，爱才而不贪色，严守礼节。

世间很多时候，两个人虽然相知相遇，却是无缘，不管走过多少路，看过多少次云，喝过多少不同的酒，最终也无法携手。

一次次的书信寄出却无回音，她表面上释怀谈笑，心里却始终郁结难解。

羞日遮罗袖，愁春懒起妆。
易求无价宝，难得有情郎。
枕上潜垂泪，花间暗断肠。
自能窥宋玉，何必恨王昌。

——鱼玄机《赠邻女》

之所以会写出这样放纵而决绝的诗句，那是因为鱼玄机曾在感情上受过极大的创伤。

元代辛文房所撰写的《唐才子传》中有写着这样一段：玄机，长安人，女道士也。性聪慧，好读书，尤工韵调，情致繁缛。咸通中及笄，为李亿补阙侍宠。夫人妒，不能容，亿遣隶咸宜观披戴。

鱼玄机十五岁左右，身为江陵名门之后的李亿慕名前来拜访，对她一见钟情。不久，在温庭筠的撮合下，李亿用一顶花轿把她迎进了家门，浓情蜜意，缱绻缠柔，一时羡煞旁人。

那时候想必她是幸福的，可谁能想到，这番情意也不过是镜中花，水中月，纵然起于真心，却也不过经不过一场风雨来袭。

好景不长，看着丈夫与鱼玄机恩恩爱爱，李亿的妻子心生妒忌，时时刁难，李亿又惧怕她家中权势，无可奈何之下只好将鱼玄机送到了离长安不远的咸宜观。

那时候，唐代沿袭了魏晋风气，视学道为风雅之事，即便身份尊贵如公主也有拜师学道的，而众多的学道者中，有些是清净之士，另外一些却不过是打着这个幌子，做着另外一些事情。那些女道士们往往游走在礼教之外，邀来才子英杰于温柔乡里吟诗作画，斗酒放歌，沉醉风月。

最初，被遣到这道观中的鱼玄机抱有希望，觉得李亿还会回来找她。然而三年后，她方才听闻那李亿早已携妻下扬州赴任，将她遗弃。

一盏青灯，难言孤寂，“忆君心似西江水，日夜东流无歇时”，枫叶错落，千枝万枝交叠。江面上的桥遮住了晚归的风帆。我对你的思念好似西江的水，日日夜夜东流不息，无绝尽之时。

她寄去了无数相思，每日都倚窗守望，但求恋人能够将自己带回身边，这一等整整三年，最后竟是一场空。

情是何物？不过是虚假的骗局。受此重创，鱼玄机心灰意冷。

她看破世情，再也不相信所谓的爱情。她开始放纵，开始玩弄别人，开始用最为寂寞的方式排遣内心的寂寞。

一封贴在观门外，上书“鱼玄机诗文候教”的帖子，与其说是高举的艳帜，不如说是对整个世间的挑衅。

男人天生薄情寡幸，即使再好的女子，也不过是一阵掠过心头的山间云、朝夕雨，求的是片刻欢娱，找不到半点真心。她肆意哭泣，纵声大笑，从前不屑一顾的，如今却揽入帷幕。

她最为垂青的左名扬和李近仁两人，一个面貌肖似前夫李亿，一个则带有温庭筠的影子。即使左名扬写诗取笑她以道家清净之地，效仿娼妓的欢场，鱼玄机也不过一笑置之。他们是她杯中的药，心头的伤，哪怕只给予了一个虚影，也足以告慰平生。

红英只称生宫里，翠叶那堪染路尘。

及至移根上林苑，王孙方恨买无因。

——鱼玄机《卖残牡丹》节选

有这么一种说法，公元 860 年，南诏之乱，当时手握重兵的刘潼想带鱼玄机离开长安，她却写下此诗谢绝，将自己比作卖不出去的凋残牡丹，比拟之尖刻，几乎不像是一名女子对自己的自嘲，原本是美貌多才，本该藏在闺阁，等待良人娶回去后好生珍惜，如今却已经尘埃沾满素衣，再也不复往日的清雅面目。

她轻描淡写地讽说自己如今冶艳生涯的身家高涨，炙手可热，更是拿尊贵无极的上林苑好好嘲弄了一番，想来那抛弃了爱妾的李亿，如今也是追悔莫及吧。

鱼玄机一生凄凉，一生无奈。一心一意念着的人求而不得，却沉迷在旁人的虚情假意里，到了最后，连她真心喜爱的人都要背叛她。

毒打婢女的时候，鱼玄机想来已近癫狂，才会失手将人活活打死。

自古男尊女卑，好似男人做任何事情都是对的。多少士人流连青楼，贪杯好色，最后还是被人誉为“情圣”，道是用情至深之人。但是只要提到某些女子，似乎总脱不了放荡之名，薛涛曾被人诟病，就连一代女皇武则天也只因为一个淫字，就被后世唾骂。

直到今天，很多人还会觉得鱼玄机放荡、淫乱，是一个十分不堪的女人。然而，如果没有那不堪的过往，她又岂会变成这样？

她曾说过：“易得无价宝，难得有情郎”，便在纸醉金迷的生活之中，她心中仍然存有一份希冀、一份念想，简单又简单，只是一个有情郎。

人生寥落，纵然醉生梦死依然寂寞。

她还是有一份不甘心，亦不死心。来往于道观的王孙公子，她问他们可有真情。人人都道自己真心，而她却笑得悲凉。这样的虚情假意她已看得太多太多，将感情寄托在他们身上终是徒劳。

陈韪，这个关乎鱼玄机结局的男人，也许他就不该出现。

可他出现了，出现在了她的生命中，同无数男人一样对她许下承诺。她笑了，她也信了，因为她以为他是那个有情郎。

然而，无情的现实再一次将她击溃，她错了，再度看错了人。那个她自幼收养的贫家女孩竟然和自己的情人纠缠到了一起，背着她做出了苟且之事。也许在当时，鱼玄机将绿翘活生生打死后曾痛哭失声，她孤零零地站在房中，伴随的只有夜色和灯影，背叛并不可怕，可怕的是身边空无一人的孤独，那种孤独将会令人窒息。

鱼玄机短暂而令人叹息的一生终于走到了尽头。

一生多情，却被情字所累。

她爱着丈夫李亿，却被李亿无情地抛弃。她仰慕温庭筠，而他却早早地逝去，直到死也不曾回应过她只言片语。

到末了，她心中留下的，大概只有那四句诗——君生我未生，我生君已老，君恨我生迟，我恨君生早。

陈尚君辑校的《全唐诗补编》下册，《全唐诗续拾》卷五十六，有一首无名氏所撰写的五言诗，字句简短，却意味悠长，静静地躺在纸页之间，如同清幽山谷中岩石上干干净净的青苔，毫不起眼。只有当你一遍一遍反复咀嚼，才会体会到那当中浓烈的情感。

这首题诗，铭刻在唐代铜官窑的一件瓷器上。

1978 年和 1983 年，在湖南省一个名为石渚湖南岸的小地方，发掘出好几座唐代的官窑遗址来。

不远处，正好是被誉为“十里陶城”的铜关镇，方圆数里内炉窑林立，各色陶瓷琳琅满目。

一千多年前，这里就已出现了工艺要求非常高的釉下彩工艺品。用艳丽色彩描绘成的纹饰落在素净的胚胎上，覆上纯白透明的釉，送入火焰中，久久地煅烧，直到完美无瑕地出窑。又有擅长文墨的工匠，将诗句用笔墨写了，同样烧制于内，记录下当时街头巷尾传唱的曲子，仿佛可以让人抚摸到那种清朗的音韵。

柔和的瓷光盈盈地映着这四句诗，似是凝艳的琥珀中，瓷器出土后诗句便逐渐流传开来。

出土的瓷器总是要经过一番打磨清洗，才能够重新焕发昔日的光彩，诗文却是个例外，即使年代隔得再久远，那份至真至纯的情感却依然能够引起无数人的共鸣。

君生我未生，我生君已老，君恨我生迟，我恨君生早。

君生我未生，我生君已老，恨不生同时，日日与君好。

我生君未生，君生我已老，我离君天涯，君隔我海角。

我生君未生，君生我已老，化蝶去寻花，夜夜栖芳草。

这是今人续作的版本，不少人都以为这才是一份完整的诗篇。

叹时不我与，红颜白发，流光太过匆匆，来不及让你我恰好相逢，是闺阁中幽幽的清怨，又是对生不逢时的哀伤。

你出生的时候我还没有出生，我出生的时候你已经老去，这一缕恨意绵长永久，系在一生之中，哪怕是刀剑也无法斩断。

人生最悲哀的事情不是生死相隔、从此天人两茫茫，而是我爱你你却不知，日日相望而苦不堪言。

那种幽怨丝丝入扣，从心底里发出，有埋怨，有无奈，叫人难以忘怀。

"顿复起兮毁颜形。还顾之兮破人情。心怛绝兮死复生。"文姬自述的诗词里，全篇看下来都是彻骨之痛，丝毫不曾透露过其他的感情。

是她无情，还是这一生的苦难已经磨灭了她曾经动摇过的心？相思成灰，恋慕绝，一切都随风沙苦寒逝去，回到故国才是她睡梦中唯一的安慰。然而，她心中却仍留一份痴念，至死难忘。

父母恩养之情、生离死别之情、骨肉分离之情……种种情思，纠缠成痴，这一生都摆脱不了。

情涉风月而无关，情非风月而无关，算下来，却都是一份痴心妄想。

此恨不关风和月，人间自是有情痴。

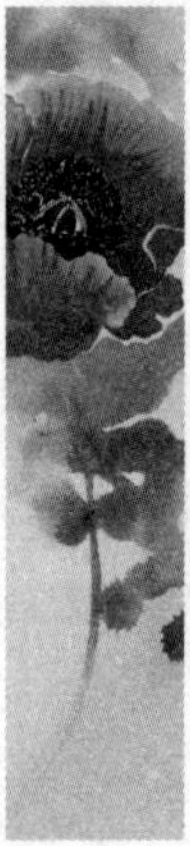

【四】谁是谁的沧海

蔡文姬的才华是毫无疑问的，然而她只有三篇诗作流传后世，究竟是编书修史耗去了她所有心力，还是记于纸页的佳作遗失在乱世战火中？这些现在已无法证实。她一生三嫁，第一段婚姻乃是天作之合，在胡地的一段则是不堪耻辱，最后的一段也是最终的归宿，她拼了性命去维护，也要将人留在身边。

她不在乎别人说什么，她只是不想他离开，因为她寂寞怕了。

这是一本小说里的句子，用在蔡文姬身上，或许不符合她青史留名的华彩，然而每个人的心底总有因寂寞而不舍得的时候，她也不例外。

人生如梦亦如幻，缘来缘去还自在。

这是某部电影最后的一句台词，那里面白衣童颜的女子不无沧桑地说出了这句话，那本来只是个庸俗而抢人眼球的故事，却在这一刻得到了升华。

佛家讲“缘”，认为一切的因果由缘而生，又为缘而灭。道家也讲求随缘，任其自然。其实说到底都是一个意思，不能强求。

人生便是如此，很多时候太执着反倒容易迷失，待到回头再总有恍若隔世之感。留在心底的，也许只有那一幕幕可笑的画面。

唐代有一首《离思》，写得极为美好，款款深情溢于言词。

曾经沧海难为水，
除却巫山不是云。
取次花丛懒回顾，
半缘修道半缘君。

曾经见识过漫漫沧海的烟波浩渺，广袤无际，就不会再为别的河流江水而倾倒。曾经沉醉于巫山的云霞升腾，雾海翻滚，别处的山云几乎都不能够被称呼为云。即使身处花丛中，无数莺莺燕燕环绕，媚态轻唤，红袖殷勤，我却也懒得回头看上一眼，其中缘故，一半是为了修身养性，另外一半，却是因为已经拥有了你。

每每读到此诗，都不免被其中的深情所打动，就仿佛那是一首感人至深的曲子，紧紧地束缚住你的心，撩拨着心弦。

元稹，字微之，唐代洛阳人，一向以艳诗和悼亡诗而见长，悼亡诗多是为了妻子韦丛。

韦丛出身名门，父亲乃是当时的太子少保韦夏卿。嫁给元稹时她二十岁，正是风姿卓然的好年华。

那年元稹二十四岁，才貌出众，却仅仅是秘书省一介清平校书郎，俸禄微薄，遍搜家中装衣物的草筐，连一件新衣也找不到，朋友上门，想要打酒回来待客也只能仰赖妻子典卖金簪，换取铜钱。

寻常日子里，两人窘迫到只能以野菜充饥，长得半老的豆叶就算是可口的美味了，而烧煮的时候，柴火也无以为继，只好拿落叶充数，若是连落叶都捡干净了，便只好指望院子里那棵苍老的槐树，能够再落一些下来。“谢公最小偏怜女，自家黔娄百事乖”，他将她比作是史上著名的才女谢道韫，将自己认作是战国时的齐国贫士黔娄。

韦丛去世后，元稹在其中一首悼亡诗中写道：检得旧书三四纸，高低阔狭粗成行。自言并食寻常事，惟念山深驿路长。”

翻检妻子的遗物，结果找出来一些旧书信，上面的字迹高低错落，只说平日里是两天饭食并作一天吃，都已经习惯了，只是担忧远方深山险阻，自己的丈夫在漫长的路途上奔波，难以归来。

昏暗的烛光下，元稹对着这些字纸，痛哭了出来。

他大约是想起了昔年美好的岁月。“山泉散漫绕街流，万树桃花映小楼。闲读道书慵未起，水晶帘下看梳头。”那时候他们住在长安城里，小楼独处，桃花漫映晨曦，妻子早早地起来梳洗，一头青丝浓密如绸，光泽照人，他借口看书，懒洋洋地斜倚在榻上，隔着水晶帘子看这一幕美景，只觉得人生至此，夫复何求。

苏轼悼念亡妻王弗的《江城子》，其中最让人心酸的却是那两句：“相对无言，惟有泪千行。”此时无声胜有声，所有的感情都已经包容在其中。

卫仲道过世后，蔡文姬不曾留下只言片语。只不知当她从胡地归来，再度披上嫁衣，步入洞房时，浮上她心头的又到底会是谁?

元和四年，稹三月授监军御史，出使东川。涛识元稹。时稹年三十，涛年四十。稹七月移务洛阳。稹妻韦丛卒。

元和四年，元稹去东川赴任，就在韦丛孤独地守在长安城中，困窘难言，贫病不堪的时候，他却与名动蜀中的才女薛涛诗信往来，情意绵长，“诗篇调态人皆有，细腻风光我独知。月夜咏花怜暗澹，雨朝题柳为欹垂。长教碧玉藏深处，总向红笺写自随。老大不能收拾得，与君闲似好男儿。”爱恋调笑之意，绮艳香染，沾满了用花瓣新制成的胭脂小笺。

很快韦丛便一病不起，含恨而终。然而才不过短短三年，元稹便纳了良家女儿安仙嫔为妾，可也不过四年光阴，安仙嫔也去世了，后来元稹又续娶了大家闺秀裴淑为妻，在浙东任职时，还和才貌出众的伶人之妻刘采春有过一段热恋情事。

在历史上，总有那么一些被称为贤惠、大度、通情达理的女人，她们寂寞地守着正妻这个位置，相夫教子，操持家务，容貌算不上倾城，也没有让人如痴如狂的个性和魅力，却端庄贤淑、落落大方。

在家中，她们也曾是被父母疼惜到心尖子里的女孩儿，绫罗锦缎裁成新衣，披拂在纤柔的身躯上。她们会抚琴，善丹青，会下棋，也能写诗词文章，还要在母亲的循循教导下做些针线女工，了解家中用度，为将来执掌一个属于自己的家庭做好准备。

在文定之初，乃至新婚之夜，她们都还怀有少女梦幻般的憧憬。只是，这样的梦想和憧憬鲜少能够得以实现。

将一切都做到完美无瑕又如何？待到操劳得弯了腰，容颜憔悴，却还是抵不过后来出现的那些妩媚女子，更抵不过男人们追求新鲜的爱好。

“自爱残妆晓镜中，环钗漫篸绿丝丛。须臾日射胭脂颊，一朵红苏旋欲融。红罗著压逐时新，吉了花纱嫩麹尘。第一莫嫌材地弱，些些纰缦最宜人……”更早些的时候，韦丛亦是一名娇俏而烂漫的少女，每日的清晨，醒来后，终会对着镜子无端叹息一声，她的满头乌发仿佛绿云堆积般轻盈丰密，昨晚慵懒未卸的金钗玉簪落在上面，却是为自己的容颜而又喜又忧，悦的是鲜妍如淡妆，忧的是韶华流年都易逝，为赋新词强说愁。朝晖射入窗前，轻轻抚上她那胭脂晕染的双颊，仿佛是嫣红的花朵盛开到极致，就要融入到这霞光中。

她也同样喜爱绯红如晚霞的衣裙，选了薄薄的罗，裁成时新的样式，绣着秦吉鸟花纹的料子染着成酒曲一样浅红的嫩色。那是因为元稹极喜爱这样的材质，虽然是过于薄弱，怕有什么撕扯，但他说，这样疏散轻透的风致，最是宜人，她也就喜爱上了。

只是，他采了梨花为她簪上，却又写了诗给别的女子，还将自己从前爱慕过美丽少女的那段故事编成了戏文，任由坊间传唱，为自己的负心寡幸沾沾自喜。

病得快要死去的时候，韦丛有些恍惚。

这一生，她做到了自己所希望做到的贤良淑德，也得到了一个家庭，只是，太短暂，太虚无，贫苦操持并不可畏，青年病死也并不可惜，只是，夫君的那一颗真心，究竟是给了她几成？女儿家的一片柔情，他又欣然接受了几分？

大概世上姻缘，不过如此吧？

她从小就知道，定要体贴贤惠、勤劳聪颖、百般忍让、美貌端庄才能够收拾好一个家，才能够得以栖息，只是她不知道，自己心里那种隐约的遗憾到底是什么。

大概，是没有留下几个孩子吧。

她轻轻叹息着，闭上了眼睛，俏丽的面孔变得无比安宁、平静。

“稹妻韦丛卒”，她的一生在短短五个字中结束。

后人会在悼亡诗里想到元稹的深情，却再也无人想到那个没有留下任何痕迹，一心一意为他着想的妻子。

闲坐悲君亦自悲，百年都是几多时！
邓攸无子寻知命，潘岳悼亡犹费词。
同穴窅冥何所望？他生缘会更难期！
惟将终夜长开眼，报答平生未展眉。

——元稹《遣悲怀》

最终，她只不过是悼亡诗里缺席的主角，用以衬托他的一往情深。

与此同时，那段故事里的另一名女子正怀着和她相同的憧憬，以四十年来初次绽放的柔情，寄出了一封封飘飞的桃花诗笺。

双栖绿池上，朝暮共飞还。更忆将雏日，同心莲叶间。

将两人比拟成双宿双飞的伴侣，结发同心，山盟海誓，情意绵绵，将一片痴心都托付，她就是被后世誉为“扫眉才子”的薛涛。幼年时候，她跟随上任的父亲薛郧而来到了蜀地，父亲死后，便和母亲二人在这个地方辗转求居。

> 涛八九岁知音律，其父一日坐庭中，指井梧示之曰：“庭除一古桐，耸干入云中”，令涛续之，即应声曰：“枝迎南北鸟，叶送往来风。”父愀然久之。

年幼而聪颖的薛涛，八九岁的时候就能作诗了，仿佛是一语成谶，那两句诗便注定了她才高貌美，却沦落到风月之地的命运。古桐高耸入云，可以接半秋蕉的清愁，也可以接千山碧的豪气，然而她偏生就看到了一份漂泊不定的喧嚣热闹，也就无怪父亲薛郧为此闷闷不乐了。

十六岁堕入乐籍，五年后她脱离乐籍，在成都浣花溪旁长住，直到去世，终身未嫁。

元和四年三月，元稹被提拔为监察御史，出使剑南东川，结识了薛涛。

初识元稹，薛涛就已被元稹惊艳了半生，不是因他的人才出众官势赫赫，却是因他的知心贴意，脉脉深情，一首接着一首情诗的送往，使得薛涛仿若回到十四岁的少女年华，满心的不安和欢喜纠缠，诗里梦里都是双宿双飞白头到老的念想。

她旧日里曾是看彻世情的烟花女子，“风花日将老，佳期犹渺渺。不结同心人，空结同心草”，四句浑然通透，已经将情爱之念都断绝，只是心动来得突然，容不得你不痴狂。

饶是历尽欢场，她始终是一名普通的女子，又怎会对爱情不心动？

那心动就仿佛那千金散尽的杜十娘。

元和五年，薛涛制了薛涛笺，鸿雁南飞，两人书信不绝。当年二月，元稹被贬为江陵府士曹参军。

元和十年，武元衡卒，元稹正月启程自唐州还京。三月，出为通州司马。五月娶裴淑。

长庆元年，也就是他们相识的第十一年，元稹入翰林，为中书舍人承旨学士，旋罢授工部侍郎，作《寄赠薛涛》。

不停地被贬官，又升迁，元稹在宦海里沉沉浮浮，身边和他往来的女子不绝，温软的锦官城里送来殷切情意，记在花瓣般的窄窄绯色纸笺上，从他的手中掠过。

> 稹闻西蜀薛涛有辞辩。及为监察使蜀，以御史推鞫，难得见焉。严司空潜知其意，每遣薛往。洎登翰林，以诗寄之。
>
> 锦江滑腻峨嵋秀，生出文君与薛涛；
> 言语巧似鹦鹉舌，文章分得凤凰毛。
> 纷纷辞客多停笔，个个公侯欲梦刀；
> 别后相思隔烟水，菖蒲花发五云高。

这一节别后重叙旧情，有人怀疑是后世伪造的野史，然而他一去就不再回头，奔赴自己的锦绣前程去了，将柔情蜜意抛在身后。她的垂青固然是千载难得，只是那份相思终究烟锁寒江，花渐凄凉。

薛涛终究还是心灰意冷了，她在碧鸡坊中建立起一座吟诗楼，日子过得平静而清幽，就此度过余生。王建《寄蜀中薛涛校书》写道："万里桥边女校书，枇杷花里闭门居。扫眉才子知多少，管领春风总不如。"

是啊，无论多少才女佳人，都比不上薛涛的卓然出众，尽管碍于古代的惯例，她没有能得到秘书省校书郎的官衔，但有此一段却也足以荣耀一生。

然而薛涛所值得荣耀的又岂止这些？

碾碎木芙蓉，香浸素手，将柔嫩的花瓣碾压成泥，只为了取那一抹深红。花泥涂抹，将小笺遍染成了一片云彤，用水洗过，以书平压，搁置在阴凉处，汲取青苔幽静、月华皎洁，终成诗纸。

洒落花瓣成纹理，浣花溪边，造就了一篇斑斓锦绣的薛涛笺。

如果不是为了蚀骨的爱情，谁会费那么多心力，只为了寄出诗文的时候能够更加鲜艳，令人难以忘怀？

她沉醉在深红浅粉杏花色，情意不可谓不真，可惜醉倒的不过只有自己一个人。

远离了凡世喧嚣，薛涛孤单单到老，到死，都没有等到那个人归来。自古以来才子多情，也薄情，最爱风月，却只爱以风月装点寂寞。

还好，她总算是有一张薛涛笺、一口薛涛井、一座薛涛墓，得以叫世人认清这位身世不幸而才情峻激的女校书。

比起来，那崔莺莺可就没那么幸运了。

> 大凡天之所命尤物也，不妖其身，必妖于人。使崔氏子遇合富贵，乘宠娇，不为云，不为雨，为蛟为螭，吾不知其所变化矣。昔殷之辛，周之幽，据百万之国，其势甚厚。然而一女子败之，溃其众，屠其身，至今为天下僇笑。予之德不足以胜妖孽，是用忍情。

元稹撰写的小说里，张生情挑了崔莺莺，却又始乱终弃，最后还说出这样一段话来，大意是崔家这个女子，美貌而又富贵，是天生尤物之类，必然会祸害他人，想当年苏妲己惑乱了殷纣王，褒姒一笑令周幽王不惜戏诸侯而覆灭，至今他们都被天下嘲笑，我现在德行不够把持自己，为了免遭被害，只好强忍一片深情，将她弃之不顾。

得意之态令人齿冷。

崔莺莺后来嫁了别人，只是这一段羞辱带来的伤害，真是冷到了骨子里去，昔日的意乱情迷在残酷的现实面前变得尴尬不堪。

“待月西厢下，近风户半开。拂墙花影动，疑是玉人来。”

那时候，他是沧海，别人都是些不屑入目的花花草草，直到现在，她还是忘不了当初，数年后他来求见，执意不出，“自从消瘦减容光，万转千回懒下床。不为旁人羞不起，为郎憔悴却羞郎。”后来又写诗作谢：“弃置今何道，当时且自亲。还将旧时意，怜取眼前人。”从此彻底断了音讯。

当年被君抛弃，不过是丑事一桩，如今哪里还值得一提？若是有心，便请将你一片柔情蜜意送予妻子，别让她如我一般痛苦悔恨，也就够了。

元稹一生做得最好的艳诗，写成了《会真诗三十韵》，香艳缠绵，令人脸热，竟被列为禁书。经过现在的考证，便是《莺莺传》的原型。他毫不介意地将早年的情史翻出来供人赏玩，为自己挣得一份不为女色所动的口碑。于是她轻轻放手，只是道一声珍重，便转身离开，嫁为人妇，尔后的生活是平静还是坎坷，已经不为我们所知了。

崔莺莺和元稹所爱的两个女子相反，清醒得太过悲凉，谁先心动，谁便输了，她爱上一个自私自利的男人，被抛弃，被嘲笑，被厌憎，叹一声哀苦，也只能认输。

这份情意，总会被光阴消磨。

她有耐心慢慢地等，等到自己不再爱，也不再恨，等到灯火阑珊，等到自己能够放下。

蔡文姬从来也没有提起过她初次出嫁的情形，或者丈夫的早逝、夫家的指责，乃至胡地被迫委身的无奈，以及面对新人的忐忑不安，耗尽了那最为宝贵的回忆。

但回忆真的会被耗尽吗?

“白头宫女在，闲坐说玄宗”，越是久远的事情人们反倒记得越是清晰，只是再难有当时那激动的心情，也不会说得出更多的感受。人就是这样，随着时间的流逝，有很多的事情都会选择性地遗忘，只是记忆最深处的、最为宝贵的却依然记得。

此后种种，都不过是过眼云烟。

【五】醉饮清风

汉季失权柄，董卓乱天常。志欲图篡弑，先害诸贤良。
逼迫迁旧邦，拥主以自强。海内兴义师，欲共讨不祥。
卓众来东下，金甲耀日光。平上人脆弱，来兵皆胡羌。
猎野围城邑，所向悉破亡。斩截无孑遗，尸骸相撑拒。

——蔡文姬《悲愤诗》节选

魏晋，中国历史上一个特殊的时代。司马氏和曹氏之间的权力斗争趋于残酷，朝廷上只见刀光剑影，世间只见白骨森森，不再有文士们施展才华的余地，他们只能将精神寄托在老庄清玄这些虚无缥缈的东西上，用清谈、纵酒、放歌等惊世骇俗的举止来排遣内心的苦闷。

洒脱是一种意境，却不是人人都能做得到。竹林七贤的超脱和自然，不拘于礼法，常为世人所赞赏，却也有人说，他们只是那个时代的缩影，迫于现实黑暗，只好沉迷在虚幻中，一味地避祸偷生。

步出上东门，北望首阳岑。
下有采薇士，上有嘉树林。

良辰在何许？凝霜沾衣襟。
寒风振山冈，玄云起重阴。
鸣雁飞南征，鶗鴂发哀音。
素质游商声，凄怆伤我心。

——嵇康《采薇》

首阳山，是传说中伯夷叔齐二位贤士的隐居之所。《史记·伯夷列传》记载："武王已平殷乱，天下宗周，而伯夷、叔齐耻之，义不食周粟，隐于首阳山，采薇而食之。"

周武王平定天下之后，天下统一改立周朝，而伯夷、叔齐却以之为耻，坚决不愿放弃节义而吃周朝的粮食，归隐首阳山，以采摘野菜为食，最终饿死。

唐朝时期，终南山号称隐士聚集之地，然而大多数人也不过是为了求得一个归隐的贤名，方便以后入朝为官。莫说像伯夷叔齐那样的，甚至连真正的归隐都谈不上。

不为名利，不求富贵，只求与青山绿水为伴，过着平静而恬淡的生活，想来，好像也不是一件很容易的事情呢。然而魏晋时期，对于很多人而言，似乎连这样的想法都显得太过奢侈。

为天有眼兮何不见我独漂流，为神有灵兮何事处我天南海北头。

我不负天兮天何配我殊匹，我不负神兮神何殛我越荒州。

制兹八拍兮拟排忧，何知曲成兮心转愁。

——蔡文姬《胡笳十八拍》节选

文姬身在边疆，孤苦漂流，而那些身处中原的人，又何尝不是如无根的浮萍，悲问苍天，不得一言？

时代是一把双刃剑，成就了一批人也葬送了一批人。在现代文明中长大的我们，无法去指责任何一个时代的好与坏，但是那些流传开来的故事却为我们留下无尽的余音。

嵇康，字叔夜，原本姓奚，祖籍在会稽上虞，因其曾祖父和人结下了仇怨，不得已举家迁移到了谯郡里的铚县，恰好居所旁有一座嵇山，于是便改姓了嵇。

嵇康早年丧父，勤于治学，博学多才。他的妻子是曹操的曾孙女，这就注定了他在政治上必然会站在一个特殊的位置。享受荫蔽，对这世上大多数人而言是莫大的荣幸，然而于嵇康，却是最大的不幸。

魏晋时期的隐士孙登评价其："性烈而才俊"，钟会指责他："上不臣天子，下不事王侯"。他性情桀骜，独立不羁，对那些堂而皇之却空无一物的教条礼法不以为然，而对官场上那些乌烟瘴气、尔虞我诈更是深恶痛绝，宁可藏身于洛阳城外，默默无闻地打铁度日也不愿意出仕。

那时候，当权的司马氏以为有机可乘，派出最为心腹的钟会前去结交嵇康。草庐外，车马鼎沸而来，人声嘈杂，鲜衣怒马，引得当地的百姓啧啧称奇，然而衣冠楚楚的钟会前去拜访时，却备受冷遇。

他唯一见到的，是站在熊熊火炉旁专心打铁的嵇康。

浓绿而茂密的树荫投下清凉的影子，阳光透过缝隙直射下来，落到火焰之上，这位被时人誉为"萧萧肃肃，爽朗清举"的男子赤裸着上身，挥动铁锤，敲打在刚刚出炉的火红剑坯上，当当作响，震耳欲聋。

火星飞溅开来，有一些落到他华贵的衣衫上，令钟会惨白着脸后退了几步。

嵇康一直默不作声，只是偶尔吩咐一下旁边跟着打铁的向秀，仿佛周围空无一物。直到钟会终于忍无可忍，准备离去，他才开口，淡淡问了一句："何所闻而来，何所见而去？"

钟会强忍心中的怨愤，为了维持住朝堂的体面，只得风度翩翩地回答一声："闻所闻而来，见所见而去。"便离开了。

两人的仇隙就此结下。

后来，嵇康的好友吕安被兄长诬告为不孝，正好犯到了司马氏“以孝治国”的刀口上，怀恨已久的钟会鼓动司马昭趁机除掉二人。

而嵇康那拒不出仕、宁可隐居深山的态度又正好触动了当权者敏感的神经，“非汤武而薄周孔”“越名教而任自然”，嵇康如此藐视江山大统，又是如此深得人心，而且还和曹魏前朝有着千丝万缕的联系，长期以往，民心将乱！

司马昭欣然听从，公元262年，下令将嵇康处以死刑。

临刑前，三千名太学生纷纷上奏陈情，求司马昭收回成命，愿请嵇康到太学来做老师，这些心性单纯、一心想为他鸣冤请命的士子们何尝明白，这一举动恰恰将他推到了无可挽救的绝境！

在那个黑暗的年代，任何一个当权者都不能容忍这样的人活在世上，折射出他们的昏聩污浊。

面对这样的死局，嵇康显得很平静。

可以说，一开始他就已经料到了这个结果。厌恶世情又不愿意屈从那些虚伪的礼节，不通人情乃至于结怨颇多，甚至常常非议时政，如果这一切放到一个普通人身上或许还有一丝生机，可偏偏他与前朝还有着千丝万缕的联系，才高名盛，仰慕者众多。

其实，在《与山巨源绝交书》里，嵇康就已经认得很清楚了，如：“今但愿守陋巷，教养子孙，时与亲旧叙阔，陈说平生。浊酒一杯，弹琴一曲，志愿毕矣。”这一番表述，只不过是他拼尽一生也无法实现的愿望。

宁做太平犬，不为乱世人！

面对那个离乱的朝代，他掉头而去，将一腔热血和愤慨都压下，只愿像普通百姓那样，过些安宁的日子。

他将名利富贵、爱恨情仇，都已经看透。

很快，那一天终于来临。

刑场上，嵇康慢慢地走了过来，披了发，着一袭宽襟大袖的衣袍，白袂在风中猎猎飞扬，素雅如山林间的清风，江上的明月。他伫立在场中，岩岩若孤松之独立。

他向行刑官要来了自己制作的那张古琴，沉思良久，尔后便将双手轻轻按了上去。

一声清越的琴鸣，骤然响起。

俄而，激昂的曲调铺天盖地倾泻下来，仿佛是天河破裂，呼啸而下，又仿佛是狂风吹起了海上的波澜，汹涌澎湃，令志士为之热血，鬼神为之惊叹，金戈铿锵有声，白虹冲天，锋芒贯日！

负责行刑的一干人听得面如土色，为他送行的三千名太学生鸦雀无声，如痴如醉。

终于，乐曲戛然而止，归于沉寂。

嵇康凝视着心爱的古琴，平静地说：“当初我的学生袁孝尼想要学这支曲子，我固执不肯，可叹啊，这一曲《广陵散》从此不复存在！”

顿时，场外痛哭声连一片。

那把琴，是他自己作成的，为此卖掉了东阳的旧日产业，还向尚书令讨了一块河轮佩玉，截成清透的薄片，镶嵌于琴面上，作为极雅致的琴徽。又用玉帘巾丝织成琴囊，华美而不外露，素朴却可谓价值连城。有一次，他的友人喝醉了想要剖琴，他以生命相威胁，才使此琴免遭大难。

那一首《广陵散》来历更是神妙不凡。

《晋书》载：“嵇康尝游会稽，宿华阳亭，引琴而弹。忽客至，自称古人，与谈音律，辞致清辨，索琴而弹曰：‘此《广陵散》也。’声调绝伦，遂授于康，誓不传人，不言姓而去。”

直到过了很久很久，明代朱权编印的《神奇秘谱》中，方有了它的踪迹，这其中也不知道经历多少波折，又有多少人呕心沥血只为修葺原貌，才使得今人终于得以一睹此曲的风采。

而当中“刺韩”“冲冠”“发怒”“报剑”诸多题目，都缘起于聂政刺韩王这个故事。

在这之前，蔡邕的《琴操》也有过近似的选题，不过他却将史书上一则悲壮的故事改成了复仇故事，而这个故事和有名的眉间尺的传说颇有几分类似。只是，无论编者多么善意地去刻意美化，却还是无法掩去故事本身血淋淋的事实。

《史记》和《战国策》对此故事做出过记载。

春秋战国时期的韩国，大臣严遂与当时的韩相韩傀彼此争斗，几乎是水火不容，严仲子听说聂政是有名的勇士，于是私下与之结交，赠送重金，坦言想要他去刺杀韩傀，聂政以赡养老母为由，拒绝了他的厚礼。

后来，他的母亲去世，他自叹道："我只不过是市集里的一个屠夫，严仲子却贵为公卿诸侯，每次都不惜车马地前来探望我，是真正了解我的人啊，以前拒绝，是因为自己没有可以报答的地方，现在了无牵挂，士当为知己者死。"

随后，他只身仗剑，前往韩国邑都，直入戒备森严的韩相府邸，踏上阶台杀了韩傀。

为了不连累严仲子和自己的亲人，他如沸汤沃雪般屠尽侍卫后，把剑指向自己，割去面孔，剜掉眼睛，剖腹而自尽。此后他被暴尸于市，也无人认得，韩国国君为此大怒，以百金作为悬赏，要找出他的身份来。

聂政的姐姐听说了这件事，担忧是自己弟弟所为，于是千里迢迢奔赴来，一眼认出，抚尸大哭，她宁可遭受凌迟之刑，也要让聂政的声名不被埋没，讲出整件事情之后悲痛而死。

是她令世人得知，在朝堂的威势之外，还有市井草民之怒，可贯天日。

也许正因为如此，嵇康格外珍爱《广陵散》这支曲子。

> 嵇中散临刑东市，神气不变。索琴弹之。奏《广陵》。曲终曰："袁孝尼尝请学此散，吾靳固不与，《广陵散》于今绝矣！"

刀光一闪，嵇康的一生终于水流云散，复归松林之下，山岩之间。

“康早孤，有奇才，远迈不群。身长七尺八寸，美词气，有风仪，而土木形骸，不自藻饰，人以为龙章凤姿，天质自然。恬静寡欲，含垢匿瑕，宽简有大量。学不师受，博览无不该通，长好《老》《庄》。”

《晋书·嵇康传》盛赞了他的卓尔不群，美仪容，能够以一种宽容的态度对待自己和他人。而对于音律，他更是有着一种常人不及的感悟。

袁颜伯《竹林七贤传》记载：“嵇叔夜尝采药山泽，遇之于山，冬以被发自覆，夏则编草为裳，弹一弦琴，而五声和。”足见其旷灼绝世的才华皆是从痴迷中而来。他作出了《长清》《短清》《长侧》《短侧》，合称“嵇氏四弄”，与东汉蔡邕的“蔡氏五弄”合称“九弄”，享有极高的名望，甚至隋炀帝将能否弹奏“九弄”作为录取士子的条件之一。

关于曲情的争论千年不休，只是对于《广陵散》，对于嵇康而言已经失去了任何意义。

即使流传下来一模一样的曲谱，即使学会了这样的曲子，又有谁弹奏得出刑场之上，令万众为之静默失声的苍凉？

雁南征兮欲寄边心，雁北归兮为得汉音。
雁飞高兮邈难寻，空肠断兮思愔愔。
攒眉向月兮抚雅琴，五拍泠泠兮意弥深。

嵇康所弹奏的，同样是为得汉音而不能的苍凉。

泠泠响起，意味深长。

这样的苍凉，恐怕只有属于那个时代的悲曲才能够传达一二。

“时率意独驾，不由径路，车迹所穷，辄恸哭而反。”

同为“竹林七贤”之一，阮籍最出名的莫过于他的“穷途之哭”，史书上的相关描述不过二十一字，却有多少人有感于这短短的篇幅？

王勃在《滕王阁序》里说：“阮籍猖狂，岂效穷途之哭！”

很多人都不明白他为何要哭，那就看看晋书上的记载吧。

阮藉出生在一个儒学世家，父亲阮瑀，为大名鼎鼎的“建安七子”之一，而他自己则以容貌瑰杰，行事放达不羁，博览经典为天下人所知。他随叔父到了东郡，就有兖州刺史王昶想要见见这个奇才。结果，他终日不发一言，令王昶无从去测度他的性情、为人。后来太尉蒋济听说了他的才干，想要招为官吏，他不但上奏拒绝，还远走他乡。蒋济大怒之下让他故乡的人传话，逼得他不得不做了这个官，但不久也就告病请辞了。

他此后又当了尚书郎，没过多久，还是以生病为借口归去。曹爽辅政的时候，封他做了个参军的官职。阮籍还是老招数，归隐田野，直到年底曹爽被杀一事传来，当时的人才佩服起他的远见。

再然后，朝堂中的上位者走马灯似的换，但他始终官运亨通，不是被赐了从事中郎，就是加个大司马的名头，后来又封关内侯，徙散骑常侍。

一直以来，司马昭都很想让自己的儿子司马炎娶阮籍的女儿，于是寻了个机会将阮籍请到了府中．然而，阮籍去是去了，却是喝酒去的，醉了足足六十天，愣是没给司马昭开口的机会，此事最终不了了之。钟会，也就是谋害了嵇康的那个小人，他也曾几次用当时的政事来试探阮籍，想要治他个失言诽谤之罪，可阮籍却还是那样，喝得醉醺醺的就是不开口，即便钟会心思狡诈却也无可奈何。

司马昭辅政的时候，阮籍到东平做了一趟官儿，于是成了大将军从事中郎。

如此辉煌鼎盛的生涯，不知道让多少怀才不遇的人黯然神伤，偏偏他还不领情，一再辞官，偏偏他越是辞官，当权者就越是要留住他，高官厚禄，荣华富贵，应有尽有。

无怪乎王勃要说他猖狂了。

只是，他孤身在空无一人的旷野中，驱赶车马，疯狂地飞驰在荒草之间的时候，真的仅仅是因为他为人猖狂吗？

行到山穷水尽，他放声大哭，哭得雀鸟惊起，这分明就是一种癫狂酣醉下的清醒和绝望。

天地解兮六合开。星辰陨兮日月颓。我腾而上将何怀。

他自作的《大人先生歌》，听起来真是气概雄浑、吞吐日月、壮志凌云啊。然而联系那个时代，再联系他的身世，话外的深深羞愤伤感之情就呼之欲出了。

星辰陨，日月颓！

那时候，魏国已经衰落了，篡位的司马氏正是权势高隆，清明的贤士纷纷归隐，有才名的人不是被杀，就是被埋没，战火熊熊，百姓流离失所，只有他一人青云直上。

“阮籍，你自认才华逸世，品格清高，你从小就学习儒家经典，本有济世志，可却为了避祸终日大醉，听凭那些权高位重者呼来喝去。

“你想要为天下百姓做些什么，但是连自己友人被冤枉地杀头也救不了，也不敢说一句话。他们都因为直言不讳、性情高洁而死了，唯独你一直活着，借着官位的荫蔽，只是做一个帝王家的奴才，一个装门面的牌坊而已！”

只有在无人的荒凉天地中，他才放声痛哭，心中清清楚楚，明明白白。

夜中不能寐，起坐弹鸣琴。
薄帷鉴明月，清风吹我襟。
孤鸿号外野，翔鸟鸣北林。
徘徊将何见，忧思独伤心。

——阮籍《咏怀之一》

长长的清夜里辗转反侧，不能入睡，起身来到庐室，端坐弹琴。轻透的纱帷泛着明月光洁的寒辉，清风吹起我的衣襟，幽思如梦，夜静如水。

远远地，传来孤雁的悲号，响彻原野，惊起而高翔的飞鸟盘旋在北林那边，发出凄厉的啼叫。

这首《咏怀之一》，到最后，也没说明他为什么深夜徘徊，又为了哪样的忧思而伤心。

“知我者谓我心忧，不知我者谓我何求。”放纵的背后是内心的痛苦和折磨。阮籍真正的内心世界里唯独有着一片荒漠和看不到尽头的黑夜，他选择了逃避，选择了装疯卖傻、终日饮酒大醉。

阮籍应该深深地记住了东平。

及文帝辅政，籍尝从容言于帝曰：“籍平生曾游东平，乐其风土。”帝大悦，即拜东平相。籍乘驴到郡，坏府舍屏鄣，使内外相望，法令清简，旬日而还。帝引为大将军从事中郎。

他一向是很有远见的，司马昭辅佐朝政，狼子野心任谁都看得出来，但他什么也不说，只对魏文帝说了一句：“我觉得东平这个地方的风景不错。”于是对方兴高采烈地给他封了个官，任他到东平做他想做的。

其实，那也不过是一场交易。

以高官厚禄，阮籍的清名才名换取纷纷民望。

结果阮籍真的就到了东平，他毁掉了官邸的屋舍屏障，好让自己能够一览那湖光山色，大笔一挥，抹去了烦琐的法令，令政事更为清明简洁。

做完这些事，他像是了却了长久的心愿，没隔几天就又回洛阳了。

好像就真的是去旅游了一趟，留下的却是一个干干净净、井井有条的清明的东平。这是他毕生才干和济世之志的证据。

阮籍不同于嵇康，他没有嵇康的勇气和胆量做到“上不臣天子，下不事王侯”。在那黑暗的环境下，他只能屈就，违背心愿地入世为官。政治上他倾向于曹魏，对司马氏不满，同时又觉得世事不可为，采取了明哲保身的态度。

阮籍的确有治世之能，但一生却未做过真正有实权的高官。

他还写了一篇《大人先生传》。

今汝造音以乱声，作色以诡形，外易其貌，内隐其情。怀欲以求多，诈伪以要名；君立而虐兴，臣设而贼生。坐制礼法，束缚下民。欺愚诳拙，藏智自神。强者睽视而凌暴，弱者憔悴而事人。假廉而成贪，内险而外仁，罪至不悔过，幸遇则自矜。驰此以奏除，故循滞而不振。

今汝尊贤以相高，竞能以相尚，争势以相君，宠贵以相加，趋天下以趣之，此所以上下相残也。竭天地万物之至，以奉声色无穷之欲，此非所以养百姓也。於是惧民之知其然，故重赏以喜之，严刑以威之。财匮而赏不供，刑尽而罚不行，乃始有亡国、戮君、溃败之祸。

“现而今，你们拿腔作调，修饰容颜，隐藏起内心真正的想法，贪欲熊熊，尔虞我诈。君王在位时暴虐，臣子个个想要窃权，用礼法来束缚住天下百姓，欺哄愚昧笨拙之人，不作教化，私藏学识，恃强凌弱。

你们假装廉洁，实则贪婪，假装仁义，实则心怀险恶，不悔过自己的罪孽，还要为自己的幸运扬扬得意。

现而今，你们甚至相互攀比贤良才干，争着侍奉君王，以得宠为贵，掠夺天下之珍来谄媚讨好，这就是上下相互残杀。剥削尽了天地万物，来供自己进行无穷的享乐，这是断绝百姓的生机，所以才怕他们知晓。于是以重赏来诱惑他们，以酷刑来威吓他们，直到钱财耗尽了，刑罚也滥用到无法令人惧怕了，就有国家灭亡、君王被刺、政体溃败的大祸降临。

所以我不愿和你们这些小人同存，宁可飘然远去。”

这些话，却是说给他自己听的。

阮籍假借老庄里的贬今崇古，回归自然，而隐晦地道出了他对现实的不满。

当他遐想着“飘飖于天地之外，与造化为友”，高歌“上下徘徊兮谁识吾常”，将自己比作那披发飞鬓，含奇芝，嚼甘华，吸浮雾，餐霄霞，驾驭八龙而遨游，光曜日月，载云为旗的大人先生时，是否想起了现实中自己的忧愤和仓惶。

他的“喜怒不形于色”“口不臧否人物”被人称赞，他必须要压制住自己的情感，在这个世界上，比谁都清醒地生活，只是谁能做到如此绝情呢？于是他借一切可能的机会痛哭，为美貌多才却早夭的少女痛哭，为眼前已经无路可走，只能永远地徘徊而痛哭！

真正想要哭的时候，他的泪水已经干枯了，听闻母亲去世的消息，阮籍不动声色，与客人下完了棋，突然就呕出一口鲜血，颓然倒地。

泪尽而泣血，不外如是。

他还是要徘徊在高洁和污浊之间、清醒和沉醉之间、希望和绝望之间。这样的反复折磨，那几乎等同于在对他实施凌迟酷刑，一片片、一层层，却总也不会死去，总也不会结束痛苦。

我生之初尚无为，我生之后汉祚衰。

天不仁兮降乱离，地不仁兮使我逢此时。

干戈日寻兮道路危，民卒流亡兮共哀悲。

烟尘蔽野兮胡虏盛，志意乖兮节义亏。

对殊俗兮非我宜，遭恶辱兮当告谁？

笳一会兮琴一拍，心愤怨兮无人知。

——蔡文姬《胡笳十八拍》节选

世人能看到的，只有那弥漫的醉意，倾倒天地。

还有一个人，他的醉意则是熏染了千年。

“竹林七贤”都好酒，其中以刘伶为最。他所有的事迹几乎都和酒有关。《世说新语》中有一段关于刘伶的记载。

刘伶病酒，渴甚，从妇求酒。妇捐酒毁器，涕泣谏曰：“君饮太过，非摄生之道，必宜断之。”伶曰：“甚善，我不能自禁，唯当祝鬼神自誓断之耳！便可具酒肉。”妇曰：“敬闻命。”供酒肉于神前，请伶祝示。伶跪而祝曰：“天生刘伶，以酒为名，一饮一斛，五斗解酲。妇人之言，慎不可听！”便引酒进肉，隗然已醉矣。

刘伶嗜好喝酒，已经到了重瘾成病的程度，一天喝不成，就渴到了极点，要妻子拿酒给他。妻子愤然将酒水倒掉，将放酒的坛子也砸了，痛哭流涕地对他说：“你饮酒过度，不是养身之道，一定要早点戒了才好。”刘伶答道：“你说得很对，可是我深陷其中，不能自拔，只有请求神鬼帮助才能戒酒呀！你去准备酒肉供奉吧。”妻子信以为真，将酒肉供奉在神桌前。结果刘伶跪下祈祝说：“我是天生一刘伶，本就以酒为姓名，一斛只够一口饮，五斗才算是惬意。妇人见识浅，她说的话，千万慎重，不可听信！”说完就拿了供奉，饮酒食肉，酣然大醉。

刘伶恒纵酒放达，或脱衣裸形在屋中。人见讥之，伶曰：“我以天地为栋宇，屋室为裈衣。诸君何为入我裈中？”

这是他真的醉了，分不清天地和自己究竟是浑然一体还是怎么，蒙胧地看到旁人，便笑道，这里是我的屋宇，我的衣裤，你们干吗要像虱子一样爬进来？

刘伶是做过官的，还当了个建威参军。据说在泰始年间，他上书主张“无为而化”，用老庄的清净来治国，被斥为无益之策。当时同辈们都纷纷升迁，只有他丢了官，醉醺醺地回乡。

还有一次，他喝醉了酒，和路上遇到的市井大汉争执起来，对方大约是被他讥笑得气急了，扯开衣袖就要饱以老拳，刘伶半醉半醒，慢悠悠地说：“你看我这一身鸡肋，哪有安放贵拳头的地方？”那人不由得大笑，也就止住了怒气。

这样一种放荡形骸的姿态自然不会讨人喜欢，况且遍览一生，他都沉溺于饮酒之中，最后的死也和嗜酒有关。

但《晋书》上又说他：“放情肆志，常以细宇宙齐万物为心。澹默少言，不妄交游，与阮籍、嵇康相遇，欣然神解，携手入林。”

一个嗜酒如命，终日沉醉在梦乡的人，怎么会如此的沉默寡言，从不胡乱结交酒肉朋友？他又怎么能够被阮籍、嵇康这样的旷世奇才所欣然认同，同列为“竹林七贤”之一？

只能说，他的醉只是一种表象，在那“身长六尺，容貌甚陋”的躯壳下，是深沉而孤寂，以宇宙万物为伴，志向高远的心灵。

他甚至比阮籍更加沉默，更加深藏自己的内心。

同样是为一个虚构的大人先生做传记，阮籍不能忘怀儒家济世救民的志向，批驳世间，不由得大发感慨，刘伶却嬉笑着挥毫，写了篇诙谐有趣的短文出来。

有大人先生者，以天地为一朝，万朝为须臾，日月为扃牖，八荒为庭衢。行无辙迹，居无室庐，幕天席地，纵意所如。止则操卮执觚，动则挈提壶，唯酒是务，焉知其余？

有贵介公子，缙绅处士，闻吾风声，议其所以。乃奋袂攘襟，怒目切齿，陈说礼法，是非锋起。先生于是方捧罂承槽，衔杯漱醪。奋髯箕踞，枕麹借糟，无思无虑，其乐陶陶。兀然而醉，豁尔而醒。静听不闻雷霆之声，熟视不睹泰山之形，不觉寒暑之切肌，利欲之感情。俯观万物，扰扰焉如江汉三载浮萍；二豪侍侧焉，如蜾蠃之与螟蛉。

——刘伶《酒德颂》

有这么一个人，他将天地当作一天，将万载时光都当作瞬息，日月是他的门户，八荒是他的庭院，行走的时候不曾留下痕迹，居住起来也没有房屋，以天地为床铺，放纵心意，随遇而安。无论动静，随身携带着饮酒的器具，只沉湎于杯中物，不知道世间万事。

贵公子和乡绅士子们听闻这个消息赶到这里来，愤怒不已，痛诉是非，将礼法一条条摆出来要证明这种行为的罪过。

于是他捧起了酒杯，开怀畅饮，撇开长长的胡须，一点也不讲究礼节，张开腿盘坐在地上，枕着酒麴酒槽就睡着了，无忧无虑，陶然欢悦。一会儿昏昏沉沉地喝醉过去，一会儿又精神爽利地醒了过来。安静聆听，然雷霆之声充耳不闻。直直地看，泰山那样庞然巍峨的形体也视而不见。感觉不到寒暑近身、利欲动心。俯瞰这红尘万物，犹如长江、汉水滚滚奔流里夹杂了一些浪荡的浮萍，纷纷扰扰，随波逐流。两位豪杰就在身边，也像是渺小的虫子一般，不值一提。

中国有着千年的饮酒文化，诗人们也常常喜好以酒为诗，然将饮酒作为美德，刘伶是第一人。全文意境超脱而狂放，但反复再读，却又有种辛酸的味道。

作者将自己比成是沉溺于酒中，无拘无束的天地自然之神人。面对世人的指责嘲笑，他毫不在乎。与其说他沉溺在酒中，不如说他沉溺在自己的世界，如此的好酒皆是因为不满于外界那不公的世道。

对于这样一个人，很难评价他的好与坏。

唐朝的罗隐写下了名传千古的“今朝有酒今朝醉，明日愁来明日愁”，将十次科举不第的悲愤用酒来消解。刘伶索性就沉溺于酒中，情愿天地兴亡两不知，其实又何尝不是一种逃避？

放开是因为执迷，逃避也是因为执迷。

嵇康、阮籍、刘伶三人在是竹林下喝酒谈天的朋友，而他们的命运各有不同：嵇康躲避俗世，非议当权，我行我素终是招来了杀戮；阮籍心怀无比的苦闷，以忧戚的目光看着世间的一切，身不由己；刘伶则纵情声色，沉迷在酒中的陶然醉意。

这三人中，嵇康太清醒，阮籍醉而不能忘情，只有刘伶一人，视俗世为无物，自我沉醉，放荡天地间，安度余生。

> 十七拍兮心鼻酸，关山阻修兮行路难。去时怀土兮心无绪，来时别儿兮思漫漫。塞上黄蒿兮枝枯叶干，沙场白骨兮刀痕箭瘢。风霜凛凛兮春夏寒，人马饥尩兮筋力单。岂知重得兮入长安，叹息欲绝兮泪阑干。

同是魏晋那个时候的人，大约，文姬也是听说过他们的吧。

只是她那个时候已经走过了世间沧海桑田，停驻在山野之间，清风明月为伴，归隐得不留一丝踪迹，除了笔尖上的墨汁还留下字书以外。

相夫教子，写书撰史，安享晚年。

这是阮籍求之而不得的，也是一切太过清醒之人都无法得到的。

大概，只有刘伶这样的醉鬼，才可以勉强和光同尘，求得一席安心之地。

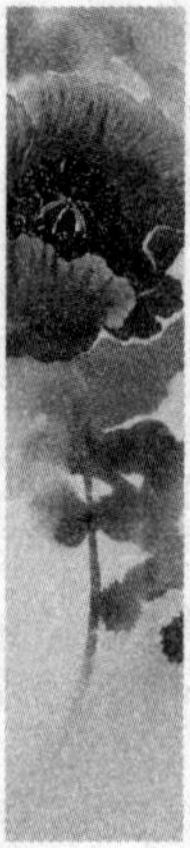

【六】式微，式微，胡不归

式微，式微！胡不归？

微君之故，胡为乎中露！

式微，式微！胡不归？

微君之躬，胡为乎泥中。

《诗经》里的这首《式微》，历来的解释很多，有说是不堪苦役的民夫盼望归家，也有说是卫侯的女儿嫁给了黎国的庄公，却受到冷落，被拒之门外，有人劝她回家去，她却道“终执贞一，不违妇道，以俟君命”，并赋为一诗来表明心志。《毛诗序》则说，那是“黎侯为狄人所逐，弃其国而寓于卫，其臣子劝归之辞”。

所谓的“黎侯”，其实就是《尚书·西伯戡黎》记载的，西伯周文王当年所讨伐的“黎侯国”。《左传·宣公十五年》则记录了它的来源，是从“晋师灭赤狄潞氏，立黎侯而还”。唐代的孔颖达写了一篇《正义》，考证了古国的地址，他说：“黎国，汉之上党郡壶关所治，黎亭是也。”

殷商时，黎侯国坐落在殷都朝歌西北部，依附于天子，国君因故被斩，整个国家都被铲除得干干净净。

回归诗作的本意，不过是同一个意思。

胡不归。

天色晚下来了啊，暮色四起！为什么不回家去呢？何必披拂露水而行走，身受湿冷之苦！

大势已经去了啊，事不可为！为什么不回家去呢？何必艰难地跋涉于泥路里，沾污了衣襟和鞋子。

戎羯逼我兮为室家，将我行兮向天涯。

越汉国兮入胡城，亡家失身兮不如无生。

天灾国乱兮人无主，唯我薄命兮没戎虏。

蔡文姬回不去那个故乡，也回不去父母尚在、新婚眷绻的美好时光。

“喜得生还兮逢圣君，嗟别稚子兮会无因。”“十六拍兮思茫茫，我与儿兮各一方。日东月西兮徒相望，不得相随兮空断肠。”

冷冷的边月下，这位身着胡装的女子沿着前人慷慨激昂的词作，拨动着纤细的琴弦，惆怅地歌唱。

中国的历史上，思乡的文章很多，诗经里不堪苦役而盼归的歌作就更多了，能够与之相反的，大概只有“乐不思蜀”这唯一一个典故。

民间流传的故事，是这样演绎的：

三国时期，蜀昭烈帝刘备逝去，太子刘禅即位。

刘禅昏庸无能，荒唐至极。他惧怕战事，在一些有才干的大臣们去世之后就诚惶诚恐地投降了魏国。降后，魏王曹髦封他做了一个无实权的“安乐公”，并将他迁居到魏国的京都——许昌。

那时在魏国掌有大权的是司马昭。一次宴会上，司马昭当着刘禅的面，故意安排表演蜀地的歌舞，想要取笑侮辱他。

刘禅的随从们目睹热闹的歌舞，想到了灭亡的故国，纷纷潸然泪下。

刘禅却对司马昭说："此间乐，不思蜀。"

随行的老臣郤正听到了这番话，求见刘禅，对他说："如果司马昭再问起来，您应该哭泣着回答'先父的坟墓还在遥远的陇、蜀之地，我目睹西方则伤悲，没有哪一天不想要归去'，这样才有可能回去啊。"

司马昭果然又问了一遍，刘禅原原本本把话给背了下来，可惜他没有那份伤悲之情，也做不出思乡的样子，立即就被识破了，司马昭嘲笑着问："我怎么听着那么像郤正的口吻呢？"

他竟然还惊讶地回答："没错啊，就是你说的那样。"

一下子，满座哄堂大笑。

同样是由一国之主沦为阶下囚，李煜发出"故国不堪回首明月中"的悲叹，而他却沉醉在歌舞杂耍中，完全不曾思念国土，不知道是何等的没心没肺，才得以如此逍遥。

无怪后世多了一句"扶不起的阿斗"，来讽刺他的昏聩。不知刘备听到儿子这句话后，会不会在九泉之下哭泣。他耗尽半生心血打下的大好江山就这么被儿子给败了，末了还留"乐不思蜀"这样的荒唐事迹遗笑千年。

说到底，人心，真个是难以琢磨的东西。

"创业难，守业更难。"蜀国的灭亡正是验证来了这一句话。刘备"白帝城托孤"后驾鹤西去，诸葛亮不遗余力地南征北讨，但终究还是功亏一篑。刘禅只知求神拜佛，甚至直接将蜀国拱手送给了他人，也许这都是命数。

想当年蜀中五虎将战无不克，何其神威凛凛，诸葛孔明妙计安天下，何样的气度恢宏，转瞬之间那些都化作了烟云。

臣亮言：先帝创业未半而中道崩殂。今天下三分，益州疲弊，此诚危急存亡之秋也。然侍卫之臣不懈于内，忠志之士忘身于外者，盖追先帝之殊遇，欲报之于陛下也。诚宜开张圣听，以光先帝遗德，恢弘志士之气，不宜妄自菲薄，引喻失义，以塞忠谏之路也。

这是诸葛亮青史留名的《出师表》中的一段，句句皆是发自肺腑，字字诚恳。

先帝开创大业，还没有完成一半就中途去世了。现在天下三足鼎立，我益州，现在将员疲惫、民生凋敝，恰恰是一个形势危急、生死存亡的关键时刻啊。

然而侍奉君王、守护国业的大臣们，在朝堂上从不懈怠，日夜操劳；忠诚的有志将士们在边疆战斗，沙场之上舍身忘死，这都是因为他们追念先帝优厚的知遇之恩，想要报答在陛下您身上。

陛下千万要广泛地听取群臣的意见，将先帝遗留下来的美德发扬光大，振奋鼓舞志士们的勇气，不应该随便看轻自己，被枝节小事蒙蔽而失去本心，以至于堵塞了忠臣们直言劝谏的道路。

也许是太了解刘禅的为人，诸葛亮没有说很多的大道理，没有一点的渲染，仅仅以事实说话，告诉刘禅他该怎么做，殷殷劝告，充满了爱护和期待。

比起刘禅来，刘备是个聪明人。《三国志》里“白帝城托孤”一节，他曾说过这样的话：“君才十倍曹丕，必能安国，终定大事。若嗣子可辅，辅之；如其不才，君可自取。”大意是说：你的才能胜过曹丕十倍，定然能定国安邦，成就大业。如果阿斗可以辅佐成才，你就辅佐他；如果他只是个庸才，你可以自立为蜀国之主。

诸葛亮听得诚惶诚恐。他哭泣着回道：“臣敢竭股肱之力，效忠贞之节，继之以死！”我一定会竭尽心力地去辅佐刘禅，绝不敢有半点私心。

刘备听完下诏给刘禅说：“你以后就听丞相的，当他是你的父亲。”

这一段被历代津津乐道的佳话，表现出君臣之间肝胆相照。却也有人抱着怀疑的态度，认为刘备这样说是因为他的私心，怕诸葛亮有异心故而试探。

不管是与不是，诸葛亮对蜀国真正做到了他所言道的“鞠躬尽粹，死而后已”。

然而，历史上有些事情的复杂程度远远不是我们所能够想象的。

其实据史书所载，刘禅并非我们所想象中的那样无能，而是一位聪明的皇帝。

他少年时即位，由诸葛亮辅政，诸葛亮十一年后亡。

在接下来的三十年里，刘禅一个人支撑着国力衰弱的蜀国，不曾有鼎盛的功绩，却也不曾有一丝一毫的动乱，安安稳稳、平平静静地度过了一万多个日子，这对一介君王来说，已经是了不起的奇迹了。

《魏略》中还记载着这么一个故事：曹爽与司马懿争权被杀后，夏侯霸害怕受到株连而入蜀，刘禅亲自出迎。

他的父亲夏侯渊被蜀国忠心耿耿的老将黄忠所杀，原本两人相见，应该是有点尴尬的，对他而言，是逃亡到了有杀父之仇的国度，对刘禅而言，是接纳了有杀父之仇的敌国将领。

只是刘禅并没有避讳这个事实，而是开门见山地说道：“你父亲的遇害，非我先人所为。”一语带过之后，又指着自己的儿子说：“这就是你的两个外甥。”

因他的妻子是张飞的女儿，而张飞的妻子又是夏侯渊的表妹。这位年轻的君王就这样安抚住来投靠的大将，诚恳而坦率，聪慧而宽厚。

他也懂得应该怎样与辅佐自己的人相处，手中的权力，应该怎样收放自如。

诸葛亮急于北伐的时候，他规劝说：“相父南征，远涉艰难；方始回都，坐未安席；今又欲北征，恐劳神思。”您的思虑实在是过多了啊，若是一旦有了意外，岂不是比北伐不成还要令人痛惜？然而满心都是蜀国大业的丞相没有听从，不辞劳苦，也没有休息个一时半会儿，就又踏上征途。他微微惋惜着，但还是发号施令，全力支持。

诸葛亮死后，他马上就停止了空耗国力、劳民伤财的北伐。一来，是因为已经没有人能够像丞相一样，能够主持全局；二来，也是因为战事连绵，蜀地百姓已经支撑不住了。

魏国的司马懿率大军征伐辽东公孙渊，他唯恐蒋琬心里一热，就要去趁火打劫，还专门下诏告诫这位老将不要轻举妄行：“须吴举动，东西掎角，以乘其衅。”现在还不是良机啊，一定要等到吴国有了动作，我们才能够呼应而起，形成夹击之势，给予雷霆一击。

蜀国平静的时间长了，有人蠢蠢欲动。魏延想要造反，上奏污蔑是杨仪造反。刘禅安安稳稳地听着，不动声色地提出疑问：“魏延你是勇悍的大将，若是杨仪攻打了过来，也完全可以铲除他们，何必一定要焚烧栈道，以至于断绝了路途呢？”等到事迹暴露，魏延被杀后，他也没有太多的激愤和怨怼，更没有将之挫骨扬灰，而是降下一道旨意，说“既已名正其罪，仍念前功，赐棺椁葬之”，格外淳厚地施恩给这位“脑有反骨”的将领。

他也不是一味地宽容仁义。

为了防止权臣持政，把握朝堂，以至于天下大乱，刘禅任命费祎为尚书令和大将军，主官政务，任命蒋琬为大司马，主管军事，让这一忠一奸的臣子相互制衡，又各有倚重。蒋琬死后，刘禅“乃自摄国事”，终于成为蜀国独一无二的君主，大权独揽，彻底解决了多年来“事无巨细，咸决于丞相”的政局。

权力放出去得容易，收回来的时候，他很有耐心，慢慢地等待，仿佛是手中风筝线一般，需要细细拉回来，否则，就是一个玉石俱焚的下场。

诸葛亮在《与杜微书》中评价刘禅说：“朝廷年方十八，天资仁敏，爱德下士。”

刘备给刘禅的遗诏中有这么一段话：“射君到，说丞相叹卿智量，甚大增修，过于所望，审能如此，吾复何忧？勉之，勉之。”

《晋书·李密传》载：李密认为刘禅作为国君，可与春秋首霸齐桓公相比，齐桓公得管仲而成霸业，刘禅得诸葛亮而与强魏抗衡。

他实在是不像故事里说的那样，是一个昏聩无能的二世祖，而是一个聪慧、仁爱、正直、有雅量的一代君王。

就因为这样，他投降魏国一事，就显得尤其不可思议。

袁松评论道：“方邓艾以万人入江由之危险，钟会以二十万众留剑阁而不得进，三军之士已饥，艾虽战胜克将，使刘禅数日不降，则二将之军难以反矣。故功业如此之难也。”

那时候，邓艾只不过带了一支小小的军队，援军难以到达，能够围困刘禅几天已经很难得了，谁能够知道，这位从少年走来一路英明的君王居然就降了呢？

即使是真的投降了，当时的邓艾说不定也会觉得身处梦中，难以置信。

蜀魏相争在刘禅投降的那一刻画上了句号，一切的功过是非也都烟消云散。刘禅也许是聪明的，主动投降避免了大量的伤亡，保全了全城百姓。也许他还是愚钝的，宠信宦官导致误国，终究被嘲笑了千年。

聪慧也好，功绩也好，他的一生皆因为那句“此间乐，不思蜀”而打上了庸才的印记。

所以司马昭一再地问，你到底想不想念故土？想不想念君王的威势？

《三国志集解》也为他辩护：“刘禅之对司马昭，未为失策也……教之，浅也。思蜀之心，昭之所不欲闻也……左右虽笑，不知禅之免死，正以是矣。”认为他还不至于那么糊涂，回答思蜀，或许可以避免后人的耻笑，但一定会被司马昭忌惮，东吴的孙皓就是个活生生的例子；回答不思蜀，虽然在哄笑中毁去了自己的一生名誉，但好歹保住了性命，能够安乐地老死在洛阳城。

只是，远在异乡，就真的那么安乐，愿意抛却昔日的功业美语，换得短短数年的余生？

根据史书的记载，他被封为安乐公后，“食邑万户，赐绢万匹，奴婢百人，他物称是。子孙为三都尉封侯者五十馀人。尚书令樊建、侍中张绍、光禄大夫谯周、秘书令郤正、殿中督张通并封列侯”。

虽然同样是享有富贵，终究仰人鼻息，寄人篱下。

那么，会不会有这样一种可能？

北征时候，还是少年的他目睹了战事频繁对百姓的伤害，相国因为劳苦而过世，又予以他致命的打击。此后三十多年的尔虞我诈，权利争夺，背叛和谋害更是家常便饭，令他真心地厌倦了。

自从父亲、相国、一干老将去世后，蜀国，已经不再是曾经那个众人齐心协力的蜀国了。

君王之位太高太孤寂，他只是想要安乐地过一辈子。

聪慧到了极点，就会看透名利枷锁；仁爱到了极点，就会不忿于百姓们的苦难。他知道自己先祖的辛苦，也知道自己的位置来之不易，可是，这一切在天地万物面前，是那么的微渺。

魏国势大，更有曹家一众英杰。

式微，式微！胡不归？

大势已去了啊，事不可为，为什么不归去呢？哪怕是寓居在别国的土地上也可以安乐地过完余生，如果自己还要顽强地反抗，那么，难道真的要等蜀国的民力和财力都耗费干净，子孙在危局里苦苦支撑，死去的人越来越多，将蜀国变成人间地狱吗？

于是他笑着走了上去，轻飘飘地说了一句“不思蜀”。

毁去了千古伟业，毁去了父亲和相国对他的期待，也毁去了朝野上下的交口称赞。

其实，他不思念的只是如今的蜀国。

蜀国已经灭亡，即使有坟墓在，有历史在，也还是不复存在。

刘禅投降魏国八年后寿终正寝，虽是亡国之君却得以善终，这在历史上实属难得。只是从沿袭了千年的礼教和道义上来说，他的行为实在太过不堪，让人嗤之以鼻。

而曹魏政权也未曾长久，后来司马炎篡政改国号为晋，东吴也被其收复，分裂了多年的天下得以统一。

失意几微间，辄言弊降虏。
要当以亭刃，我曹不活汝。
岂敢惜性命，不堪其詈骂。
或便加棰杖，毒痛参并下。
旦则号泣行，夜则悲吟坐。
欲死不能得，欲生无一可。
彼苍者何辜，乃遭此厄祸。

——蔡文姬《悲愤诗》节选

文姬实在是有太多不如归去的理由，她何曾没有想过拈起一丈白绫，想要投身到滚滚的河流中，了却此生？只是，心中太多的牵挂与不甘，太多的放不下舍不下，她只能默默咽下生命酿造出来的那苦涩的酒，由着醉意微微地渲染开来。

美人迟暮，英雄末路。世间最大的遗憾莫过于此。只是真正走到那个境地，又有谁能够挽留得住呢？

归汉后，文姬编写了四百篇文章，留下了三篇诗作，甚至还写下了一幅名为《我生帖》的传世字帖。

如果不能挽留，那么索性就不去挽留，只留下令人追思痕迹。

大汉王朝时期，那位著名的李夫人何等聪明，至死也不让汉武帝看见自己的病容，留给记忆一个永远美丽的印记。

北方有佳人，绝世而独立。

一顾倾人城，再顾倾人国。

宁不知倾城与倾国？佳人难再得！

——李延年《北方有佳人》

这位号称绝代佳人的李夫人，曾经家境卑微，父母乃至兄弟姐妹都是从事乐舞出身。她因为平阳公主的推荐而入宫，生汉武帝第五子，被追封为孝武皇后。

历史上，她以一种独特的姿态，走入了人们的视野中。

初，夫人兄延年性知音，善歌舞，武帝爱之。每为新声变曲，闻者莫不感动。延年侍上起舞，歌曰："北方有佳人，绝世而独立，一顾倾人城，再顾倾人国。宁不知倾城与倾国，佳人难再得！"上叹息曰："善！世岂有此人乎？"平阳主因言延年有女弟，上乃召见之，实妙丽善舞。

一开始，李夫人的兄长李延年能歌善舞，在宫廷里极为受宠，汉武帝尤其喜欢观看。他新作成的乐曲，无不令人感动。某天，李延年和往常一样为汉武帝献艺，一曲新奇的乐辞，令年轻的君王思慕不已。

世间哪里有这样的佳人，能够令人倾倒若此？

在一旁的平阳公主微微含笑，有意说道："李延年的妹妹，不就是这样一位佳人吗？”

那时候的卫子夫已经入宫，她曾经是公主府上的小小女婢，如今却越发坐大，这位公主心中，想来也有那么一丝不悦吧。

汉武帝下令召见，李夫人徐徐而来。

那是一种怎么样的风华我们已经不得而知了，汉武帝对其一见钟情。

尔后她翩翩起舞，水袖舞动成飞天之幻魅，婀娜飘摇，一双美目泠泠望来，似是淡漠，又似是多情，果然是绝世而独立，倾城与倾国！

入宫后她被封为“夫人”这一品阶，从此昔日的姓名都被埋没，只留下一个倾世的传说。

在那里，宫闱深深，高墙幽禁，三千佳丽争芳斗艳。

当时的汉武帝为了修葺旧时宫殿，新修了建章宫，周长三十里，内殿十二个门，台阶都以美玉装饰，黄金浇铸的凤凰在殿顶展翅欲飞；凿太液池，芙蓉绕仙山绽放；造飞阁直通未央宫，北建桂宫，长乐宫又北建明光宫，复道凌空，蜿蜒若虹，错落有致，金玉珠玑挂成琳琅的帘幕垂落，壁嵌夜明珠，昼夜大放光明，选燕、赵良家女子入住，大多是十五到二十的芳龄，她们久居于此，绿云纷扰，华袖扬空，脂粉染香水波流，穿行之间处处可见姹紫嫣红。

当时各宫的美女，共有一万八千人，大多数一生也未曾见过汉武帝一面。

一次，汉武帝闲暇无事，便调笑着拔下李夫人的玉簪，用来搔头。然而乌发顿时如瀑倾落，披拂在她的身上竟如绸缎缠绕一般，颇有几分慵懒初醒的意态，妩媚撩人。很快，宫中的妃嫔都以玉簪搔头为贵，一时间“玉价倍贵焉”，更令玉簪在史上多了一个别名，也就是后世花间词里常见的“玉搔头”。

《西京杂记》记载的这一则逸事，道明了李夫人是如何的宠冠六宫。至于后来，汉武帝因喜爱李夫人，特意下令让工匠用象牙制作篦梳，为她饰在发上，以示其独一无二的地位。

李夫人少而蚤卒，上怜闵焉，图画其形于甘泉宫。及卫思后废后四年，武帝崩，大将军霍光缘上雅意，以李夫人配食，追上尊号曰孝武皇后。

她去世得很早，生下一个儿子后便病故了，汉武帝极为痛心哀怜，画了她的形貌，悬挂在甘泉宫，时时玩赏。后来，卫子夫去世的第四年，他也离开了人世，大将军霍光遵从汉武帝的遗愿将其与李夫人合葬，并追封李夫人为孝武皇后。

去世前，汉武帝曾经思念李夫人不已，密令方士齐人少翁为之招魂。

深夜中，帷幕随风动摇，红烛凄清，酒肉陈列，显得诡秘到了极点，他坐在一旁，焦急地等待着佳人的到来。远远地，他看见一名曼妙动人的女子盈盈而来，仿佛就是李夫人的形貌，却无法看得仔细清楚。

相思愈发不得解，他悲吟诗赋："是邪，非邪？立而望之，偏何姗姗其来迟！"并做成了曲子，令宫中时时飘荡这样的思念之音。

上又自为作赋，以伤悼夫人，其辞曰：

美连娟以修嫮兮，命樔绝而不长，饰新宫以延贮兮，泯不归乎故乡。惨郁郁其芜秽兮，隐处幽而怀伤，释舆马于山椒兮，奄修夜之不阳。秋气潜以凄泪兮，桂枝落而销亡，神茕茕以遥思兮，精浮游而出畺。托沈阴以圹久兮，惜蕃华之未央，念穷极之不还兮，惟幼眇之相羊。函菱荴以俟风兮，芳杂袭以弥章，的容与以猗靡兮，缥飘姚虖愈庄。燕淫衍而抚楹兮，连流视而娥扬，既激感而心逐兮，包红颜而弗明。欢接狎以离别兮，宵寤梦之芒芒，忽迁化而不反兮，魄放逸以飞扬。何灵魂之纷纷兮，哀裴回以踌躇，势路日以远兮，遂荒忽而辞去。超兮西征，屑兮不见。浸淫敞恍，寂兮无音，思若流波，怛兮在心。

幽冥之地，佳人何处，芳魂渺渺，凄寒泪下，兰桂销亡，独留下自己茕茕一人遥思不已，无可奈何，只好借鬼神得以相见。初，缥缈而来，目光流盼，不由得心情激荡而起身相逐，一宵欢好，终于还是要别离，那种哀痛，仿佛灵魂都要飞散去，相思已经随波而去，只留悲苦在心。

一片拳拳深情，令人动容，身为帝王之尊而能够做到这个地步，也可谓是奇观了。

只是，这种深情，却是那个女子苦心谋划而来。

初，李夫人病笃，上自临候之，夫人蒙被谢曰："妾久寝病，形貌毁坏，不可以见帝。愿以王及兄弟为托。"上曰："夫人病甚，殆将不起，一见我嘱托王及兄弟，岂不快哉？"夫人曰："妇人貌不修饰，不见君父。妾不敢以燕媠见帝。"上曰："夫人弟一见我，将加赐千金，而予兄弟尊官。"夫人曰："尊官在帝，不在一见。"上复言欲必见之，夫人遂转乡歔欷而不复言。于是上不说而起。

她病重的时候，不见帝王。

虽然是托付了儿子和兄弟，但百般推辞，依然还是不愿见他。

她说："女子没有修饰容貌，不可见夫君和父亲，这是礼数"，又说，"你愿意赐我金银财宝也好，愿意赐我兄弟官职也好，那是由你决定。"

他一再逼迫，她却只是转过身去，泣啼不已，却不再说一个字了。

汉武帝于是不悦地离开。

李夫人的姐妹们都劝她，你怎么就不能和帝王相见，来托付儿子和兄弟呢？何必如此怨恨他，他当初也并不是有意惹你生气的呀。

直到这个时候，她才第一次吐露了内心真正的声音。

“就是因为要托付你们，我才不愿见君王啊。当初，我只是凭借容貌姣好，才得到了他的宠爱，但是以美色侍奉人，不免美色衰败而宠爱减，宠爱一减，自然就恩断义绝，陛下之所以眷顾我，是因为天生容貌，如今若是见到我因病痛而容颜憔悴，不再有往日的美丽动人，必然会厌恶而抛弃，怎么可能还会追忆往日恩情，来照顾已逝之人的兄弟呢？”

历数史上女子，她是第一个看得那么清楚，清楚得那么悲哀的。

就因为太了解爱情底下的卑微和黑暗，太明白男人的自私和无情，她即使有真心，也强自按捺住，即使再渴望往日深爱的人能够看自己一眼，也要绝情地拒绝他，为的是留下永世不忘的烙印。

“我一无所有，不能再失去你的回忆。”

“我无法承受你的无情，只好自行绝情，黄泉路上先走一步，掩去毁坏的容颜，只留下倾世的背影。”

李夫人的一生，除了入宫受宠以外，就真的别无他物。

一生风流多情的汉武帝，总共有四个皇后，其中：幼年时候愿以金屋贮之的陈阿娇，因为骄横擅宠，落得个在长门宫中郁郁而终的下场；家族里英杰辈出的卫子夫，年纪大了之后枉死自尽、卫氏家族尽数被灭；勾弋夫人原本享有专宠，却因为“杀母立子”的血腥命令而背负罪名惨死，九族被灭。

而李夫人在这些风波之外，轻歌曼舞，飘然远离于钩心斗角的权力之争，静静旁观着彼岸的熊熊大火，遥遥独立，清冷绝世。

佳人立于北方，北方风雪寒冷彻骨，也成就了她冷淡而透彻的灵魂。如果可以，她宁愿从来就不知晓世间这些狡诈算计，和一个简单的人，在一起过着简单美好的日子。

哪怕永远都是歌姬舞姬，强颜欢笑，只要有那么一个彼此知心的人，都好过深宫中的恩宠。

只是，人生从不会遂人心愿，她也只能留下“色衰而爱弛”这个著名的典故，留下绝世佳人这一传说，在病中忧伤地死去。

直到死，她再也没有见过那个伴随她一生的帝王。

不敢相见，不能相见，所有的宠爱都只是因为美色，一旦失去了，便什么也不是。

她还眷念着玉簪轻轻落下的一刹那，那时候，他的眼中有最纯粹的痴迷，只为了惊世之美，情意缠绵，仿佛那就是永恒了。

现实总是让人心寒，事实正如她所料的那样，“及夫人卒，上以后礼葬焉。其后，上以夫人兄李广利为贰师将军，封海西侯，延年为协律都尉”。

厚葬，追封，家族大富大贵，然而这就是她想要的吗？

所以不欲见帝者，乃欲以深托兄弟也。我以容貌之好，得从微贱爱幸于上。夫以色事人者，色衰而爱弛，爱弛则恩绝。上所以挛挛顾念我者，乃以平生容貌也。今见我毁坏，颜色非故，必畏恶吐弃我，意尚肯复追思闵录其兄弟哉！

她想要的，是能够真心赞赏她技艺，而不是容色的人。

多么辛苦啊，从小就苦苦练习，悉心琢磨每一个姿态，每一个节拍，回身旋转，举袖轻扬，其中蕴含的一举一动皆是有深意的，仿佛花之盛开，仿佛月之明耀，仿佛风之萧瑟，仿佛江流之奔腾。

凤舞九天，岂止是倾国倾城？

然而这一切的目的不过是为了俗世里的功名利禄，为了家族的平安喜乐，不过是为了以她天生的容貌邀得帝王的宠爱，等到年华老去，所需求的，早就化为乌有。

能够早早地病死，她其实松了口气。

自杀之人会变成孤魂野鬼，垂暮的美人也不过是见捐的秋扇，她有幸逃离了这两种命运，成全了始终美貌绝世、宠冠六宫的辉煌。

以色事人终究是悲哀，陈阿娇、卫子夫、钩戈夫人也罢，李夫人也罢，守着的只是那么一份虚情假意。

李白的《妾薄命》写得好：“以色事他人，能得几时好。”

式微，式微，胡不归！

美色已经衰败了啊，那就魂兮归去吧。

能够归去的人，都是幸运的。

式微，式微！胡不归？微君之故，胡为乎中露！

式微，式微！胡不归？微君之躬，胡为乎泥中。

有些人，是一世也归去不得。

《我生帖》里，只有两道行草——“我生之初尚无为，我生之后汉祚衰。”字里行间牵丝连带，宛若翩跹起舞，无数青丝扬起，水袖高挥，惹起许多流丽凝重的华美来，在女子的柔婉清秀中，留存了隶书浑厚的笔意，典雅不失气度，足见汉末三国之初的书法形制。

天不仁兮降乱离，地不仁兮使我逢此时。干戈日寻兮道路危，民卒流亡兮共哀悲。烟尘蔽野兮胡虏盛，志意乖兮节义亏。

这样的命运，已经是悲凉至极。

历史总在反复上演着同样的剧目，一段结束了，另一段又开始了，循环往复，从来没有停止。美人之与英雄，命运似乎总是牵绊在一起。

力拔山兮气盖世，

时不利兮骓不逝。

骓不逝兮可奈何，

虞兮虞兮奈若何！

——项羽《垓下歌》

《史记·项羽本纪》中，关于这个女人的记载只不过是极为吝啬的一笔。

> 有美人名虞，常幸从；骏马名骓，常骑之。於是项王乃悲歌慷慨，自为诗曰：“力拔山兮气盖世，时不利兮骓不逝。骓不逝兮可奈何，虞兮虞兮奈若何！”歌数阕，美人和之。项王泣数行下，左右皆泣，莫能仰视。

在他的生命里，她出现得极晚，晚到令人疑虑重重。

有一种说法，说她生活在秦末，名为妙弋，是如今的沭阳县颜集乡人，为西楚霸王项羽爱姬。不但才貌双全，她的剑也舞得轻盈如水，楚楚动人。

而按照《史记》《资治通鉴》的说法，项梁杀人后，为了避祸带着项羽从下相离开，前往吴中，也就是今日的苏州一带。当时的会稽郡中，有一户虞氏望族收容了他们，项梁叔侄就在此结交江东子弟。而虞姬，亦是吴中一名姓虞的美女，她仰慕项羽英名，嫁为妻子，陪伴左右。

这些，大抵是从野史里慢慢拼凑来的。

然而遐想那一夜，军营里灯火通明，无数哀婉的楚地歌声幽幽从四方升起，呼唤着在外久久不归的亲人们，那是家乡鬼魂的召唤，在整齐的刀剑和兵戈下，闪着莹莹的寒光，渗入到每一个士兵的骨子里去。

大江哗啦啦地流淌着，水声、风声、歌声夹杂在一起，由不得人不神魂动荡。

这是楚汉相争的最后一战，公元前202年，趋于败局的项羽被汉军围困垓下，军马零落，粮草耗尽，夜闻四面楚歌，哀大势已去。

这个征战了一辈子的西楚霸王，终于尝到了大败的滋味。

他环顾四周，所见的，除了忠心耿耿的将士、珍爱的坐骑之外，还有一直跟随着自己的美人，她的名字是虞姬。

事已至此，本来想放走爱马，它却徘徊不去，哀声嘶鸣。

虞姬啊虞姬，我又该拿你怎么办呢？

放你离去，在这个乱世里，一介弱女子如何能够谋生？若是要留你下来，免不了受到战争的波及，即使侥幸活了下来，也是被汉王或斩杀，或收入宫中的命运。

末路英雄，儿女情长。最后的挣扎，亦是最后的心声。

昔日所向披靡，脚踏着万千江山的西楚霸王，如今却已是残兵旧部，被人围困。

项羽不肯过江东成全了他的英雄气概，却也是极大的遗憾。也许他回去之后东山再起，还能和刘邦一决高下。但项羽毕竟是项羽，他宁死也不愿灰溜溜地做人。光明磊落，这便是他的人生信条。

一片沉寂的营地里，将士们沉默地伫立着，仿佛在等待什么，而他面对烛下红颜，伤痛难抑，放声悲歌。随侍在一旁的虞姬听闻此曲，举袖拔剑，怆然起舞。

古时候的剑舞，我们大概也只能从诗文中略窥其貌，“霍如羿射九日落，矫如群帝骖龙翔。”“来如雷霆收震怒，罢如江海凝清光。”佳人舞剑啊，迅捷若后羿搭弓而神箭出，九日坠落，矫健若仙人相聚，而群龙盘旋翱翔，舞动之时仿佛是雷霆震怒，而一曲舞罢，则像是江海一派清光笼罩，风平水静，凝滞不前。

而她的舞姿惊起，则如同风中的纷繁落花。

“歌数阕，美人和之。”

轻启朱唇，她哀婉地唱道：“汉兵已略地，四方楚歌声。大王意气尽，贱妾何聊生。”

或许，虞姬早已看出他心中的死志。

如若不然，何苦要驱赶乌骓离去，那是他一生中伴随着最为长久的坐骑，甚至已经超越了坐骑，而成为战场上相知的伙伴，如今大战在即，他却想要抛弃自己的伙伴，不是为了寻死又是为什么？

而她自己，情愿死也不愿意苟活偷生。身为楚霸王的女人，就应该有些霸气和决断，不是吗？

一曲罢了，虞姬反手一挥，清冽的剑光划过雪白的颈项，顿时血如泉涌，染透了绯红的衣裙。

她在晕眩中迷蒙地想，自己是从什么时候开始着红衣的呢？似乎很早的时候，自从跟随了这个男人，总是遇到血，索性将衣物都换去了，这样，无论是染到别人的血，还是他的血，都不会惊慌失措。

坚实的臂膀牢牢地环住了她羸弱的身躯，温暖、强健，这就是她为之跟随一生的最重要的理由。而耳边的呼唤，她已经听不见了。

苏州城中的初见浮过眼前，那时她还是一名天真烂漫的少女，听说闻名天下的英雄项羽到来，忍不住就要前去一看究竟，现在想来真是可笑，明明是一样的人，有什么好看的呢？可是她那时就是觉得好看极了，以至于，将一生托付……

她不愿离开这片温暖，独自在乱世中流浪。

她更不愿面对那个汉王，是他害得自己失去依靠，怎么还能够强颜欢笑，成为他后宫里的佳丽之一？

擅长舞剑的女子，性情多少也沾染了剑的刚烈和锋芒。

就让她的死激发大王的豪气吧！

“项王泣数行下，左右皆泣，莫能仰视。”

本纪里并没有提到虞姬自刎这一节，而项羽为之落下的泪，则为他英雄一生添了几分儿女柔情，荡气回肠。

后来，他真的突围而出，来到乌江边上，只是果然如虞姬所猜想，他已经心灰意冷，失去了所有雄心。

这一仗，打得实在是太久了。

死去的人，也实在是太多了。

莫非真的是天意难违，他项氏一族，注定了不能够光复往日的家族荣华，坐不了江山，称不得帝王？

楚国的歌声仿佛又隐隐约约地传来。

于是项王乃欲东渡乌江。乌江亭长檥船待，谓项王曰："江东虽小，地方千里，众数十万人，亦足王也。愿大王急渡。今独臣有船，汉军至，无以渡。"

面对乌江亭长的一片好意，他回答道：

天之亡我，我何渡为！且籍与江东子弟八千人渡江而西，今无一人还，纵江东父兄怜而王我，我何面目见之？纵彼不言，籍独不愧于心乎？

于是他斩下自己的头颅，送予跟随将士一场富贵。"余骑相蹂践争项王，相杀者数十人。"

原本是他麾下的人马，如今却争相割杀他的遗体，只为了汉王承诺的封地爵位，难怪后世人纷纷叹息："遗恨江东应未消，芳魂零乱任风飘。八千子弟同归汉，不负君恩是楚腰。"

《情史·情贞类》记载："（虞姬和歌之后）姬遂自刎。姬葬处，生草能舞，人呼为虞美人草。"

虞美人，奢华的绯红花瓣宛若女子的舞衣，在风中轻轻飞扬，炽烈如火，叫人难以直视。

唐代的教坊出了一支咏项羽宠姬虞美人的新歌，命名为虞美人，至此，世间又多一词牌。

不知何时，那蜿蜒了大半个沭阳县颜集乡的流水有了名字，被呼为虞姬沟，沟畔还有胭脂井、霸王桥、九龙口、点将台、项宅……

灵璧县中的虞姬墓，至今犹存。

那一场爱情悲歌太过激昂，到了今天还有人为之惊心，他们本该是作古的入土人物，却因为一支曲子而被传诵了那么久远。

为欠虞姬一首诗，白头重到古灵祠，三军已散佳人在，六国空亡烈女谁？死竟成神重桑梓，魂犹舞草湿胭脂，座旁合塑乌骓像，好访君王月下骑。

清代著名的袁枚，曾担任沭阳的知县，离任四十三年后，又重游沭阳，前去水边凭吊。

虞姬的死，或许也是一种幸运。

在生命最低落的时刻，她有西楚霸王相伴而归，远离了人世间种种纷争，也远离了将来幽居宫中的命运。

式微，式微，胡不归！

她原想自己一个人离开，没有料到，他舍不得她寂寞，匆匆忙忙赶来。

天色已经很晚了啊，为什么还不归去呢？乱世之中，漂泊不定，何尝是能够自己主宰。

蔡女昔造胡笳声，一弹一十有八拍。

胡人落泪沾边草，汉使断肠对归客。

古戍苍苍烽火寒，大荒沈沈飞雪白。

文姬归汉之时，有感于胡笳之凄清，于是以其调翻入琴曲，作《胡笳十八拍》。胡人听闻了琴音，泪水落在边荒的野草上，汉使听闻了琴音，也不由得肝肠寸断，边疆古城苍茫，烽烟寒冷，荒原深远辽阔，白雪纷飞，尽在凄寂的乐音中显出一片黯淡悲凉来。

这是后世人对她的描写，一首长诗，寥寥六句，说的依旧是归汉。

她最为著名的，也仅仅是归汉一事。

然而，谁又能够知道，永世不得见的胡地，在她心中，何尝不是另一个“胡不归”的所在？

爱和恨，都被淹没在历史中。

【尾声】

陈留董祀妻者，同郡蔡邕之女也，名琰，字文姬。博学有才辩，又妙于音律。适河东卫仲道。夫亡无子，归宁于家。兴平中，天下丧乱，文姬为胡骑所获，没于南匈奴左贤王，在胡中十二年，生二子。曹操素与邕善，痛其无嗣，乃遣使者以金璧赎之，而重嫁于祀。

祀为屯田都尉，犯法当死，文姬诣曹操请之。时公卿名士及远方使驿坐者满堂。操谓宾客曰：“蔡伯喈女在外，今为诸君见之。”及文姬进，蓬首徒行，叩头请罪，音辞清辩，旨甚酸哀，众皆为改容。操曰：“诚实相矜，然文状已去，奈何？”文姬曰：“明公厩马万匹，虎士成林，何惜疾足一骑，而不济垂死之命乎！”操感其言，乃追原祀罪。时且寒，赐以头巾履袜。操因问曰：“闻夫人家先多坟籍，犹能忆识之不？”文姬曰：“昔亡父赐书四千许卷，流离涂炭，罔有存者，今所诵忆，裁四百余篇耳。”操曰：“今当使十吏就夫人写之。”文姬曰：“妾闻男女之别，礼不亲授。乞给纸笔，真草唯命。”于是缮书送之，文无遗误。后感伤乱离，追怀悲愤，作诗二章。

这位魏晋时代漂泊流离一生的才女，她的生平都记载于《后汉书·列女传》中，名为《董祀妻传》。

董祀其人在历史上没有留下太多的痕迹，也没有可供纪传的事迹，越剧里说他正是前去迎接蔡文姬归汉的使者，在台上的时候，衣衫齐楚，风流俊雅，对着一袭胡地装束的娟秀青衣款款地唱，百般劝慰。于是蔡文姬甩了水袖，顾盼之间全然是哀戚。

《吊琵琶》中，她唱“俺本是名门画阁小婵娟”，显出几分女儿家的娇憨来，只是置身于帐毳裘毡，对照前景，说不出的清怨，携了酒去昭君墓前凭吊，满目都是白草黄沙地，梨花寒食天。

《文姬归汉》里有一段“送儿女足陷风尘身披霜”，归汉之际，她辗转徘徊，步步回首，泪下惊心，“我与你十载异梦同帏帐，王爷呀，今别离惜别方知君情长，君情长。深深拜，深深拜，深深拜，深深拜，此恩此情没齿难忘，愿王爷福寿绵长，明年相逢在汉疆。”向那左贤王一拜再拜，弱柳腰频频低折。

极愿意写一写，这些戏曲里美丽婉转的女子是如何以虚幻了的诗意来演绎那蔡文姬孤苦一生的，只是限于篇幅，还是唯有在一旁放出凄凄切切复铮铮的唱段来，遥想那千古以来，战火、乱世、名门、荒凉异族和归汉后恬淡田园里的几多情丝绵长。

一个朝代的兴起与灭亡总是伴随着许多人的苦难，蔡文姬的一生颠沛流离，饱尝痛苦，正是乱世儿女之不幸的真实写照。

永康元年（公元 167 年）桓帝死，窦太后临朝立灵帝，朝堂上厮杀惨烈，受牵连的人不计其数。蔡文姬诞生在这个黑暗的时期，次年尚在襁褓之中，父亲蔡邕便遭到了奸人陷害，被囚于阴山五原。

同年，蔡家终被赦免，然而返乡的途中又横生枝节，不得已“亡命江海远迹吴会”，也就是地处吴越之境的会稽。文姬此时已经亭亭玉立，

“博学有才辩，又妙于音律”，大约就是在这钟灵秀毓的水乡慢慢雕琢出来，光彩昭然。

“适河东卫仲道”是在公元189年，也就是灵帝中平六年，她随父亲回到了陈留圉县老家，尔后又去了洛阳，十六岁那年嫁给了才华出众、仪态非凡的卫仲道。关于这段婚姻，历史上的记载几乎是空白，但无论是出身还是他们的学识，都拥有足以美满的条件。

只是人世永远是变幻莫测的。风云动乱之后，蔡邕死于狱中。时隔不久，卫仲道患病，咳血而亡。

数年后，原董卓部将联手南匈奴，大军入侵，战火蔓延到了蔡文姬的故乡陈留圉县，她被掳掠到函谷关外，左贤王的部落中。

此后，再无记载说她究竟是被献给了那位匈奴首领，还是在部落里做个普通的俘虏。建安十三年，曹操命人带黄金千两，白璧一双，将其赎回，怜惜她孤苦无依，将之嫁给董祀。

直到这个时候，她才作为“董祀妻”，列入传记。

有人对历史发出了疑问，蔡文姬这个女子或许并不存在。

《晋书·后妃传》记载：“（景献皇后）母陈留蔡氏，汉中郎将邕之女也。”《晋书·羊估传》记载：“估，蔡邕外孙，景献皇后同产弟。”却为何独独对她不提一言？

她的事迹出现在魏时丁廙写的《蔡伯喈女赋》和曹丕为这篇赋写的《序》中，抛开两者政敌的身份不谈，《三国志》对此也没有记载。而《胡笳十八拍》在《后汉书》《文选》《玉台新咏》等文集中更是找不到一丝踪迹。

史书总是残破的。

然而她的才华卓绝、绝代风姿却在故事里一代一代地流传下来，“时且寒，赐以头巾履袜。”民间为此演绎出一场又一场枭雄美人的脉脉情长，他问，“闻夫人家先多坟籍，犹能忆识之不”，她于是默忆出四百文章。

她“感伤乱离，追怀悲愤，作诗二章”。

如果是伪作，何人能够编造出这样异乡流浪的心胸气概来？胡地的苦难堆积成了充满痛忿的文辞，令明人陆时雍惊叹：“东京风格颓下，蔡文姬才气英英。读《胡笳吟》，可令惊蓬坐振，沙砾自飞，直是激烈人怀抱。”

她最后和丈夫远离了尘世喧嚣，隐居在了蓝田县，直到终老。故事也至此告一段落。

历经种种劫数，尝遍人世间的悲欢离合。蔡文姬的一生所经历的事情极其不平凡，然而，她却又是一个极其平凡的人物。和诸多乱世儿女一样，她所求不多，只是在日夜思念的家乡，和自己的亲人孩子待在一起。只要如此，再大的风浪和波折也不会惧怕。但就在那个特殊的年代，她这点小小的心愿也难以得到满足。

再读诗文，或许会让人感伤，却莫要忘记，正是那段不堪的历史铸就了她的不凡。她既是时代的悲剧，又是历史的传奇。

这一段传奇亦真亦幻，更是增添无数幽思。

对于生平传记，有人说得好：回忆不可信，追思相识不可信，古来正史野史，皆作如是观。